dtv

Gleich und gleich gesellt sich gern – und hat langfristig die besten Aussichten. Doch erotischer und spannender geht es bei gleich und ungleich zu, frei nach dem Sprichwort: Gegensätze ziehen sich an – bis sie mit voller Wucht aufeinanderprallen. Dabei beweist sich, dass diese Beziehungen meistens einem bekannten Muster folgen (der Bad Boy und das reiche Mädchen aus gutem Haus, der Jüngling und die reife Frau etc.) und dass sie die gleichen Gesetzmäßigkeiten aufweisen wie konventionelle Verbindungen.
Mit frechem Charme und inspiriert von eigenen Erfahrungen erzählt Dietmar Bittrich die skandalträchtige Kulturgeschichte der ungleichen Paare und geht dabei auch mit sich selbst nicht immer schonend um.

Dietmar Bittrich wurde 1958 als Kind Hamburger Auswanderer in Triest geboren und lebt heute als Autor in Hamburg. 1999 erhielt er den Hamburger Satirikerpreis. Mehrere sehr erfolgreiche Veröffentlichungen, darunter der Bestseller ›Böse Sprüche für jeden Tag‹ (dtv 20676). Mehr zum Autor unter www.dietmar-bittrich.de.

Dietmar Bittrich

Ungleiche Paare

Die Leidenschaft der Gegensätze

Deutscher Taschenbuch Verlag

Von Dietmar Bittrich
sind u. a. im Deutschen Taschenbuch Verlag erschienen:
Böse Sprüche für jeden Tag (20676)
Böse Sprüche für Sie & Ihn (20761)
Der bitterböse Weihnachtsmann (21027)
Wie man die geniale Hochzeitsrede hält (21369)

Ungekürzte Ausgabe 2013
Deutscher Taschenbuch Verlag GmbH & Co. KG,
München

Umschlagkonzept: Balk & Brumshagen
Umschlagbild: Gerhard Glück
Druck und Bindung: Druckerei C. H. Beck, Nördlingen
Gedruckt auf säurefreiem, chlorfrei gebleichtem Papier
Printed in Germany · ISBN 978-3-423-21424-7

Die Galerie der Leidenschaften

Niemand weiß, wie oft Joschka Fischer mittlerweile geheiratet hat. Nur dass seine Frau vierzig Jahre jünger ist, zwei Köpfe größer und nur halb so schwer, das steht fest. Die beiden sind ein ungleiches Paar. Madonna präsentiert regelmäßig Gefährten, die dreißig bis vierzig Jahre jünger sind, allerdings wechselnde. Agatha Christie heiratete einen vierzehn Jahre jüngeren Mann. Das ging gut.

Es kann sein, dass einem europäischen Prinzen viele ebenbürtige Mädchen auf Bällen vorgeführt werden; und dann verliebt er sich in eines aus der Vorstadt, dessen Nasenscheidewand löcherig ist vom Kokain. Die Verbindung hält. Oder dass eine wohlerzogene Prinzessin einem rülpsenden Türsteher verfällt, und die Sache geht, na ja, eine Weile. Goethe verbrachte viel Zeit mit adeligen Damen und heiratete eine arme Hutmacherin. Wenn die Mutter von Queen Victoria sich keinen Seitensprung mit einem Abenteurer geleistet hätte, gäbe es, wie wir heute wissen, das englische Königshaus nicht, zumindest nicht so, wie wir es lieben.

All das sind Celebrities. Sie haben ihren Bonus. Sie haben Sonderrechte. Sie sind weit weg.

Als meine Tochter mir ihren Mann aus Burkina Faso vorstellte, bekämpfte ich die unkorrekte Empfindung, die beiden passten nicht zueinander. Als mein Onkel mit einer Frau aus Kuba anrückte, war das schon anders. Meine Schwester wurde evangelisch erzogen, entwickelte sich zur kämpferischen Atheistin und verliebte sich schließlich in einen katholischen Pfarrer. Sie ist immer noch mit ihm zusammen, immer noch inoffiziell. Mein Bruder entdeckte früh eine Neigung zu jungen Frauen, die er retten wollte, und zwar aus einem Bereich, der früher Gosse hieß und mittlerweile in Prekariat umgetauft wurde.

Ungleiche Paare. Man beobachtet sie, bemitleidet sie, beneidet sie und sagt ihnen ein rasches Scheitern voraus. Bisweilen wünscht man es sogar. Wer sich für weitherzig und tolerant gehalten hat, erlebt Überraschungen. Zum Beispiel, wenn der eigene Vater den Tod der Ehefrau nicht verwindet, schließlich aber doch. Auf einmal ist alle Trauer abgefallen. Aha, eine robuste Polin hat den Haushalt übernommen. Nun möchte er sie heiraten. Die Nachbarn reiben sich schon die Hände. Die Kinder können nicht leugnen, dass die neue Liebe ihm guttut. Die Familienkonferenz wird allerdings ohne ihn einberufen.

Dergleichen Konstellationen kehren immer wieder. Sie sind aufregend, komisch, bisweilen tragisch. Es hat sie von jeher gegeben. Aus ihnen besteht die Kulturgeschichte der ungleichen Paare. Wer Glück hat, erlebt etwas davon am eigenen Leib. Wer Pech hat, erst recht.

Verliebte rechnen sich alles schön. Sie brauchen nicht einmal zu rechnen. Die Rechnungen gehen von selbst auf. Sie sind gleich. Beinahe eins. Alles passt in den ersten Monaten. Und die paar Unterschiede, die sich bemerkbar machen, sind spannend.

Fand ich auch. Das Thema der Ungleichheit traf mich unvorbereitet, als ich im vergangenen Jahr Gotha besuchte, ein Städtchen in Thüringen zwischen Erfurt und Eisenach. In die Suche nach klassischen Kulturstätten und verwunschenen Wäldern hatte ich einen Abstecher zu meiner ältesten Tante väterlicherseits eingeflochten. Sie war niemals in den Westen gereist und residierte unangefochten in der bröckelnden Villa ihrer Kindheit.

Sie brauche keinerlei Aufwand zu treiben, hatte ich versprochen. Wir würden Kekse mitbringen und Tee, *wir*, ach so, ja, richtig, ich brächte jemanden mit. Als sie die schwere, über dunkle Fliesen schrammende Tür aufzog, musste sie einen Moment blinzeln, um sich an die Tageshelligkeit zu gewöhnen. Dann begriff sie, was sie sah, und freute sich mit schonungsloser Aufrichtigkeit: »Dietmar! Dass ich endlich deine Tochter kennenlerne!«

Sie hatte falsch begriffen. Sie war eine Greisin, tröstete ich mich, eingekerkert in weltferne Düsternis. Deshalb vermochte sie das Alter jüngerer Generationen nicht einzuschätzen. Gewiss, ich hatte eine Tochter, das traf zu. Die hatte sich gerade zum dritten Mal in einen Afrikaner verliebt, in den schwärzesten von allen. Diesmal sei es der richtige, hatte sie mitgeteilt, ihn wolle sie heiraten. Ich hatte keinen Einfluss darauf. Ich konnte lediglich ihrer Mutter die Schuld geben.

Nein, die junge Frau an meiner Seite, Josephine, war mein biologisches Mittel zur Verjüngung. Machte sie mich etwa älter? Sie war vierundzwanzig, ich zweiundfünfzig. Ich wähnte mich auf Augenhöhe mit Heiner Lauterbach und Mickey Rourke und natürlich mit Joschka. Der Altersunterschied fiel doch nicht auf? Bislang hatte ich ihn nie verspürt. Beinahe nicht. Selten. Nur dass ich erfahrener war und Josephine mit den Grundzügen des Lebens vertraut machen konnte, das war mir aufgefallen, und zwar angenehm.

Josephine war blond wie ein Mädchen aus Bullerbü, schlank, geschmeidig, hell, ihre Augen leuchteten, die Haut schimmerte, sie war neugierig, kiebig, frech. Jenseits der vierzig würde sie möglicherweise ein bisschen zickig werden. Aber jetzt war alles frisch an ihr, schier, knospend, sommersprossig. Sie funkelte. Und ja, zugegeben, etwas Töchterliches hatte sie auch. Aber sie betrachtete mich als Liebhaber. Oder spielte noch anderes eine Rolle?

Wir ließen die Tante vorerst in ihrem Glauben. Josephine war sonderbar stolz auf die Fehleinschätzung. Mir selbst schien es zu kompliziert, die Verhältnisse in Zahlen darzustellen und anschließend auch noch zu rechtfertigen.

»Kinder, ihr könnt gern heute Nacht hierbleiben – aber ihr *müsst* euch das Schloss ansehen!«

Mussten wir? Wir hatten es liegen sehen, monumental und mit eingeschlafenen Füßen auf einem Hügel vor der Altstadt. Meine töchterliche Geliebte wollte. Sie war jetzt Prinzessin.

»Ich mache euch inzwischen die Zimmer zurecht«, frohlockte die Tante. »Oder«, fiel ihr ein, »schlaft ihr auf Reisen in *einem* Zimmer?«

»O nein, niemals«, beteuerte Josephine.

»Sie spielt vor dem Einschlafen mit ihren Puppen«, erklärte ich. »Das stört mich beim Lesen.«

»Nein, wie hübsch!« Die Tante fand Gefallen an der jungen Verwandtschaft. Es schien vorteilhaft, die Komödie weiterzuspielen. Die betagte Villa war demnächst zu vererben. Bei guter Führung gehörte ich zu den Anwärtern.

»Kinder, haltet euch nicht auf, ich kümmere mich um

alles!«, befahl die künftige Erblasserin, während ich unser Gepäck im verdunkelten Wohnzimmer abstellte, zwischen abgedeckten Möbeln, ausladenden Stehlampen und düsteren Schränken.

»Darf ich die Vorhänge aufziehen?«, fragte ich und tat es schon.

»Oh, nein! Das schadet den Bildern!«

Die paar ranzigen Ölschinken würde ich im Erbfall zu wohltätigen Zwecken entsorgen. Allerdings, da war etwas Besonderes. »Mach doch mal eine Lampe an!«

Sie fingerte gichtig an einer gedrehten Kordel. Josephine wusste nicht, ob sie helfen sollte. Funzeliges Aufglimmen. Ich staunte: »Das sind ja meine Eltern!«

Das Gemälde hing etwas schief über einem Biedermeiersofa.

»Das sind deine Eltern?«, fragte Josephine und schlich ungläubig näher.

»Also deine Großeltern!«, korrigierte ich boshaft. »Da muss sie Ende zwanzig gewesen sein, er Anfang dreißig.«

Ich sah nach der Signatur. Das Bild war vor meiner Geburt gemalt worden. Offensichtlich im Sommer. Es zeigte meine Eltern am Strand, von oben betrachtet. Der Maler musste auf eine Leiter gestiegen sein oder auf den Hochsitz des Bademeisters. Meine Mutter räkelte sich kokett in einem weißen Badeanzug in der verführerischen Mode jener Zeit.

»Die war ja sexy«, wunderte sich Josephine.

Meine Tante blies Luft durch die Nase und nickte verschwörerisch, als wisse sie erheblich mehr, als wir Dummerchen vertragen könnten.

Auf dem Gemälde gab sich meine Mutter lustvoll der

Sonne hin, genauer gesagt: dem Blick des Malers. Mein Vater, rothaarig, blass und empfindlich, war dagegen ein Bild des Jammers. Abgedeckt mit Handtuch, ausgebreiteter Zeitung und einer dicken Cremeschicht, ein Arsenal medizinischer Hilfsmittel zur Seite, sehnte er sich gequält anderswohin. Im Zweifelsfall in seine schattenreiche Bibliothek. Es war ein typisches Bild von meinen Eltern. Warum hing es hier im Exil?

»Deinem Vater gefiel es nicht«, seufzte die Tante. »Später haben die beiden sich prächtig verstanden. Aber in jenem Sommer gab es wohl eine kleine Krise. Deine Eltern waren sehr verschieden. Sie so lebenslustig, er ein Hypochonder. Aber im April nach diesem Urlaub bist du zur Welt gekommen, und von da an ging alles prächtig.«

Neun Monate nach der Krise. »Kanntest du den Maler? Hat er noch mehr Bilder von meiner Mutter gemalt? Vielleicht von ihr allein?«

Meine Tante hob die Hände wie eine Zeugin, der man das Allerschlimmste angedroht hat. »Ich gehe die Betten machen«, entschied sie und riss an der Kordel. Wir standen im Dunkeln. »Und ihr geht raus in die Sonne und seht euch das Schloss an!«

Zu dem wuchtigen Bau mussten wir uns aufwärts bemühen. Er schien etwas zu herrschsüchtig für das bescheidene Städtchen. Der Innenhof hatte die Größe eines Fußballfeldes, nebst Loggien mit Platz für Trainerstab und Ersatzbank. Früher hatten Burgfräulein hier ihre Ritter beklatscht und ihnen nach dem Turnier den Schweiß abgeleckt. Jetzt hallten die Arkaden wider vom Lärm einer Schulklasse, die zur Besichtigung ökologischer Schautafeln im Seitenflügel verdonnert war. Die Parkplätze vor dem Haupttrakt waren verwaist.

»Man kennt uns nicht«, bedauerte die junge Aushilfskraft in der ehemaligen Wachstube, jetzt Museumsshop. Außer Eintrittskarten hatte sie Reiseführer und Postkarten im Angebot, drei Sorten regionaler Obstbrände sowie Püppchen in Thüringer Tracht; eine würde ich für Josephine erwerben. Sie sollte abends im Bett damit spielen.

»Zum Gothaer Liebespaar gehen Sie in den Hof und rechts durch den Bogen die Treppe hinauf. Im ersten Stock bitte klingeln. Das Aufsichtspersonal hört Sie. Ihnen ist bekannt, dass wir zurzeit eine Sonderausstellung zum Thema ›Ungleiche Paare‹ haben?« Es war uns unbekannt. »Ist im Preis inbegriffen.« Dann mussten wir wohl.

Bei dem Liebespaar handelte es sich um ein Gemälde. So viel hatten wir mitbekommen. Plakate mit einer ausgeblichenen Reproduktion prangten an den Schlossmauern und erhoben das Werk zum Pilgerziel für Bildungstouristen. Offenbar war es das Highlight der fürstlichen Sammlungen und mit etwas Glück das Einzige, wovon wir der Tante Bericht erstatten mussten.

Ein abgenutztes Treppenhaus ließ ahnen, dass hier in sozialistischen Zeiten eine Behörde amtiert hatte. Angeblich das Standesamt. Die doppelt mannshohe Tür im ersten Stock war zerkratzt, womöglich von gehärteten weiblichen Fingernägeln. Die Farbe um den Klingelknopf war abgeschabt. Heiraten musste etwas Dringliches gewesen sein. Ich war erst jetzt, mit zweiundfünfzig, dazu bereit. In meiner Generation war das Heiraten aus der Mode gekommen. Jetzt war es wieder normal. Und ich war bereit, normal zu werden. Fast.

Nach ergebenem Warten öffnete uns ein Vietnamese. Er war noch keine dreißig, trug ein Polyesterhemd des Gothaer SV, Radlerhosen und Turnschuhe. Doch laut Ansteckschild war er Angestellter der fürstlichen Museen. Ob wir ihn wohl später nach einem Asia-Restaurant fragen könnten, Thailänder am besten? Er prüfte stumm, ob wir die Eintrittskarten gefälscht hatten, und hub plötzlich unaufgefordert zu einem Vortrag an, mit thüringischem Akzent. Es kamen allerlei Jahreszahlen und Fürsten darin vor, auch Gemächer, Gobelins und Intarsien, schließlich war von Schwammbeseitigungsmaßnahmen die Rede, am Ende sogar von der Klimaerwärmung und Kohlendioxid-Emission. Das hing alles zusammen.

Zum Überdenken unserer Verantwortung waren wir nun entlassen in die sogenannte Kirchgalerie, einen breiten Korridor, durch den einst das Fürstenpaar zum Gottesdienst gerauscht war. Wo war das Liebesgemälde? Von Wänden und Nischen grüßten goldschimmernde Heilige, Altartafeln, Kruzifixe, versteinerte Märtyrer. Sonnenabweisende Vorhänge tauchten die Figuren in weihevolle Dämmerung. Fern, am Ende des Korridors, kam Bewegung in eine notdürftig restaurierte Skulptur mit rotem Helm. Sie erhob sich. Es war eine Wärterin.

»Langsam gehen, ab und zu innehalten und Interesse vortäuschen«, ermahnte ich Josephine. »Sonst können sie böse werden.«

»Ich brauche nichts vorzutäuschen, ich finde das alles sehr interessant«, schnippte sie, etwas zu laut für eine Wandelhalle, in der verdächtige Personen von zwei Wärtern und sechs Videokameras beaufsichtigt werden. Ich nickte der heranschiebenden Dame versöhnlich zu. Sie war dem Pensionsalter nahe und hatte die Locken noch einmal richtig feurig gefärbt, ein schöner Kontrast zum Blattgold der Galerie.

Mit störrischer Hingabe widmete Josephine sich nun jedem Heiligen und jeder devoten Stifterfigur, jedem Wundertätigen auf Goldgrund und Gekreuzigten vor düsterem Himmel, all den Trauernden und lichtwärts Fahrenden, für die sie zuvor nie Interesse gezeigt hatte. Mit vierundzwanzig, meinte ich, sollte sie ihre schlimmste kulturelle Phase hinter sich haben. Oder begann die erst jetzt? Kam sie dann noch als Partnerin in Frage?

Ich übte mich in der Gehmeditation, die ich vor Jahren in einem Zen-Haus an der oberen Donau erlernt hatte (linke Faust, von rechter Hand umschlossen, vor dem Oberkörper, Unterarme parallel zum Boden, langsam Fuß vor Fuß). Dann im Besichtigungsschritt, den die Unesco für sensible Kunstbetrachtung vorgeschrieben hat: gemessenes Flanieren mit wachem Blick, gebremst durch kundiges Verweilen, hier nur kurz, dort etwas länger, hier die Stirn runzeln, dort lächeln.

»Bitte nicht berühren!«, raschelte es hinter meinem Kopf. Die feuerrote Wärterin, die ihre Stimmbänder an diesem Tag wenig benutzt hatte, schritt in einer priesterlichen Wolke aus Staub und Würde vorüber. Die Kreuzgewölbe leiteten ihre Worte weiter wie Flüsterbögen. Ich hatte lediglich einen sandsteinernen Zeh berührt; das sollte Glück bringen! Aber Josephine warf mir einen erzieherischen Blick zu und schüttelte ratlos den Kopf. In ihrer Einschätzung hatte ich soeben den Rang eines Vaters verlassen, in Richtung eines desorientierten Seniors. Sie würde ab sofort Behindertenermäßigung herausschinden.

Ich sah sie mit der Wärterin sprechen.

»Sie suchen das Gothaer Liebespaar?«, fragte die. »Hier entlang.« Dazu winkelte sie graziös den Arm ab.

Ihr junger Kollege, der vortragsbereit am Eingang der Galerie wartete, beobachtete die Szene mit buddhistischem Gleichmut. Vor ihm, auf einer antiken Eichentruhe, war ein Stillleben entstanden, aus einer Thermoskanne nebst zwei Plastikbechern und einem Kuchenteller. Für dieses Paar begann jetzt eine weitere von vielen Kaffeepausen, aus denen der Tag bestand. Hatten die beiden was miteinander? Obwohl die Frau mindestens zwanzig Jahre älter war? Unmöglich.

Wir betraten die Galerie der Leidenschaften. Ein Blick genügte, um von den magischen Kräften erfasst zu werden. Es war eine Galerie der Skandale. Diese Motive waren einst mit Stiften, Federn, Nadeln angeblich zur Warnung auf Tafeln gebannt worden. In Wahrheit leuchtete unerlaubtes Verlangen aus ihnen, eine Sehnsucht nach der ganz anderen Liebeserfahrung, nach den schamduftenden Reichen jenseits des Anstands. Dies war der Tempel der ungleichen Paare.

Ursprünglich hatte der Raum der Andacht gedient, mit einem Kruzifix in der Nische und einem Tischchen für Oblaten und Wein. Unter den Gewölben webte noch die fromme Feierlichkeit, in der das Fürstenpaar auf die Samtkissen gesunken war – schon damals nicht nur zum Gebet. Herzog Ernst, Erbauer des Schlosses, war der Fromme genannt worden, doch seine Gemahlin – um achtzehn Jahre jünger als er – machte das wett. Spät hatte er sich zur Heirat drängen lassen, mit fünfunddreißig, als er sich zu verlieren drohte in den Studien philosophischer Schriften. Die Frau half ihm heraus, überraschend schnell, und die beiden wurden so etwas wie die Kombination von Eremit und Kurtisane, wie vormals Johannes und Maria Magdalena nach der Himmelfahrt ihres Herrn und etwas später Hieronymus und seine Magd oder wie der tibetische Mönchsvater Kalu Rinpoche und seine Gespielin. Auch mein eigenes zenbuddhistisches Zölibat war einst von einer Frau gestört und beendet worden.

Die alte Kapelle war vollgehängt mit dergleichen Bildern. Das also war die Sonderausstellung. Grenzwertige Leidenschaften. Die Werke stammten aus Epochen, die heute als sittenstreng gelten. Doch die Freude der Künstler an riskanten Motiven war unübersehbar. Vorgeblich moralisierend, in Wahrheit voll Lust und Vergnügen, huldigten sie der reifen Frau und dem bebenden Jüngling, dem dunklen Wilden und der hinsinkenden Rose, dem Klosterbruder und seiner liebsten Hexe, der kunstsinnigen Gräfin und ihrem Knecht und nicht zuletzt jenem bekannten Motiv, vor dessen diskriminierende Darstellung ich mich sogleich schützend schob. Es war meine Aufgabe, es abzuschirmen gegen unberufene Blicke.

Ohnehin gebührte alle Aufmerksamkeit dem Hauptwerk des Raumes. Da hing es, von energiesparenden Strahlern hervorgehoben, in der Mitte eines Gewölbebogens.

»Das ist es?«, fragte Josephine.

»Das ist es«, raunte die feuerrote Aufseherin feierlich. Sie war in der Türöffnung stehen geblieben und hatte eine respektvolle Miene aufgesetzt. »Das Gothaer Liebespaar.«

Unter Glas, in vergoldetem Rahmen, schimmerte ein vornehmes Paar. Der Gentleman und seine Geliebte. Vor nachtschwarzem Hintergrund, unter flatternden Spruchbändern, stellten die beiden sich den Blicken wie frischvermählte Royals, die sich vom Balkon aus bejubeln lassen. Sie stützten sich auf eine Brüstung. So sah man sie nur von der Taille aufwärts in hochgeschlossenen Gewändern, auf den ersten Blick sittsam, auf den zweiten entrückt in ein erotisches Geheimnis.

»Das ist es«, wiederholte die Feurige. »Das ist unser Gothaer Liebespaar.« Sie hätte sich diskret zurückziehen können zu ihrem fernöstlichen Liebhaber vom Sportverein. Sollten wir sie noch etwas fragen? Ein Kommentar zum Bild hing an der Wand.

»Sie sagen ›Liebespaar‹«, bot ich an, »also nicht Ehepaar?«

Josephine war nah an das Gemälde getreten. Sie hatte eine Innigkeit entdeckt, deren Rätsel sie lösen wollte. Ich blieb unverrückbar vor dem einzig niederträchtigen Bild des Raumes.

»Es ist das Musterbeispiel eines ungleichen Paares«, belehrte uns die Aufseherin. »Der Graf und das einfache Mädchen. Früher nannte man so etwas Mesalliance. Aber soweit wir wissen, war es eine glückliche Verbindung. Eine *sehr* glückliche.«

Man glaubte das zu erkennen. Der goldlockige Mann, lorbeerumkränzt, blickte zärtlich zu seiner Frau. Sie war das Aschenputtel. Er hatte sie aufs Schloss geholt. Nun senkte sie unter goldbestickter Haube bescheiden den Blick. Beide waren nicht mehr ganz jung; dafür schienen sie über die Liebe Bescheid zu wissen. Er fingerte von hinten nach ihrer Brust. Sie drehte auf zweideutige Weise an einer roten Quaste seines Gewandes. Gut, dass der Maler das Paar mit dem Nimbus von Heiligen gesegnet hatte.

»Er hat sie auf sein Schloss geholt, aber nicht geheiratet«, entnahm ich der Texttafel.

»Das war unmöglich, weil sie nicht ebenbürtig waren, aber er hat sie geliebt und über den Tod hinaus versorgt«, erzählte die Rote, als handelte es sich um ihre Großmutter. »Deshalb sind die beiden ein Symbol der Liebe jenseits von Konventionen.«

»Jenseits des Anstands?«

»Und heute«, setzte sie fort, »pilgern Liebespaare aus aller Welt hierher. Zu uns aufs Schloss. Und viele geben sich vor diesem Bild das Jawort.«

»Ach, hier kann man heiraten?«, staunte Josephine, die mit weichem Blick an dem Märchenpaar hing.

»Der Standesbeamte kommt hierher, in diesen Saal«, bestätigte unsere Gouverante. »Gegen ein Aufgeld. Das bieten wir an, in Zusammenarbeit mit der Stadt.« Das war ihr Schlusswort. Sie wandte sich zum Gehen.

»Vielleicht kommen wir darauf zurück«, verabschiedete ich sie.

»Ach«, fiel ihr jetzt auf. »Sie verdecken ein wichtiges Bild. Wenn Sie eben beiseitegehen – das Beispiel ist unverzichtbar in der Reihe der ungleichen Paare.«

»Tatsächlich?« Es war mir unmöglich, mich umzuwenden.

»Ja, es ist das erste. So etwas wie ein Klassiker. Sie stehen direkt davor.«

»Ach, wirklich?«

»Drehen Sie sich doch mal um! Der Greis und das junge Mädchen.«

Gleichheit ist nie genug

Den Schlossberg von Gotha hat der Teufel aufgeschüttet. Sogar das Landesamt für Archäologie hat diese Tatsache nach intensiven Bodenanalysen bestätigt. Von drei Erhebungen, die in mitteldeutschen Sagen als Venusberge angesehen werden, konnte man bislang zwei identifizieren. Der Gothaer Schlossberg ist, nach allem, was man jetzt gefunden hat, der dritte. Ihn umwebt die Leidenschaft eines ungleichen Paares.

Riesen und Teufel sind von jeher als Baumeister engagiert und dann um ihren Lohn geprellt worden. Auch in Gotha planten die Stadtältesten, den Teufel zuerst anzustellen und dann übers Ohr zu hauen. Der Betrug war glücklicherweise oder, wie ehrbare Zeugen sagen, *entsetzlicherweise* nicht nötig.

Den Berg hat einer der heidnischen Fürsten aufschütten lassen, im Mittelalter, Ludwig der Eiserne. Er meinte, sein Schloss müsste die Stadt überragen. Dazu fehlte der Berg. Ihn herkömmlich aufzuschichten hätte die Lebenszeit selbst eines gusseisernen Fürsten überdauert. Nur ein Riese wäre zum Bau in der Lage gewesen. Oder der finstere, behaarte, widderhörnige, langschwänzige Herrscher der Wollust. In Hellas war dieser Meister Pan genannt worden. Im Christentum hatte man ihn zum Teufel gekrönt.

Den also beschwor der greise Sterndeuter des Fürsten zur Mitternacht. Und der Düstere kam.

Was verlangte er für die Errichtung des Schlossbergs?

Nichts Geringeres als die jüngste Tochter des Herzogs.

Ludwig gab vor, Bedenkzeit zu brauchen; er müsse mit sich ringen. In Wahrheit war seine Intrige schon fertig. Er willigte ein. Der Wilde ging an die Arbeit.

Unterdessen ließ der Fürst eine hübsche Bauernjungfer aufgreifen und prächtig einkleiden. Als wenig später der Schlossberg pompös in den Himmel ragte, pochte der Glutäugige fordernd ans Tor. Der König, heuchlerisch seufzend, führte die verkleidete Bauerntochter heran: »Da, so nimm sie denn hin, Ungnädiger, Ruchloser, nimm meine kostbare Tochter!«

Schon wollte der Wüstling mit der Falschen davonpreschen. Da geschah das schreckliche Wunder. Die wahre Prinzessin warf sich dazwischen: »Ich bin es! Lasst mich mit euch gehen!« Und leuchtenden Auges schwang sie sich zum wilden Meister aufs Pferd und ward nimmer gesehen.

Prinzessinnen, die auf sich halten, tun so etwas bis heute.

»So! Der Greis und das junge Mädchen?«, stichelte Josephine. »Nun lass doch mal sehen!«

»Der Legende nach sollen die beiden ein rauschhaftes Leben genossen haben«, fügte ich hinzu. »Ihre Kindeskinder mischen das Land hier bis heute auf.«

»Also, der alte Knacker und die Junge. Geh endlich beiseite!«

»Das Bild bedient uralte Klischees«, erklärte ich ihr. »Du kannst es gern in Augenschein nehmen, ich habe nichts dagegen, wieso auch? Aber das bringt absolut nichts!«

Sie stieß mir ihren Ellbogen in die Rippen. »Weg!«

»Ich wollte diese Geschichte eben nur erzählen, weil sie

wirklich ein Klassiker ist«, brachte ich noch an. »Die Unberührte und der rohe Kerl. Rotkäppchen und der Wolf. Die Blondine und King Kong. Bad Boy und Jungfrau …« Ich dachte an meine Tochter und ihre unbegreifliche Vorliebe für Migranten schwarzer Hautfarbe.

Aber Josephine hatte sich jetzt den freien Blick auf den Klassiker erobert, auf den Number-one-Hit: »Gott, wie widerwärtig!« Sie schien ergriffen von dem hetzerischen Bild. »Der garstige Tattergreis hier und das schüchterne Mädchen! Jetzt weiß ich, warum du die ganze Zeit wie angewurzelt davorgestanden hast.«

»… Paris Hilton und ihre Hell's Angels«, kam mir noch in den Sinn. Und als letzter Versuch: »Ich war selbst mal ein Bad Boy.«

»Hör auf mit dem Schmalz! Du wolltest nicht, dass ich dieses Bild sehe, von diesem verwarzten Kahlkopf, wie er die Unschuld eines armen Mädchens kauft. Du wolltest nicht, dass ich die Wahrheit sehe, du feiger Egoist. Dabei ist es das erste Bild der Ausstellung! Der Anfang!«

Ich erinnerte mich an Hillary Clintons Satz: Der Feminismus sei keineswegs erloschen bei der jungen Frauengeneration, vielmehr sei er ihr in die Gene geschleust worden. Das hörte sich nach Monsanto an und nach Foodwatch und dringend erforderlichen Hinweisen auf der Verpackung. Alle männlichen Verbraucher mussten wissen, was sie erwarben.

»Völlig klar«, rief Josephine, »hier beginnt die Geschichte!«

Welche Geschichte? Wessen? Josephines? Die Geschichte jeder Frau?

»Die Geschichte der ungleichen Paare! Die arglose

Jungfrau fällt auf einen reichen Alten rein, auf einen spendablen Graumelierten, der die fünfzig schon überschritten hat ...«

»Fällt herein? Willst du das für dich behaupten?« Nach meiner Erinnerung war sie jedenfalls keine Jungfrau mehr gewesen.

»Danach«, malte sie sich aus, »brennt sie mit einem Bad Boy durch, um sich auszutoben. Du bist kein Bad Boy mehr. Ich bezweifle, dass du es jemals warst. Mönch passt eher.«

Vor der Tür paradierte die Aufseherin vorbei, leuchtete alarmrot und täuschte Teilnahmslosigkeit vor. Einmal in Fahrt gekommen, schritt Josephine die Bilderreihe mit wachsendem Optimismus ab.

»Nicht so laut!«, bat ich.

»Sie befreit einen Mönch aus seiner Klause und macht ihn mit den Vorzügen des weltlichen Lebens vertraut.« Das war der Holzschnitt vom Eremiten und der betörenden Hexe. »Um zu heiraten, sucht sie sich was Solides, etwa diesen Nobeltyp.« Der Edelmann auf dem Dürer-Stich wirkte dumm und blasiert. »Millionenschwer abgesichert, kann sie sich was Lustiges leisten, einen sexy Künstler oder Fitnesstrainer. Und für die Cellulitisjahre schnappt sie sich einen unerfahrenen Jüngling.« Ihre Wangen glühten wie auf der Werbung für einen Vitamintrunk. Sie sah rundum gesund und zufrieden aus. »Ich glaube, ich habe die Ausstellung verstanden.«

Vielleicht. Einen Jüngling zu schnappen würde ihr leichter fallen, als es meiner ersten Liebhaberin gefallen war. Die war knapp vierzig gewesen, ich Anfang zwanzig. Zu der

Zeit hatte es wenig aktuelle Vorbilder gegeben, eher klassische wie Kleopatra und Katharina die Große und Isadora Duncan, aber die waren zu weit weg. Harold und Maude wirkten bestenfalls skurril, eher abstoßend. Benjamin Franklins berühmte Gründe, eine ältere Frau zu heiraten, hatte ich gelesen. Aber heiraten wollte ich ja nicht. Die Frau war schon verheiratet, mit einem Mann ihres Alters, und daran wünschte ich nichts zu ändern.

Die lebenden Vorbilder für ungleiche Paare waren damals, vor nunmehr dreißig Jahren, erst langsam ans Licht gekrochen und taugten kaum als Ermutigung. Lea Massari hatte sich eine verkorkste Affäre geleistet, mit einem Fünfzehnjährigen, dessen Mutter sie in einem Louis-Malle-Film spielte. Im Fernsehen wurde *Lieben Sie Brahms?* wiederholt; darin stellte Ingrid Bergman dem zwanzig Jahre jüngeren Anthony Perkins nach und fiel anschließend in Depressionen. Peter Handke war zur vierzehn Jahre älteren Jeanne Moreau gezogen und bald wieder geflohen. Bestärkend war das nicht.

Aber mit Jakob und Alexander, meinen Erstsemester-Freunden, peinlicherweise noch jungfräulich, streunte ich spätabends unter den erleuchteten Fenstern durchs Viertel. Wir starrten nach oben und sehnten uns nach den Frauen dahinter, den Dreißigjährigen, die sich tagsüber mit Einkaufstüten und Kinderwagen durch die Straßen mühten. All diese mit der Langeweile verheirateten jungen Mütter! Sie waren noch rosig und halbwegs frisch und begehrenswert. Sie konnten unmöglich zufrieden sein mit ihrem Trott und ihren Männern. Sie mussten sich nach Abenteuern sehnen in ihren selten besuchten Betten!

Als edle Frühintellektuelle hatten wir die französischen

Filme gesehen, die den Trend für dekadente Geister vorgaben und in denen sich die Verführung von selbst ergab. Auch Warhols *Flesh* hatte uns infiziert. Wir hatten uns vorgestellt, wie wir als Callboys Spaß hätten und zugleich Geld abschöpfen würden. Warum gab es so wenig Callboys? Hier waren wir! Niemand rief uns. Niemand kannte uns. Wie kam man ins Geschäft? Der *Flesh*-Darsteller sprang in einer späteren Fortsetzung ins Bett einer alternden Diva und strich dafür Vermögen und Connections ein. Na bitte! Das musste doch möglich sein!

Läufig und ratlos strichen wir durch die abendlichen Straßen und spähten zu den Fenstern hoch. Wie kam man als Jungstudent mit einer zehn oder zwanzig Jahre älteren Frau zusammen, einer immer noch jungen, lüsternen, vernachlässigten Ehefrau? Nicht für länger, nur mal so zwischendurch, ohne Verpflichtung, ohne Versprechen, lediglich mit dem Schwur, niemandem ein Sterbenswörtchen davon zu erzählen.

Man kam nicht zusammen. Kein Weg tat sich auf. Zunächst jedenfalls nicht. Eine Zeit lang war es bei berauschenden Vorstellungen geblieben, gesteigert im gegenseitigen Anfeuern, bei in der Nachtluft verglühenden Bildern. Die erwachsenen Frauen, mochten sie noch so unbefriedigt sein, hatten uns keines Blickes gewürdigt.

Mittlerweile bemühen sich die Frauenzeitschriften, die ältere Partnerin als erotischen Standard durchzusetzen. Selbst der desinteressierteste Netzwerker kann online den Bildern von gelifteten Diven nicht entgehen, die von zwanzig Jahre jüngeren Männern begleitet werden und Triumph ausstrahlen. Kate Moss, Cameron Diaz, Demi Moore, Susan Sarandon, Tina Turner, Vivienne Westwood,

Nena, Iris Berben, Lisa Fitz, Uschi Glas. Selbst Gespenster wie Joan Collins, Brigitte Nielsen, Amanda Lear oder Ivana Trump müssen als Beweis herhalten dafür, dass Frauen sich endlich offiziell erlauben, was Männer sich von jeher geleistet haben.

»Dietmar, du siehst so frustriert aus! Ist denn kein Bild für dich dabei?«

Doch, doch. »Ich hatte nur vergessen, warum ich mir keine Schlösser und Museen mehr antun wollte.« Jetzt wusste ich es wieder. Angeblich sollten die Masterpieces das Bewusstsein des Betrachters erweitern. In Wahrheit stutzten sie es aufs Versagerformat.

»Du wirst ja nicht abstreiten«, frohlockte sie, »dass dieses hier unser Zusammentreffen ist.«

Es machte ihr Spaß, mich mit dem Bild des blatternarbigen Alten zu quälen. Er war dargestellt, wie er mit einer Hand einen prallen Geldbeutel streichelte, mit der anderen das blühende junge Mädchen auf seinem Schoß. Nicht verkehrt, aber ich war hundert Jahre jünger als der Schwartenkopf. Die hier dargestellte Variante wollte ich mir für später vorbehalten.

»Das sind wir«, stichelte sie. »Oder willst du es leugnen?«

»Wie könnte ich? Es ist doch offensichtlich!«

»Ach so?«

»Ja, das ist exakt das Porträt, das am Schlosseingang von uns aufgenommen worden ist. Mit der versteckten Webcam. Die Aufseherin hat es rasch hingehängt, als wir klingelten. Deswegen hat es gedauert, bis ihr Lover die Tür öffnen durfte. Den Trick machen sie mit allen Besuchern.«

»Du kommst um die schmerzhafte Erkenntnis nicht herum«, lächelte Josephine großmütig: »Dein Weg ist bei diesem Bild zu Ende, und meiner beginnt erst.«

Die Feuerrote schielte durch die Türöffnung. Sie wollte allmählich Kaffee trinken. Sicher kannte sie die toten Winkel der Videokameras, um dabei ihrem fernöstlichen Jüngling ungestört näher zu rücken.

Ich senkte die Stimme: »Denkst du daran, dass wir noch meine Tante beerben wollen? Dazu sollten wir ein glückliches Paar abgeben. Wenigstens heute Abend und noch morgen beim Frühstück. Sonst überschreibt sie das Haus ihrer sozialistischen Seilschaft.«

»Denk du daran und mach mich glücklich!« Eine triumphale Selbstgewissheit glitzerte in ihrem Lächeln. Makellose Reißzähne. Sie hatte ihren grünen Leopardenblick mit den nadelfeinen Pupillen aufgesetzt. Fehlten noch geschliffene Krallen und ein gieriges Fauchen. Ich musste sie heiraten.

Der Gazevorhang des rechten Fensters – hinter der Vitrine mit dem Modell der ersten aller Mesalliancen, Adam und Eva – war ausgefranst vom häufigen Zurückbiegen. Eigentlich sollte hier wohl niemand aus dem Fenster spähen. Aber ein paar bedrückte Ausstellungsopfer hatten keine andere Ausflucht gewusst als den Blick hinaus.

Unmittelbar unter dem Fenster stand das Denkmal des Herzogs, daruntergestaffelt folgte eine barocke Brunnenterrasse, dann der Marktplatz, von einem sphinxhaften Rathaus bewacht. Drum herum die Schar wärmend zusammengedrängter Häuser, in denen ebenbürtige Paare wohnten, soziokulturell kompatibel, die sich gerade, jeder für sich, nach anderen, konträren Partnern sehnten, um das Gegenteil zu erleben und die ganz andere Erfahrung zu machen, in der es mehr geben musste, mehr Ekstase und Intensität, derweil sie sicher und in Frieden lebten unter sauber gedeckten Dächern, hinter sanierten Fassaden, in dieser freundlichen Spitzwegstadt. Gleichheit ist nie genug.

Gleich und Gleich gesellt sich gern und hat langfristig die besten Aussichten. Aber zwischen ungleichen Partnern herrscht die größere erotische Spannung. Dort, wo die Lücke klafft, wo der andere stets aufs Neue in die Unerreichbarkeit driftet und die Fremdheit immer wieder überwunden werden will: Dort ist die Leidenschaft.

Die Liebe am Nachmittag

Irgendwann war der Startschuss gefallen. Es hatte geklappt: bei Jakob, wenig später bei Alexander. Die beiden verdienten sich Geld mit Nachhilfeunterricht, notgedrungen, denn die Callboy-Einkünfte wollten ja nicht in Gang kommen. Nun offenbarte sich eine unverhoffte Verwandtschaft zwischen diesen Jobs. Meine Freunde stiegen ein in die Kulturgeschichte der ungleichen Paare, tölpelhaft und ungelenk, und ich fühlte mich gedrängt, hinterherzueilen.

Alexander unterrichtete einen Neunjährigen am Klavier. Jakob half einem Elfjährigen in Latein. Die Mütter mussten Mitte bis Ende dreißig sein, für uns also in sagenhaftem Alter. Bereits Frauen Ende zwanzig waren entrückt ins unvorstellbare Land der Arrivierten; begehrenswerte Frauen allerdings waren sie noch.

Jakob, vagabundierender Geschichtsstudent und sehniger Karatekämpfer, war von der Mutter seines Nachhilfeschülers beiseitegenommen worden. Sie wolle in Ruhe über dessen Lateinschwäche reden.

»Er geht jetzt zum Hockey«, lächelte sie. Der Junge packte bereits seine Sachen.

»Also, was meinen Sie?«, forschte sie, als ihr Sohn die Tür noch nicht zugezogen hatte. Er sollte hören, dass es um ihn ging und garantiert um nichts anderes. »Sind überhaupt Fortschritte zu erkennen?«

Fortschritte? Aber ja. Unbestreitbar. Natürlich! Jakob ließ sich ein paar ermutigende Worte einfallen zur Begabung des Kleinen, zu dessen verzeihbarer Ablenkbarkeit, dem guten Willen und der allmählichen Einsicht, dass man eben üben müsse.

»Na ja«, sagte die Mutter leichtherzig. »Auf jeden Fall zahle ich Ihnen jetzt mal den Monat im Voraus.« Die Floskeln hatten ihr als Gespräch schon genügt. »Ich hole das Geld.«

Sie öffnete eine Tür, hinter die Jakob bislang nie gesehen hatte, und ließ sie offen stehen. »Kommen Sie ruhig rein!«, rief sie. Jakob lehnte sich an den Türrahmen. Es war das Schlafzimmer. Die Wände waren in sanftem Hellgrün gestrichen; davor machten sich düstere Möbel breit. Ein mit Blumen gemusterter Seidenüberwurf lief in Fransen aus.

Die anheimelnd füllige Frau kramte in einer wuchtigen Kommode mit gedrechselten Säulen. Jakob fiel ein Wäscheständer auf, der lückenhaft behängt am Fenster stand. Hinter den Gardinen prickelte herbstlicher Regen gegen die Scheiben. Man hörte die S-Bahn. Die Schienen verliefen auf einem baumgesäumten Damm hinter der gegenüberliegenden Häuserreihe. In diesem Augenblick rollte der Zug vorbei, den er hätte kriegen sollen.

»Hier ist das Geld.« Die Frau tauchte rosig aus der tiefen Kommodenschublade empor.

»Man hört die S-Bahn«, bemerkte Jakob.

»Daran gewöhnt man sich«, winkte sie ab. »Und manchmal ist es ganz gut, wenn es draußen Geräusche gibt. Kann ja mal laut zugehen im Schlafzimmer.« Sie zwinkerte ihm zu.

Jakob wusste nicht recht, ob er auf diese Andeutung eingehen sollte. Vielleicht besser nicht. Seine Eltern wurden gelegentlich laut, ja, wenn sie stritten, aber das taten sie nie im Schlafzimmer. Dort ging es leise zu. Niemals passierte dort etwas Lautes, grundsätzlich ereignete sich dort nichts außer Schlaf. Sein Zimmer lag direkt daneben. Er hätte es wissen müssen.

»Herrje, entschuldigen Sie, da steht ja noch der Wäscheständer!« Vielleicht war es ihr tatsächlich erst in diesem Augenblick aufgefallen. »So etwas gehört sich ja nicht. Aber sehen Sie mal!« Sie lachte mit pausbäckiger Heiterkeit. »Wissen Sie, was das ist?« Sie winkte ihn näher, wie zu einer naturkundlichen Entdeckung, die man mit der Lupe würdigen musste.

»Na?«, wiederholte sie wie eine nachsichtige Lehrerin. »Erkennen Sie das?«

Jakob sah unsicher hin. Es handelte sich um Frauenunterwäsche. Vor allem um sogenannte Slips, in lockerer Reihe aufgehängt an roten Plastikklammern. Er wollte daran nichts Sehenswertes finden.

Sie lächelte geheimnisvoll. »Das ist meine Reizwäsche.«

»Ach so.« Das Wort war ihm fremd.

»Und ich glaube, das müsste inzwischen alles … « Sie befühlte den Stoff. »Ja, das ist alles trocken. Hier.« Sie nahm einen Slip ab. »Sehen Sie mal, wie zart so etwas gearbeitet ist.«

Sie hielt ihm das Kunstwerk hin. Es war winzig. »Fühlen Sie mal. Ganz feine Spitze, hinten die süße Schleife, vorn transparent. Da ist kaum noch Stoff dran!« Darauf war sie stolz.

Sie legte ihm den Slip in die Hände, weil sie noch etwas anderes vorführen wollte. Sie nahm die Klammern ab. »Das Negligé!« Sie hielt es gegen das Fenster. »Fast durchsichtig!«

»Stimmt«, gab er folgsam zu. Er hielt den Slip in den Händen wie ein Tropenforscher eine neu entdeckte Kröte, deren Giftigkeit noch ungeklärt ist.

»Können Sie sich das vorstellen? Dass das aufreizend ist?«

»Ja, natürlich.« Er konnte sich gar nichts vorstellen. Er war verwirrt und verlegen.

»Wissen Sie, wenn man eine Zeit lang verheiratet ist, tut der Mann nicht mehr viel«, erläuterte sie. »Das ahnen Sie vermutlich noch nicht.«

»Nein.« Jakob ahnte nichts. Er hoffte nur, alles richtig oder wenigstens höflich zu beantworten. Seine Einsilbigkeit musste einen stümperhaften Eindruck machen. Doch die Mutter seines Nachhilfeschülers war guten Mutes.

»Dann muss eine Frau den eigenen Mann verführen«, erklärte sie ihm. »Oder aber …« Etwas freundlich Vertrauliches funkelte in ihren Augen. »Oder aber sie muss einen anderen verführen.«

Es war beschämend. Jakob, Alexander und ich: Wir hatten doch alles geklärt! Nicht jedes Detail für jeden möglichen Fall. Aber im Großen und Ganzen hatten wir ausführlich und häufig genug besprochen, wie wir uns verhalten würden. Wir hatten uns alles ausgemalt, so genau es ging. Frauen konnten bei diesen Besprechungen lediglich imaginär anwesend sein. Und das war nun der Haken: Jetzt war eine ganz real da. Und in ihrer Anwesenheit vergaß Jakob unseren Lehrstoff.

»Eine Frau kann einen Mann mit Reizwäsche verführen«, fuhr sie fröhlich fort. »Aber Jakob, Sie kennen ja den Scherz von der Frau, die sich neue schwarze Dessous gekauft hat.«

»Ja«, behauptete Jakob.

»Sie zündet Kerzen an und tritt dann in dieser betörenden Unterwäsche vor ihren Mann, ganz in schwarzer Spitze. Er sieht auf. Und er erschrickt. O Gott, ruft er, ist was mit Oma?«

Sie lachte bauchig. Jakob stimmte ein. Aber selbst wenn sie nicht übertrieben sensibel war, musste sie an seinem Lachen merken, dass er den Witz nicht verstanden hatte. Jedenfalls nicht vollständig. Die Pointe blieb ihm ein Rätsel.

»Ich trage am liebsten so wenig Unterwäsche wie möglich«, fand sie noch wichtig. »Ohne BH fühle ich mich einfach freier. Oder finden Sie das schlimm?«

Sie schwang ihren Oberkörper leicht hin und her. Jakob fühlte sich aufgefordert hinzusehen.

»Nein«, sagte er höflich.

»Sieht man zu viel?«, wollte sie wissen.

»Nein«, sagte er. Obwohl man eine Menge sah, wie er später beteuerte.

»Gut, das hier ist also der Rest für Oktober und das Geld für November«, sagte sie und drückte ihm die Scheine in die Hand. »Und nun sehen Sie zu, dass Sie Ihren Zug kriegen.«

Sie legte dem Bedripsten freundlich die Hand auf den Rücken und schob ihn hinaus.

Immerhin, Jakob behielt den Job. Die Schlafzimmertür wurde nie mehr geöffnet. Das Geld für die Nachhilfestunden befand sich wieder dort, wo es schon vorher immer gewesen war, in der Küchenschublade. Obendrein schien es ihm, als trage die Mutter seines Lateinzöglings doch Büstenhalter. Aber genau hinsehen mochte er nicht.

»Wenn ich will, kann ich da jederzeit«, redete er uns ein.

Ja, ja, dachten wir. Schwachkopf.

Für Alexander ging die Sache anders aus. Es war im folgenden Frühling, dessen April ungewöhnlich warm war. Die Mutter seines Klavierschülers hatte erstaunt reagiert, als Alexander an einem gewöhnlichen Mittwoch zur üblichen Zeit auftauchte. Tatsächlich war es ein Versehen. Alexander hatte vergessen, dass sein Schüler an diesem Nachmittag für die Orchesterproben einer Schulaufführung eingeteilt war.

Doch nun war er da, Alexander, leicht verschwitzt. Eine halbe Stunde war er mit dem Rad gefahren. Die Mutter seines Schülers – eine schlanke, etwas nervöse Frau, die sich mit der Symbolik von Träumen beschäftigte – lud ihn zu einem leichten Caipirinha ein.

»Wenn es mein Irrtum ist, bezahle ich die Stunde.«

Doch es war nicht ihr Irrtum. Wie sich herausstellte, glaubte sie auch nicht an Irrtümer, von Zufällen ganz zu schweigen. Hingegen glaubte sie an unbewusste Wünsche, deren Macht groß genug war, einen dunkellockigen Musikstudenten an einem stillen blauen Nachmittag zu ihr zu treiben.

»Nimmst du eigentlich Tanzunterricht?«, fragte sie. Alexander war zur Tanzstunde gegangen wie wir alle. Jakob und ich hatten es hinter uns. Alexander hatte sich als Einziger zu einem Aufbaukurs überreden lassen. Und dann war er noch zu den Fortgeschrittenen gegangen. Sie hatte einen guten Blick.

»Du musst ein guter Tänzer sein«, sagte sie. »Du hast die Figur dafür.«

Jedenfalls erzählte er es uns später so.

»Was für Musik hörst du?«, wollte sie wissen. Die Namen seiner Bands gefielen ihr nicht. Wahrscheinlich kannte sie sie nicht einmal. »Du bist doch musikalisch«, ermunterte sie ihn. »Dir müsste auch anspruchsvollere Musik liegen.« Darunter verstand sie ihre Lieblingslieder. Die legte sie nun auf. »Wie gefällt dir das?«

Alexander fand recht verstaubt, was da aus teuren Boxen erklang. Es war die Musik seiner Eltern. Offen aussprechen mochte er das nicht. Lieber nickte er anerkennend und erfand eine diplomatische Wendung: »Ja, das ist komplex, also von der Melodie her, und auch rhythmisch anspruchsvoll.«

»Eben, das meine ich, und jetzt zeige ich dir mal, wie man dazu tanzt«, sagte sie beschwingt, erhob sich und ergriff seine Hand. »Komm!«

Alexander pochte das Herz, aber nicht, weil ein Wunsch in Erfüllung ging, sondern weil er weglaufen wollte, aber nicht durfte. Er fühlte sich als eine Art Angestellter bei der Mutter seines Klavierschülers. Also tanzte er. Mitten am Nachmittag. Zuerst mehr für sich, gehemmt und hölzern und eher in Richtung Zimmerecke und Yuccapalme. Sie tanzte gleichfalls für sich. Doch sie beobachte ihn und sagte: »Du tanzt tatsächlich gut.« Das konnte er nicht verbergen. Er war der Geschmeidigste von uns. Sogar die Tricks der Schwarzen waren ihm zugeflogen.

Wie es Brauch ist bei der Abfolge von Stücken auf einer Scheibe: Der erste Track ist Uptempo zum lockeren Einstieg, danach folgt eine Ballade. Die kam jetzt. Mit samtig gezupftem Bass und am Horizont aufgehenden Geigen.

»Kannst du auch führen?«, fragte sie mit gesenkter Stimme. Ja, doch, sicher. Auch das konnte Alexander, ziemlich souverän sogar und elegant, im Gegensatz zu Jakob und mir. Er hätte sich hier nicht darum beworben. Aber nun tanzten die beiden Arm in Arm, langsam. Alexander schwitzte wie beim Abschlussball, als er seine Mutter auffordern musste. Er hielt ängstlich Abstand.

Die Frau nicht. Sie benötigte keinen Abstand.

So erzählte er es uns jedenfalls. Ein Mitschnitt ist bis heute nicht im Web aufgetaucht.

»Sie schob sich allmählich näher«, berichtete er uns. »Und dieses sentimentale Stück endete nicht. Sie schmiegte sich an mich, zuerst zögernd, während die Geigentöne sich ins All dehnten. Erst fühlte ich ihre Brüste, die vielleicht nicht übertrieben groß waren, aber fordernd und keck. Jedenfalls konnte ich sie deutlich spüren. Und dann schob sie sich auch unten heran. Ja, vor allem unten.«

Dabei beherrschte sie eine Bewegung, gegen die er sich nicht zu wehren vermochte. So erzählte er uns. Es war eine zauberkräftige Bewegung der Schenkel, die er in der Tanzschule selbst beim Tango nicht kennengelernt hatte und vor der ihn auch niemand gewarnt hatte. Ein Streichen war es, ein Ziehen und sehnsüchtiges Reiben, das seine Furcht vertrieb, während sein Puls sich beschleunigte und das Blut abwärtsdrängte.

»Du tanzt sehr einfühlsam«, säuselte sie, um davon abzulenken, dass es gar nicht mehr ums Tanzen ging. Und jetzt merkte sie, dass sie Erfolg hatte.

»Ich dachte: Das geht nicht gut«, erzählte uns Alexander. »Das schaffe ich nicht. Das stehe ich nicht durch, dachte ich. Ich merkte, wie ich die Kontrolle verlor.«

Weil sie ihren Erfolg so deutlich spürte, ließ sie inzwischen ein wenig ab und schuf Luft und Raum, aber kaum wich sie andeutungsweise zurück, drängte er nach, ohne dass er es eigentlich wollte; es ging nicht anders.

»Du tanzt wunderbar«, murmelte sie an seinem Hals.

Und dann, als merkte sie auf einmal, was da bei ihm im Gang war, schob sie ihn zurück.

»He«, sagte sie, aufrichtig entrüstet oder Entrüstung nur vortäuschend. »Was ist los? Ich wollte nur tanzen!«

Ein kalter Schrecken überrieselte ihn. Aber nüchtern wurde er nicht gleich. Er stand benommen da.

Sie sah an ihm herunter wie die Verkäuferin in einem Bekleidungsgeschäft. Sie hatte sich vollkommen im Griff, während er sich anstrengen musste, auf seinen Füßen zu bleiben.

»Du bist wirklich ein ausgezeichneter Tänzer, Alexander«, sagte sie dann. »Aber was du noch lernen musst: dich im Zaum zu halten.«

Sie stellte die Musik ab. »Alles okay«, fuhr sie fort, beruhigend, jetzt mütterlich. »Kein Problem. Ich wollte nur tanzen. War ja auch schön. Trink aus. Und nächsten Mittwoch zur gewohnten Zeit.«

Unfähig, zum Konversationston zurückzukehren, wankte er hinaus.

»Was war das?«, fragte er uns.

»Sie hat es mit der Angst gekriegt«, diagnostizierten wir fachmännisch. Wenn er alles wahrheitsgemäß erzählt hatte, konnte es nicht anders sein.

»Sie hat Bestätigung gesucht, und die hat sie bekommen«, erklärte ihm Jakob.

»Das hat ihr gereicht«, nickte ich sachverständig. »Sie wollte ihre Ehe nicht aufs Spiel setzen.«

Wenig später erreichte Alexanders Klavierschüler eine Kunstfertigkeit, die weiteren Unterricht überflüssig machte; der Musiklehrer der Schule, behauptete die Mutter, hatte das festgestellt. Er war seinen Job los. »Aber wenn du in der Gegend bist«, tröstete sie ihn, »schau gern mal rein, falls du Lust hast. Ruf mich vorher nur kurz an.«

»Was bedeutet das?«, fragte er mich.

Ich hatte keine Ahnung. »Du musst es ausprobieren«, riet ich.

Vor allem war klar, dass ich im Hintertreffen war. Ich ging immer noch mit einem fünf Jahre jüngeren Mädchen ins Kino. Das reichte nicht mehr. Deshalb machte ich mich an einem Nachmittag in den großen Ferien auf zu meiner eigenen Entjungferung.

Fast ein Gigolo

Es war dasselbe Jahr. Der Hochsommer hatte im April stattgefunden. Danach hatte eine Regenzeit eingesetzt, die nicht enden wollte. Den in Schauern ertrinkenden Mai nahmen wir hin. Das war so in der norddeutschen Tiefebene. Als der Juni sich nicht davon unterschied, schmiedeten wir Auswanderungspläne. Australien sollte einigermaßen trocken sein. Als auch im Juli noch geheizt werden musste, reiste Alexander nach Griechenland, wo er Verwandte hatte, und Jakob ließ sich von seinen Eltern nach Ägypten mitschleifen.

Dann explodierte die Hitze. Der Juli ging bereits zu Ende, da begann ein Sommer, von dem nach kurzer Zeit alle sagten: Das haben wir nicht gewollt. Selbst in den Mooren herrschte Waldbrandgefahr. Am hoffnungslosesten Weinberg Deutschlands, in Sankt Pauli über den Landungsbrücken, verbrutzelten die Trauben am Stock zu Rosinen. Nach zwei staubheißen Wochen konnte niemand sich vorstellen, dass es jemals geregnet hatte. Die Busfahrer fuhren mit offenen Türen. Unablässig tönten die Glocken der Eisverkäufer. Die Luft bewegte sich kaum, der Himmel wurde von Tag zu Tag schwerer und sank tiefer herab auf Hafenkräne und Lagerhallen.

An den Strand von Oevelgönne wurden Schaumberge und tote Fische gespült. Niemand wusste, was sich hinter dem Wort *Fluorkohlenwasserstoff* verbarg. Doch dass die Elbe im Sommer ausschließlich daraus bestand und das Glitzern der Strömung vom Quecksilber kam, galt als gesichert. Baden war verboten, aber am brackigen Wellensaum übernachtete man unter offenem Himmel. Hannah, die von ihrem Balkon aus die Glut der Grillfeuer sah, konnte in der Dunkelheit den Gitarrenakkorden lauschen, die von Träumern den auslaufenden Schiffen nachgesandt wurden.

»Es ist nicht auszuhalten in meiner Dachwohnung«, hatte ich ihr am Telefon erzählt.

»Wenn du willst, kannst du herkommen«, hatte sie einfach erwidert. »Ich liege auf dem Balkon.«

So ähnlich hatte ich es mir vorgestellt. Schon regte sich die Furcht.

Ich verließ die Dachwohnung, das Haus, den Block, auf dessen Sonnenseite die Rollläden tagsüber herabgelassen und die Vorhänge zugezogen blieben und wo bei Nacht die Fenster zum Hof offen standen, sodass es schwer war, Krimis und Stöhnen den richtigen Wohnungen zuzuordnen.

Ich schlenderte die Straße entlang, deren Asphaltränder sich in glänzenden Klebstoff auflösten, und wanderte durch den Park mit dem ausgeblichenen Gras und den gekrümmten Rhododendronblättern die Treppenstufen den Elbhang hinab, den gepflasterten Weg zwischen den Kapitänshäusern und Rosengärten entlang, bis der Weg in den Schatten der Linden tauchte, am eiszeitlichen Findling vorüber, an den Sonnenschirmen des Restaurants, vorbei an der umgestürzten Pappel mit der ins Wasser ragenden Krone, unter den Kastanien zum Anleger, dann unterhalb der Villen entlang bis zum Mühlenberger Segelhafen.

Ich war diesen Weg oft genug gegangen, aber nicht zu Hannah, sondern zu ihrer Tochter. Das war der Einstieg gewesen: dass ich mich im Spätherbst in dieses Mädchen verliebt hatte, das noch dieselbe Schule besuchte, die ich längst verlassen hatte, an die ich aber zu sentimentalen Besuchen zurückkehrte. Einen Winter lang waren wir ins Kino gegangen, zu Partys voller kichernder Mädchen, ins Theater, im Frühling am Strand entlang. Als die Nächte nicht mehr dunkel wurden, brach ich zuweilen gegen vier Uhr auf, wanderte in der Morgenkühle unter ihrem Haus vorbei, stellte mir vor, wie sie sich räkelte, kehrte an der Mole des Segelhafens um, stieg die von Efeu berankte Treppe den Hang hinauf und setzte mich schließlich vor ihr Fenster, das auf eine schattige Terrasse ging und mit einem Gitter gegen Einbruch gesichert war.

Wenn sie endlich die Vorhänge zurückzog, schlaftrunken und von unerreichbarer Wärme umhüllt, entdeckte sie mich und setzte eine fragenden Blick auf. Ich musste mich anstrengen, den sonderbaren Eindruck ins Harmlose zu verwischen. Die Mutter, Hannah, sagte: »Gut, dass wir das Gitter haben.« Die Tochter war sechzehn. Die Eltern fanden sie keineswegs reif für nächtliche Besuche eines Studenten, und sie selbst hatte sich dieser Ansicht unbegreiflicherweise angeschlossen.

Anfangs beteuerte ich, das Nesteln und Tasten mit klemmenden Reißverschlüssen, engen Knopflöchern und hochgeschobenen T-Shirts reiche mir. Mit der Zeit stellte ich fest, dass ich für ihre Idole, Markenprobleme und Referate weniger Interesse aufbringen konnte als für die Themen, denen die Mutter sich widmete. Mit Konversation hatte ich mich nur aufgehalten, um einen vernünftigen Eindruck zu machen. Nun zeigte sich, dass ich mich mit Hannah besser unterhalten konnte. Ihr ging es um

Kunstausstellungen, um Architektur am Hafenrand oder um einen Methodenstreit in der Psychologie. Altklug trug ich bei, was ich in Hörsälen aufgeschnappt hatte. Während solcher Gespräche mixte die Tochter Getränke oder stand daneben und wiegte sich zu einer unhörbaren inneren Melodie.

»Du unterhältst dich lieber mit meiner Mutter als mit mir«, hielt sie mir vor. Ich stritt es ab und war stolz. Womöglich redete die Mutter auch lieber mit mir als mit ihrem Mann? Das Comeback der Familie war in jenen Jahren noch nicht ausgerufen; die Ehe galt als Auslaufmodell. Wer darin feststeckte, wurde belächelt oder zu Experimenten ermutigt.

War die Mutter zu Experimenten bereit? Sie hatte mich einmal, als die Tochter krank im Bett lag und ich mich an der Haustür verabschiedete, eigentümlich an der Schulter berührt. Es war Dankbarkeit für den Besuch, und zugleich hatte etwas unerlaubt Zärtliches darin gelegen.

Und warum auch nicht? Sie war die reifere Ausgabe der Tochter, mit breiterem Becken, größeren Brüsten, aber immer noch schmaler Taille, geschmeidig gehalten von Tennis und Yoga, zweifellos erfahrener, weniger frisch, aber bestimmt nicht mehr auf Jungfräulichkeit erpicht.

»Lasst die Tür offen«, sagte die Mutter, wenn ich mit der Tochter nach unten stieg in das Zimmer mit dem vergitterten Fenster. Dort endeten die heiklen Erkundungen an jener Grenze, hinter der das verheißene Land lag. Und als die Tochter in den Sommerferien mit einer Freundin nach Spanien reiste, und das gleich für vier Wochen, wurde meine Ungeduld zur Qual. Jetzt stieg die Sonne in den Zenith, und die Nächte brachten keine Abkühlung. Deshalb hatte ich Hannah angerufen. Während des Wegs zu ihr versuchte ich, meine Spannung mit schnellem Schritt in den Boden zu stampfen.

»Du bist ganz verschwitzt!«, sagte sie, als sie das Gartentor öffnete. »Willst du duschen?« Sie ging barfuß, aber sie war alles andere als herausfordernd gekleidet; weiße halblange Sommerjeans und ein dunkelblaues T-Shirt, offen darüber eine kurzärmelige Bluse.

Zum ersten Mal stand ich im Elternbadezimmer. Es war großflächig verspiegelt und makellos aufgeräumt. Während des Duschens stellte ich mir vor, sie würde hereinkommen. Dann wäre alles einfach. Sie könnte hereinschleichen, sich langsam ausziehen und über den Wannenrand steigen, ins warme Rieseln. Ich verlängerte das Duschen. Wenigstens könnte sie die Tür einen Spalt breit öffnen und hindurchspähen. Ich würde vorgeben, es nicht zu bemerken und allmählich dann doch.

Sie klopfte nicht einmal. Sie tat nicht das Geringste, was ich hoffen oder befürchten konnte. Sie ließ mich einfach in Ruhe. Ich hatte Zeit, mich vor den beschlagenen Spiegeln abzutrocknen. Von oben, aus der Küche, war ihr Hantieren zu hören. Genauso klang es, wenn ich gerade unten im Nebenzimmer die Tochter streichelte. Wenn wir die Mutter in der Küche hörten, konnten wir uns weiter vorwagen. Sobald die Geräusche oben verstummten, war Vorsicht geboten.

Jetzt verstummten sie nicht. Ich hatte Zeit, mich anzukleiden. Ich hatte Zeit zu überlegen, ob ich mich geirrt hatte. Ich konnte alles in der Phantasie belassen. Das war ohnehin sicherer.

Hannah stand in der Küche, als ich, wieder im Polohemd und in unsommerlich langen Jeans, die Treppe nach oben stieg. Sie hatte geviertelte Limonen und Eis in Longdrinkgläser gefüllt und mit Ginger-Ale aufgegossen. Minzeblätter waren auf den Glasrand gesteckt. Das war kultiviert. Das war begehrenswert.

»Willst du dich auch auf den Balkon legen, oder willst du lieber im Schatten bleiben?«, bot sie an. »Im Haus ist es vielleicht kühler.«

Der Blick vom Balkon ging über die Elbe. Das Geländer war mit einer Plane aus Segeltuch verhängt gegen Blicke, die allenfalls von den Kapitänsbrücken vorübergleitender Containerschiffe kommen könnten.

Eine rot-weiße Markise filterte das Licht. Es war früher Nachmittag, die heißeste Zeit und die hellste. Man musste mit der Hand die Augen beschatten, um das jenseitige Ufer zu erkennen. Dort schwebten die Gebäude der Flugzeugwerft in der zitternden Luft, dehnten sich wabernd aus, zogen sich zusammen, schaukelten auf einer dünnen Hitzeschicht wie Rindenstückchen auf dem Wasser, auf und ab, auf und ab.

»Ach, der Balkon ist in Ordnung«, sagte ich so gleichgültig wie möglich.

Zwei Strandmatratzen lagen nebeneinander. Ich erkannte sie wieder. Dreiteilig zusammengeklappt und mit Klettbändern verschlossen, waren sie sonst in einer Kammer neben der Küche verstaut. Dann hatte Hannah sich also damit beschäftigt während meines Duschens. Sie hatte eine zweite Matratze geholt. Auf ihrer lag ein Buch.

»Ich lese«, sagte sie. »Du kannst dir einen Band aus dem Regal holen. Oder die Zeitung. Oder willst du nicht lesen?«

»Doch, doch!« Bücher waren sicheres Terrain. Das Intellektuelle war bislang die Ebene unserer Begegnung gewesen. Ja, ich würde einfach nur lesen! Damit würde ich den Nachmittag herumkriegen. Ich wanderte die Buchreihen entlang. »Heidegger!«, rief ich, erleichtert über eine derart hehre Fluchtmöglichkeit: *»Sein und Zeit.«*

»Interessiert dich das?«

»Ich glaube schon.« Das Buch hatte, soweit ich von Kommilitonen gehört hatte, einen erhabenen Ruf. Ich blätterte es auf, las den ersten Satz und versuchte den zweiten. Es war klar, dass ich nicht das Geringste verstehen würde. »Das scheint sehr interessant zu sein.«

»Mir ist das zu hoch. Ich lese bloß einen Krimi.«

Sie legte sich auf den flachen Bauch, auf die Ellbogen gestützt wie eine Leserin in einer Werbung für entspannende Lektüre. Es war ganz unwahrscheinlich, dass sie bis jetzt auf diese Weise hier gelegen hatte, noch dazu anständig mit einer Bluse, die das T-Shirt verdeckte und die Brüste hinter einem undurchsichtigen Vorhang verbarg. Aber nun konnte ich gleichermaßen meine Jeans anbehalten und mich ungefährdet danebenlegen.

So lagen wir auf dem fleckenlos hell bezogenen Schaumstoff, Hannah anscheinend unbefangen, ich verzagt, mit untauglicher Lektüre, im verwirrend rot-weiß gestreiften Licht.

Tat sie nur so, als ob sie las? Nein. Sie las wirklich. Sie blätterte gelegentlich um, nicht hastig, sondern in plausiblem Rhythmus. Und sie atmete vollkommen ruhig. Dann war meine Nähe gleichgültig? Ich bemühte mich um Konzentration. Ich fixierte die Wortknäuel. Ich versuchte einzusteigen in die unentzifferbaren Sätze, die zu viel an

Kenntnis voraussetzten oder absichtsvoll verrätselt waren. Ich gelangte ans Ende des ersten Absatzes, ohne auch nur drei zusammenhängende Wörter wiederholen zu können, während in der Hitze die Zeilen ineinanderschmolzen.

Pött, pött, pött – man hörte einen der restaurierten alten Holzkähne durchs Wasser schieben, behaglich blubbernd mit zwei tapferen Zylindern. Was für ein unbeschwertes Geräusch! Unter der schwankenden Persenning da draußen saßen jetzt Freizeitkapitäne beim Kaffee. Wie beneidenswert harmlos!

Und näher, unterm Balkon, jenseits des kleinen Kräutergartens und seiner Ziegelmauer, schlenderten Leute auf dem Elbuferweg. Man vernahm ihre Stimmen, wie träge Seifenblasen schwebten die Laute herauf, aus herrlich belanglosen Gesprächen. Radfahrer kurvten vorbei und hielten ihr Gesicht in den Fahrtwind. Auf der Uferwiese spielten Dreizehnjährige Fußball und gingen im Wettkampf auf, schrien, fluchten, jubelten, kaum dreißig Meter entfernt, unendlich weit von der Anstrengung hier, die das Liegen zur Qual machte.

»Puh, das ist aber doch ganz schön heiß«, murmelte ich.

Sie blickte von ihrem Buch auf, überrascht, als müsse sie eine unvermutete Störquelle orten. Wahrhaftig, sie hatte gelesen. »Willst du eine Badehose haben?«, fragte sie so teilnahmsvoll, dass ich mich schämte. »Ich könnte dir eine geben, von Dirk.«

Ich schluckte. Was bedeutete das? Dass ich für diesen Augenblick den Platz ihres Mannes einnahm? Oder dass es vollkommen gleichgültig war? Dass nur mir der Kopf schwirrte, während sie sich nicht die geringsten Gedanken machte?

»Ich habe sogar eine drunter, eine Badehose«, antwortete ich. »Wenn es dich nicht stört?«

»Überhaupt nicht«, sagte sie unfassbar gleichmütig.

Ich erhob mich mit einiger Mühe und ging die paar Schritte über die Schwelle der Schiebetür ins Wohnzimmer. Dort war es wohltuend dunkel. Außerhalb ihres Sichtfeldes zog ich die Jeans aus. Meine karierten Boxershorts hatten Bermudalänge. Ich war damit in der Nordsee geschwommen, aber eine reguläre Badehose war eigentlich etwas anderes.

»Pött, pött, pött«, machte ich albern nach, als ich auf den Balkon zurückkehrte. »Diese alten Tuckerboote klingen so anheimelnd, finde ich. Schön, dass die jetzt wieder genutzt werden.«

Sie hob den Blick, als hätte ich etwas außergewöhnlich Abwegiges geäußert.

»Die Dieselmotoren haben zehn PS«, fügte ich hinzu und musste die Wörter hervorwürgen, während ihr Blick meine Knöchel erfasste und die Beine aufwärtswanderte.

»Und der Klang«, fuhr ich heiser fort, »dieses Blubbern kommt daher, dass der Motor das Kühlwasser ansaugt und durch den Auspuff ...« Ich unterdrückte ein »hinausspritzt«, obwohl es immer so aussah bei diesen Booten. »Ausstößt« ging auch nicht. »Prustet« vielleicht. Ich schluckte wieder. Es lief falsch.

»Komm her«, sagte sie besänftigend und hob einen Arm.

»Deshalb klingt es so blubbernd«, murmelte ich.

»Streng dich nicht an.« Sie legte ihr Buch beiseite. »Komm.«

Gehorsam machte ich einen Schritt auf sie zu. Auf einen Arm gestützt, hatte sie den Oberkörper leicht erhoben wie bei einer Rückengymnastik im Vormittagsfernsehen. Den anderen Arm streckte sie nach mir aus, sonderbar graziös. Aber dann packte sie mich am Oberschenkel und zog mich zu sich. Ich sank auf die Knie, ihre Hand legte sich auf meinen Rücken und holte mich zu ihr. Bestürzt und hilflos sank ich weiter und hatte das Gefühl, in einen schmelzenden Körper zu tauchen, dessen dünne Kleider keine Rettung boten vor dem Ertrinken.

»Das ist es jetzt«, schoss es mir durch den Kopf, obwohl ich wie ohnmächtig auf ihr lag. Und während sie versuchte, mich zu küssen, und ihre Lippen über meine Wangen tasteten, wurde es warm und heiß und feucht, und ich stöhnte und verbarg meinen Kopf an ihrer Schulter, zwischen Bluse und T-Shirt, weil es so peinlich war. Ich wollte nicht küssen. Zu blamabel war das, zu erniedrigend und lächerlich.

Sie strich mir sanft über den Rücken: »Alles okay«, während in mir brannte, dass nichts okay war. Es war ein Beruhigen, wie wenn eine Mutter ihr Kind beruhigt, damit es allmählich begreift, dass dieses Hinfallen und Aufschürfen gar nicht so schlimm war.

»Das tut mir leid«, hauchte ich in den Stoff ihrer Bluse.

»Aber das ist wunderbar«, flüsterte sie.

Sie meinte es gut mit mir; das machte die Niederlage nur schlimmer. Aber zu tun gab es nichts mehr. Ich konnte aufgeben. Sie strich mir über den Rücken, gelangte tiefer, strich mir über die Shorts, den festen Hintern eines Läufers, und obwohl nichts mehr zu holen war und es nur demütigend sein konnte für mich, fuhr sie mit den Fingerspitzen unter den elastischen Bund der Shorts und über die glatte Haut meiner Pobacken und, sosehr ich mich auch verhindernd an sie presste, hinunter in die warme Klebrigkeit. Sie seufzte, nicht resignierend, eher schwelgerisch, als sei dieser Rest eines abgesagten Festes noch ein Genuss.

»Komm«, raunte sie, »wir gehen nach unten.«

Sie erhob sich verblüffend geschmeidig und sah gleich, dass sie mir die Hände reichen musste, damit ich mich aufsetzen konnte, ein zittriges Unfallopfer, das unverletzt geblieben, aber vom Schock noch gelähmt war.

»Willst du noch einmal duschen?«, fragte sie mit einem barmherzigen Lächeln, in dem auch ein Flämmchen Spott züngelte.

»Ja«, murmelte ich erleichtert. »Ja. Nur ganz kurz.« Das versprach einen Zeitgewinn.

Sie zog die Schiebetüren zu, als könnte jemand hereinklettern, und ging voraus, die kühlen polierten Steinstufen abwärts. Das Badezimmer lag neben dem Zimmer der Tochter. Die Tür dorthin stand offen. Vorher hatte ich das nicht bemerkt; jetzt fiel mein Blick auf die hellblaue Überdecke des Bettes, auf dem ich es mit ihr versucht hatte, auf den aus der Kindheit herübergeretteten Steiffbären und auf ein paar Briefe, die während ihrer Abwesenheit eingetroffen waren. Hannah zog die Tür zu.

»Hier«, sie öffnete mir das Badezimmer.

Die Spiegel waren immer noch ein wenig beschlagen. Ich hatte vergessen, das Fenster zu kippen. Nun drehte ich den Wasserhahn auf und wieder zu und lauschte. Sie war nebenan, im Schlafzimmer, im Elternschlafzimmer. Gut. Peinlicher konnte es nicht mehr werden. Noch einmal stieg ich in die Dusche und ließ die Wärme auf mich herabrieseln. Der Spiegel sah einen Besiegten.

Zweimal hintereinander, hatte ich gelesen, sollte das Mindeste sein. Sooft ich mit mir allein gewesen war und eigenen Vorstellungen folgen konnte, im gemäßen Tempo, funktionierte das auch, nach einer Pause unberührbarer Empfindlichkeit. Diese Pause hatte sie mir eingeräumt.

Ich reckte mich. Einen Waschbrettbauch konnte ich nicht bieten, aber eine muskulöse Sportlichkeit. Ich versuchte mich in den Posen männlicher Models. Doch, das konnte sich sehen lassen. Eine Frau von vierzig Jahren musste so einen zwanzigjährigen, einigermaßen trainierten Körper einfach anziehend finden! Ich fuhr mit den Handflächen, als wären es fremde, an den Innenseiten der Oberschenkel aufwärts, die empfindliche Hürde auslassend, höher und wieder abwärts.

»Komm schon, mach was!«, forderte ich den Spiegel auf. Vorstellbar, dass sich dahinter eine Kamera verbarg, die geräuschlos einen Film aufnahm. Ob ich dafür genügend Talent mitbrachte? Eigene Messungen hatten nur Durchschnittswerte ergeben, selbst auf dem purpurnen Gipfel der Erregung. Allerdings kam es darauf an, wo man das Lineal anlegte, oberhalb oder unterhalb, und ob man das Ende des Lineals ein wenig in die Haut drückte; das brachte zwei oder drei Zentimeter mehr. Zu klein jedenfalls war er nicht. Und jetzt, allein zwischen hellgrauen Fliesen, dunkelblauen Handtüchern und gläserner Duschwand, in optimaler Positur vor dem Spiegel, jetzt wuchs die Gewissheit wieder. Ich konnte mich präsentieren. Zu keiner ihrer Freundinnen stieg derartig junges festes Fleisch ins Bett.

Da war wieder die anstachelnde Vorstellung: Callboy zu sein, Gigolo, Eintänzer für alternde Diven, der sehenswertere Teil eines ungleichen Paares. Ich brauchte mich kaum zu berühren. Jetzt würde es gehen. Rasch, bevor sich andere Gedanken dazwischendrängten. Sollte ich mich abtrocknen? Nur flüchtig, nur oberflächlich. Wasser auf der Haut, möglichst in Perlen, war erotisch, das hatten die Duschgel-Werbeseiten bewiesen. Ein Handtuch, halb verdeckend um die Hüfte geschlungen, war ebenfalls aufreizend. Ich winkte der unsichtbaren Kamera. Unhörbarer Applaus. Ich nahm das Handtuch mit.

Das Schlafzimmer lag gleich nebenan. Ich mochte die skandinavische Helligkeit in diesem Raum, der mit lichten Aquarellfarben betupft schien, den Anblick der gesteppten Patchwork-Überdecke, die straff gezogen war, wann immer ich die Tochter besucht und durch die Tür gespäht hatte. Eine herausfordernde Unberührtheit lag als Glasur über allem. Niemals hatte dieses Schlafzimmer verbraucht gerochen wie dasjenige meiner Eltern. Immer wirkte es wie eine bezugsfertige Hotelsuite, so frisch und ordentlich, dass man Lust bekam, der Erste zu sein, der sich darin suhlte. Die Tochter hatte mich davon ferngehalten.

Die hölzerne Jalousie war fast ganz heruntergelassen. Das Sonnenlicht spähte durch die Ritzen der Lamellen. Sie hatte die Überdecke bis zum Fußende zurückgeschlagen und war in ihr Bett gekrochen. Das von Dirk lag unangetastet, als solle es so bewahrt werden. Die provozierende Sauberkeit war geblieben.

»Komm!« Sie lupfte die Decke.

Das gefiel mir nicht. Es war zu normal. In die Rolle des Ehemanns wollte ich bestimmt nicht schlüpfen. Young Gun wollte ich sein. Auftreten, posieren, wie auf einem Laufsteg, unter dem alternde Ladys sich ihren Kerl ersteigern. Engagiert und gemietet zu werden: dieser Film war aufregend.

Hannah lag nichts daran, mich auf einer Bühne zu sehen. Sie wollte mich bei sich haben. Sie wollte nicht bewundern, sondern spüren, wollte keinen Schauspieler, sondern einen ehrlichen Gefährten. Das dekorative Handtuch war überflüssig.

»Komm her!«

Ich gehorchte. Unter der Decke musste sie nackt sein. Gesehen hatte ich sie so noch nicht. Wollte sie das vermeiden? Deshalb das Dämmerlicht? Sonst hätten wir auch auf dem Balkon bleiben können. Oder würde sie laut werden, im Gegensatz zu ihrer Tochter, die selbst im Hochbäumen nur unhörbar seufzte, selbst wenn kein elterlicher Lauscher im Haus war.

Ihre Haut duftete nach Seife und Creme. Sie musste geduscht haben, bevor ich gekommen war. Dann hatte sie lediglich so getan, als erwarte sie nichts. Sie umarmte mich. Ich versuchte, mir Luft zu schaffen, indem ich sie tastend erforschte. Ihr Fleisch war nachgiebiger als das ihrer Tochter, die Brüste größer und weicher. Sie duldete das unbeholfene Erkunden. Dann zog sie mich fester an sich. Sie wollte küssen.

Es war ein Begehren in diesen Lippen, dieser Zunge, ein besitzergreifendes Saugen, das ich nicht mochte. Dieses Verlangen war nicht anonyme Lust, sondern galt mir persönlich. Es war, als verlangte sie Antwort und Zuwendung und als glitte ich, während ich noch auf Ausflucht sann, unausweichlich in den Herrschaftsbereich ihres Körpers.

Das war ein Missverständnis. Es sollte nichts Persönliches sein. Doch das schien der Preis, den ich zahlen musste. Um die Richtung mitzubestimmen, versuchte ich anzuwenden, was ich mit der Tochter geübt hatte. Doch dies war anderes Terrain. Die Tochter hatte sich silbrig kühl angefühlt, eine spielende Quellnymphe. Hier wartete weite, aufnehmende Wärme. Ich hatte mit einer Frau schlafen wollen, nicht mit einer Mutter. Aber eine Mutter war sie.

Dass meine Finger ungeschickt waren, spürte ich selbst. Der Griff war zu grob, dann zu ängstlich. Ich raffte mich zu dem auf, was man Stoßen nannte, und stieß mich tatsächlich. Es schmerzte für einen Moment, wie wenn man beim Fußball nicht den Ball, sondern den Boden trifft, nun allerdings mit einem weniger widerstandsfähigen Körperteil. Erschrocken griff sie hin und fing das Welken noch rechtzeitig ab. Sie ließ die Fingernägel prickelnd darüberlaufen, geschickter, als ich mir hatte vorstellen können, und packte allmählich fester zu, und das war gut, sie holte mich zu sich.

Zum ersten Mal glitt ich in eine Frau und gelangte an keine Grenze. Ich hatte mir vorgestellt, irgendwo ans Ende zu kommen. Da war kein Ende. Dann brachte ich doch nicht genügend Länge mit? Noch einmal ein Rückzugsversuch. Zu spät. Sie packte meine zusammengepressten Pobacken und machte sich endgültig zur Herrscherin. Sie bewegte mich. Ich straffte mich, um etwas zu verhindern, das nicht mehr rückgängig zu machen war. Sie seufzte und packte fester, ich gehorchte und stieg auf und stürzte ab.

»Ich bin so erregbar«, murmelte ich entschuldigend.

»Das ist doch gut!«, flüsterte sie.

Das ist es also, dachte ich, und mehr ist es nicht, dieses schwitzende Eifern, so verzweifelt zielstrebig, drängend scheinbar nach eigenem Willen und doch nur ferngesteuert von einem despotischen Befehl der Evolution. Wie ernüchternd durchschaubar. Und Cut – und Danke.

»Das ist doch gut!« Nein, das war nicht gut. Nicht diese Performance. Da hatte ich anderes gelesen. Frauen kamen langsamer auf Touren, brauchten länger, wollten mehrmals; bis zu neun Mal, hatte ich in einem Buch über chinesische Liebeskunst gelernt, in dem sich ein mythischer Gelber Kaiser von einer Kurtisane unterweisen ließ.

Es war nicht gut. Hannahs Trost änderte nichts an den Tatsachen. Und eine weitere Wiederholung war nicht mehr drin. Nicht an diesem Nachmittag.

Hannah hörte nicht auf zu streicheln. »Das war schön«, sagte sie. Es klang artig, als bedanke sie sich für ein nutzloses Geburtstagsgeschenk. Verzeihend klang es auch. So als könne ich nichts falsch machen, weil ich noch jung und dumm war.

»Ich mag dich«, fügte sie hinzu und wollte mich wieder küssen.

»Ich mag dich auch«, fiel mir ein. Ich traute mich nicht, den Küssen auszuweichen.

Das gehörte zum Pflichtbeitrag. Ein Mann durfte nicht aufstehen und weggehen, wenn ihm auch nichts dringlicher geboten schien. Ein Mann sollte auch nicht fragen: War ich gut?, selbst wenn er es unbedingt hören wollte. In diesem Fall verbot es sich von selbst. Ein Mann durfte auch nicht fragen: Wie findest du meinen Schwanz? Oder gar: Sind die anderen kleiner? Wenigstens einer, den du mal erlebt hast? All das war verkehrt. Ein Mann hatte, gerade wenn ihm nicht danach zumute war, zärtlich zu sein.

So strengte ich mich zu Liebkosungen an, obgleich ich gern ausgerissen wäre, wenigstens unter die Dusche. Das

Linkische in meinen Fingerspielen nahm sie hin, das Bemühte daran fiel ihr auf. Irgendwann streifte sie meine Hände ab und sagte: »Du brauchst nicht wiederzukommen, wenn du nicht willst.«

»Doch, doch«, sagte ich, um nicht vollends schäbig zu erscheinen.

Der ausgehaltene Mann

Tatsächlich kehrte ich zurück. Zwei Tage später wanderte ich wieder am Ufer entlang, diesmal am Morgen, als der Sand noch kühl war und Hunde ausgeführt wurden und Männer in orangefarbenen Jacken Bierdosen und Grillreste auflasen.

Manchmal nahm ich das Rad. Meistens ging ich zu Fuß, um gründlicher aus meiner Welt zu entkommen. Während der drei Wochen, in denen die Tochter verreist blieb, an den Tagen, an denen Dirk unterwegs war, wurde mein Besuch zur festen Einrichtung. Nicht zur Gewohnheit, davor schützte das Unerlaubte unserer Treffen.

Die Nachbarn an der Uferstraße wohnten auf ansehnlichen Gartengrundstücken, jedoch nicht weit genug entfernt, um Besucher in der Nachbarschaft zu übersehen. Ein Fremder war ich nicht, schließlich war ich der Freund der Tochter, doch auf der Hut sein mussten wir. Das hielt die Aufregung einstweilen aufrecht.

Ihr Mann war im Hause anwesend in Form von Fotos, gestapelter Post, Weißweinflaschen im Kühlschrank, Fachzeitschriften, Jacken an der Garderobe, Schuhen im Regal. Doch obgleich nach den Wochenenden die gekühlten Flaschen ausgetauscht waren und Jacken und Schuhe kaum merklich den Platz gewechselt hatten, blieb seine Präsenz schattenhaft. Sie lenkte nicht ab.

An dem nun stets geschlossenen Zimmer der Tochter vorbeizugehen war etwas anderes. Hannah fragte nie, ob ich an sie dächte. Ich vermied es, sie zu erwähnen. Ich dachte an sie, natürlich, aber in den entscheidenden Momenten brachte der Gedanke kein Glück. Anfangs hatte ich versucht, in Hannah die Tochter zu finden, die Tochter in ihr zu bezwingen, zu entjungfern und über die Verweigerung zu triumphieren. Das gelang nicht. Das kühle Bild löste sich auf und schmolz in Hannahs umfassender Wärme. Ich konnte nicht gleichzeitig anderswo sein.

Drei Tage vor der Rückkehr der Tochter bot Hannah an: »Wir können jetzt Schluss machen.«

Meine Erleichterung war so groß, dass ich Angst hatte, sie wäre mir anzusehen. Deshalb widersprach ich eilig.

»Mach dir keine Gedanken«, sagte sie. »Ich komme damit klar.«

Die Tochter ließ zwei Tage verstreichen, bevor sie anrief. Ihre Stimme klang belegt. Aus Spanien hatte sie sich ein einziges Mal gemeldet, in der ersten Woche aus Cartagena. In der zweiten hatte sie eine Ansichtskarte aus Alicante geschickt, mit flüchtigen Zeilen, die sie ebenso gut ihrer Großmutter oder ihrem Erbonkel hätte schreiben können und wahrscheinlich auch geschrieben hatte. An einem langweiligen Nachmittag unter irgendeinem Sonnenschirm musste sie sich mit ihrer Freundin zu dieser Fließbandarbeit aufgerafft haben.

Ihre Zurückhaltung am Telefon erklärte ich mir mit meiner eigenen Befangenheit. Ich konnte nicht herzlich sein. Sie im Haus zu besuchen, im Haus der Mutter, war unvorstellbar. Aus Gewohnheit verabredeten wir uns fürs Kino. Damit sie nichts wittern und nichts erschnuppern konnte, wusch ich mich wie ein Gläubiger bei der rituellen Reinigung vor Betreten des Tempels. Ich suchte Kleidung zusammen, die ich bei der Mutter nie getragen hatte.

Und dann zeigte sich, dass ich nichts verteidigen musste. Bei ihr selbst war etwas vorgekommen, das sie geheim halten wollte. Sie fremdelte. Sie zog die Schultern hoch, wenn ich den Arm um sie legte. Ich musste mir keine Mühe geben, sie glaubwürdig zu küssen. Sie erlaubte es nicht.

»Ich glaube, es ist besser, wenn wir uns eine Weile nicht sehen«, eröffnete sie mir. »Ich brauche einfach mal eine Pause.«

»Das verstehe ich nicht«, behauptete ich, und um den Schmerz stärker zu spüren: »Es muss doch einen Grund geben.«

»Muss es das?«, fragte sie. »Vielleicht gibt es gar keinen.«

Also hatte sie etwas erlebt da unten bei den jungen Spaniern, die in den Ferienorten an weißen Mauern lehnten und auf Touristentöchter warteten, auf amüsiersüchtige Beute am Strand, im Eiscafé, in einer Disco um Mitternacht, während die Eltern, von Rioja in den Tiefschlaf gesenkt, ihre Aufsichtspflicht versäumten. Einem Nachkommen naturkrauser Stierkämpfer hatte sie leichten Herzens erlaubt, was sie mir mit nachgeplapperten Bedenken und angeblichen Gewissensbissen verweigert hatte. Einem Macho hatte sie sich hingegeben, der mit Flamencostiefeln auf den Boden stampfte und herrisch ihre Unterwerfung verlangte. In Deutschland hätte sie Alarm geschrien, dort war sie berauscht und fügsam hingesunken.

»Ist denn irgendetwas vorgefallen?«, forschte ich.

»Lass, frag nicht weiter. Ich möchte einfach eine Weile für mich sein.«

Was für eine beklemmende Befreiung! Bislang hatte ich mich als Verräter empfunden. Das fühlte sich nun anders an. Schadenfrohe Liebesgötter hatten die Fäden gezogen und hatten mich und sie, während wir einander nicht sehen konnten, zu fremden Partnern dirigiert. Wir hatten es beide geschehen lassen. Sie schien verwandelt und gestärkt durch ihr Ferienabenteuer. Meine Affäre drohte zu einem Verhältnis auszuhärten, falls ich sie nicht beendete.

»Es war eigentlich ganz leicht«, berichtete ich Hannah am folgenden Tag, als hätte ich die Trennung selbst herbeigeführt. »Wir hatten beide das Gefühl, wir würden jetzt lieber eigene Wege gehen.«

Eigene Wege gehen, getrennte Wege gehen, sich über Gefühle klarwerden, Freunde zu bleiben versuchen; obwohl ich das erste Mal so redete, kamen mir die Worte bereits kraftlos vor.

Wir wanderten durch ein räudiges Stadtviertel mit Secondhandläden, Gebrauchtfernseher-Händlern und Imbissbuden. In einem dieser mit Graffiti besprayten Blocks sollte sich ein gepriesenes indisches Restaurant befinden, ein sogenannter Geheimtipp. Auf jeden Fall war die Gegend weit genug entfernt von Hannahs Haus, weit auch von meiner Wohnung. Eine Begegnung mit der Tochter oder einem ihrer Klassenkameraden war unwahrscheinlich. Und doch gingen wir sicherheitshalber wie Geschäftsfreunde nebeneinander, ohne uns auch nur versehentlich zu berühren.

»Sie hat sich in Spanien verliebt«, erzählte Hannah unaufgefordert und ohne eine Spur des Mitgefühls. »Dein Foto ist von ihrem Schreibtisch verschwunden. Sie hat wohl viel Zeit mit einem gewissen Jaime verbracht. Seine Fotos stehen überall. Er sieht tatsächlich eindrucksvoll aus.«

»Oh, das ist in Ordnung«, log ich. »Wirklich, ich gönne es ihr.« Wenn seelischer Schmerz das Leben verkürzte, war meine Lebenserwartung gesunken. Beabsichtigte Hannah das? Sollte ich ihr im Eiltempo nachaltern? Oder warum erzählte sie mir von diesem Jaime? Schwang sogar Triumph mit in ihrer Schilderung? Was sollte der Kommentar über das eindrucksvolle Aussehen?

»Ich glaube, das ist gut für uns, für dich und mich«, versicherte ich. »So brauchen wir kein schlechtes Gewissen mehr zu haben.«

»*Du* brauchst kein schlechtes Gewissen zu haben«, korrigierte sie.

Richtig, sie hatte immer noch Grund dazu. Sie hatte ihren Mann. Und den sollte sie auch behalten. Ich wollte lediglich einspringen, wenn es passte.

Das indische Restaurant war geschlossen. Die vergilbte Speisekarte hatte sich in ihrem Glaskasten eingerollt. Ins Fenster, zwischen schief hängenden Gardinen, hatte ein Makler sein Schild geklebt. Der Geheimtipp, den Hannah von einer unbürgerlichen Malerfreundin bekommen hatte, musste historischen Datums sein.

»Lass uns zu dir fahren«, bat sie.

Ich war mit dem Bus von der Uni gekommen. Sie hatte ihr Auto in einer Nebenstraße geparkt, im klebrigen Schatten einer Linde. Ich mochte kaum die Tür öffnen. Nun ging es weiter.

Sie war eine vorsichtige Autofahrerin, zaudernd und übertrieben rücksichtsvoll. Anderen, deren Adrenalin in der Wärme kochte, gab sie willfährig nach. Resigniert ließ ich mich von diesem Verkehrshindernis chauffieren. Zu ihrem Ziel, meiner Wohnung.

Mit einiger Überwindung hätte ich, wie ihre Tochter, um eine Pause bitten können: Ich bräuchte im Moment etwas Abstand. Nur hätte Hannah gewusst, dass es sich nicht um eine Pause handeln konnte. Und für Schmerz wollte ich nicht verantwortlich sein oder wenigstens nicht verantwortlich *gemacht* werden. Es fehlte jemand, der mich zu diesem verletzenden Schritt angespornt hätte, ein enger Freund – aber bislang wusste keiner davon. Besser noch eine andere Frau. Die gab es erst recht nicht.

So stiegen wir das renovierungsbedürftige Treppenhaus empor, in dem sich die Wärme von Stockwerk zu Stockwerk verdichtete, bis zu meiner Wohnung unter dem Dach. Kein Nachbar begegnete uns. Beim schwerhörigen Frührentner unter mir lief der Fernseher. Kein Grund zu erhöhter Vorsicht.

»Möchtest du duschen?«, fragte ich, während ich aufschloss.

Die kleine Wohnung hatte sich dumpf aufgeheizt. Die Vorhänge ließen nur fahles Zwielicht herein, das durch den Staubgeruch noch undurchdringlicher zu werden schien. Während Hannah sich im Badezimmer mit den altertümlichen Armaturen vertraut machte, blieb mir Zeit, die Fenster aufzureißen, T-Shirts und Socken in den Schrank zu stopfen, Zeitungen unter der Spüle verschwinden zu lassen, das Bett zu beziehen. Ich tat es hastig und bedrückt. Es war nichts zu spüren von der Leichtigkeit, mit der ich zur herrschaftlichen Villa geeilt war, als Liebhaber einer wartenden Lady, Knappe der Gräfin, Knecht der Gutsfrau, als Boy vom erotischen Lieferservice, der die bestellte Portion brachte und sich, ohne sich ins Gästebuch einzutragen, wieder verabschieden durfte.

Hier nun war ich haftbar. Diese Sphäre offenbarte etwas von mir, etwas, das mit Glanz nichts zu tun hatte. Es beendete die Geschichtslosigkeit. Diese zwei ineinandergehenden Zimmer mit Sammlungen ungeordneter Versuche, die verrutschten Bücherstapel, die archäologisch herausfordernden Schichten auf dem Schreibtisch, die schief tapezierten Wände samt betagten Plakaten und schwarzen Staubfäden, die aus den Ecken der Dachschrägen hingen und sich nach rätselhaften Gesetzen träge bewegten.

Eine unerwünschte Rolle wuchs mir hier zu. Jederzeit aufbrechen und fortgehen zu können, das entbindende Klacken der Gartenpforte hinter mir zu hören, im Umdrehen noch einmal lässig zu winken, das Gesicht schon im Elbwind, und mich dann frei zu fühlen, das war für immer vorbei. Der magische Schwebezustand, in dem über Zukunft nicht geredet wurde und die Vergangenheit aus Anekdoten bestand, ließ sich nicht halten. In der eigenen Wohnung war ich einer der Zauberer, deren Tricks im Fernsehen verraten wurden; alles zerfiel zu Technik, Täuschung und Ablenkungsmanövern.

Sie kam nackt aus dem Badezimmer, eines meiner bröseligen Handtücher um den Leib geschlungen, knapp die Brüste bedeckend, wie sie es in amerikanischen Filmen gesehen haben mochte. Sie bemerkte mein Grübeln und fragte nicht. Sie schickte mich nicht mal zum Duschen. Sie war glücklich genug so, jetzt, in meiner Burg. Als sie sich im Bett, das aus einer überbreiten Matratze bestand, auf mich schwang, war sie schon beinahe eingezogen.

»Du brauchst neue Vorhänge«, sagte sie, als wir in kühlendem Schweiß nebeneinanderlagen. »Oder du musst die alten waschen.«

Ein paar Tage später brachte sie neue Vorhänge. Dann kam sie mit neuen Gläsern, einfachen Weinkelchen und hohen für Longdrinks. Etwas später hatte sie Handtücher dabei, zuerst fürs Bad, anschließend für die Küche. Sie brachte Besteck, kein graviertes Silber, aber etwas Ansehnliches, das ihrer Bauhausneigung entsprach, und davon gleich einen vollständigen Satz. Damit hätte sie bei einem gesetzten Essen die beiderseitigen Familien und Schwiegereltern einander vorstellen können. Eine akzeptable Teekanne besaß ich, jedoch keine überzeugenden Tassen; also kaufte sie dünnwandige weiße, durch die man bei Sonne die Farbe des Tees schimmern sah.

Es war beschämend und korrumpierend. Ihr machte es Spaß, die Wohnung auszustatten. Ich durfte von erwachsener Kultiviertheit kosten und eintreten in den Club ihres Stils. Sie brachte signierte Grafiken und ein nebulöses Acrylgemälde, damit ich meine Plakate durch echte Kunst ersetzte. »Lieber ein zweitklassiges Original als eine erstklassige Reproduktion«, lehrte sie. Ein Antiquitätenhändler klingelte und trug einen Kleiderständer herein, Wien, Thonet, ein hundertjähriges Original, das sie in einem Auktionshaus entdeckt hatte. Der Händler, der so viel Lebenslust ausstrahlte, dass ich eigentlich mit ihm anstoßen wollte – nur war kein Sitzplatz frei, alles mit Kleidern und Büchern belegt –, sah sich gut gelaunt in der Wohnung um. »Mit irgendetwas muss man anfangen«, sagte er schließlich aufmunternd. Beim Sammeln alter Kostbarkeiten, meinte er. Ich musste erst lernen, dass ein sperrig verbogenes Gestänge nicht nur teuer, sondern auch schön und mit etwas Mühe sogar benutzbar war. Sie abonnierte mir den *New Yorker*, in der Annahme, ich beherrschte ausreichend Englisch, um die Ironie der Essays oder wenigstens die Bildunterschriften zu verstehen.

Ich hatte mich als Model gefühlt. Jetzt modellierte sie mich. Ich ließ es geschehen. Aus dem *New Yorker* lernte ich als Erstes, dass ich ein ausgehaltener Mann war, ein *kept man*. So lautete die Vokabel in einer Reportage über Raymond Chandler und seine achtzehn Jahre ältere Frau. Und wie war das mit Chopin und George Sand gewesen? Sie war die Ältere, Wohlhabende, gesellschaftlich Gewandte; er durfte auf ihre Kosten den Künstler spielen. Annette Droste-Hülshoff war siebzehn Jahre älter als Levin Schücking und verschaffte ihm zum Dank für ungenannte Dienste Geld, Stellungen und Publikationsmöglichkeiten.

Dass Hannah für mich zahlte, steigerte immerhin mein sexuelles Selbstbewusstsein. War ich bestechlich? Offensichtlich. Hatte ich deshalb Bedenken? Nein. Ich konnte mich als gedungener Knecht fühlen, und das hatte einen entlastenden Nebeneffekt. Ich musste mir keine Gedanken machen, ob ich sie liebte oder überhaupt jemals in sie verliebt gewesen war. Die Vorstellung, mich zur Verfügung zu stellen und benutzt zu werden, wog leichter. Sie fragte auch nie nach Liebe. Womöglich traute sie mir keine wahrhaftige Antwort zu.

So war ich ihr geheimer Spielgefährte und allmählich vorzeigbarer Gesprächspartner bei Ausstellungen und Konzerten und in den verrauchten Bars danach. Sie hatte das alles bislang allein unternommen, zuweilen mit ihrer Künstlerfreundin, die inzwischen eingeweiht war. »Genieß das, solange es läuft«, hatte die ihr geraten. Ich schwieg, als Hannah davon erzählte, und sie drang nicht in mich, was das *Wie lange* betraf.

Weil sie sich für Anthroposophie interessierte, fanden wir uns in Vorträgen wieder, die für durchgeistigte ältere Zuhörer in Webgewändern gehalten wurden, in Seminarhäusern, in denen außer am unteren Türrand kein rechter Winkel zu entdecken war. Ich begleitete sie zu gespenstischen, aus Grüften entschwebten Tanzdarbietungen in Schleiern und fließenden Farben. Wir besuchten einen kargen Wochenmarkt im Hof der Rudolf-Steiner-Schule, mit biodynamischen Karotten und pappig aufgetautem Vollkornbrot. Etwas musste anders werden.

Zweifel des Troubadours

An Donnerstagabenden trafen wir uns in einem Gesprächskreis, zu dem sich ein Dutzend verschrobener Genies in einem Teehaus im Hirschpark versammelte. Die Themen, wechselnd von Woche zu Woche, hießen *Karma und Wiedergeburt*, *Geheimnisse der Farbenlehre*, *Antike Mysterienweisheit* oder *Wege zur Selbsterkenntnis*.

Diese Runden, in denen Hannah selten etwas sagte – und wenn, dann nur Ausgleichendes – und an denen ich mit schweigendem Vorbehalt teilnahm, endeten erst nach Sonnenuntergang. Wenn wir das Reetdachhaus verließen, war der Park in magisches Zwielicht getaucht. In der alten Lindenallee, über den Entenweihern und auf den von Rhododendren überwölbten Wegen schien etwas von den beschworenen Mysterien zu schweben. Die Drosseln, deren späte Strophen uns begleiteten, besangen mühelos den Frieden, um den die Redner gerungen hatten. Die Scharen von Kaninchen, die sich um diese Zeit auf den Rasen trauten und angesichts der späten Wanderer nicht einmal forthuschten, waren aufgestiegene oder abgesunkene Anthroposophenseelen.

Als an einem Abend *Eros und Spiritualität* das Thema gewesen war und ausgerechnet der warmherzigste Teilnehmer unbeirrbar festgelegt hatte, Sex sei dem Menschen zur Fortpflanzung gegeben und zu nichts anderem, sei darüber hinaus Energievergeudung auf Kosten der geistigen Entwicklung und führe in die Abhängigkeit, und nachdem die anderen diese These beredt hin und her gedreht hatten, hatte sich Wut in meinem Schweigen gestaut. Ich traute mir nicht zu, den Mann rhetorisch zu widerlegen. Ich musste es gleich nach der Runde tun, und nicht nur ihn, sondern alles Höherstrebende und himmelwärts Verzweigte, dem meine Studentenschlauheit nicht folgen wollte.

Auf den Boden ziehen wollte ich es, geradewegs hier auf die würzige Erde, auf denselben weichen Rasen, auf dem sich die Kaninchen vergnügten, gleich hinter dem französischen Garten, dessen nachtduftende Blüten die Süße dazu spendeten.

»Komm, komm her!«

Hannah blickte sich unschlüssig um. Ich hätte nichts gegen späte Zeugen gehabt, etwa eine Frau mit Restlichtverstärker im Fernglas. Hannah wünschte sich Schutz und Geräuschlosigkeit. Ich konnte meine Sommerjacke opfern und als Unterlage ins Dunkel unter die alten Rhododendren schieben. Hannah ließ sich nicht ganz entkleiden, aber doch so, dass ich mich in die Vorstellung steigern konnte, ihr Gewalt anzutun, rasch und heftig, ein entflohener Sträfling, im Gebüsch, dass schlafende Vögel aufflatterten; und ihr den Geist auszutreiben, nicht nur ihr, sondern allen Wahrheitssuchern, ihnen den Beweis entgegenzuhalten, dass alles Streben immer nur einmünden konnte in dieses hier, in diesen Augenblick auf zerknautschtem Stoff und taufeuchter Erde.

Sie atmete mühsamer als sonst und stöhnte leiser. Ekstatisch war sie nie gewesen. Weder schreiend noch zuckend hatte ich sie erlebt, erst recht nicht um sich schlagend oder auch nur sich windend. Anders, als ich nach meinen Leinwanderlebnissen erwartet hatte, genoss sie still, falls sie es überhaupt tat. Ich war nie sicher und vermied es, zu fragen. Nur dieses hier genoss sie nicht, das war gewiss. Sie nahm es auf sich als Versuch eines Abenteuers, als Wagnis, als Experiment in Jugendlichkeit, und vor allem, um mir einen Liebesdienst zu erweisen.

»Wow, das war irre«, murmelte ich schwach.

Sie bestätigte es nicht; sie streichelte nur. Hoch oben, über den noch glimmenden Himmel, glitt mit fernem Säuseln ein spätes Flugzeug, rot beschienen. Von dort oben spähten Heimkehrer auf die dunkle Erde hinab und suchten in den verwobenen Lichterschnüren der Stadt ihr Viertel oder das ihrer Freunde und sahen am dunklen Band des Flusses ein unbeleuchtetes Viereck mit ausfransenden Rändern, das war der Hirschpark. Dort verbarg sich ein fragwürdiges Paar.

Wir kleideten uns stumm an und tasteten uns durch die Zweige auf den Weg, vorsichtig auftretend, als käme es plötzlich darauf an, niemanden zu stören und von niemandem angesprochen zu werden. Der Sand knirschte überlaut, als wir unter schwarz aufragenden Bäumen das Wildgehege umwanderten, immer am grobmaschigen Zaun entlang, hinter dem die Konturen der Tiere zu ahnen waren, in schlaftrunkener Bewegung oder so statuarisch, dass sich nicht sagen ließ, ob es nicht Futterkrippen oder Baumstümpfe waren. Als unmittelbar neben uns ein Schnauben erbebte, schraken wir zusammen; es kam von jenseits des Zaunes, das geisterhafte Wesen blieb unsichtbar.

Wir gelangten an den Beginn des schmalen Pfades, der oberhalb der Villen aus dem Park herausführte und in die kleine zur Elbe abfallende Straße mündete, in der sie wohnte. Am Parkausgang stand eine trübe Laterne, unter der Hannah zu prüfen versuchte, ob Spuren an ihr geblieben waren, von Gras oder Erde oder von mir. Sie musste immer aufpassen und etwas verbergen, wurde mir klar. Ich hatte den leichteren Part, und mit diesem Überfall im Park hatte ich ihr keinen Gefallen getan. Wir küssten uns, weniger überzeugend, als sie es ersehnte, denn ich war unsicher geworden nach meiner Vorstellung. Dann winkte ich in die dichter fließenden Schatten und war frei, zu gehen.

Als ich ein paar Tage später ihre Freundin kennenlernte, in einer Ausstellung spielzeugbunter amerikanischer Serigraphien, kam sie mir jünger vor als Hannah. Sie war vom gleichen Jahrgang, aber unabhängiger; sie hatte nie geheiratet. Malerin sei sie, mit Einkünften aus einem, wie Hannah meinte, barmherzigen Erbe. Sie lebe in einem Wohn- und Schlafatelier, besucht von wechselnden und rarer werdenden Künstlergefährten oder insolventen Galeristen. Kein Kind hatte ihr Becken geweitet, keines ihren Bauch gedehnt oder ihre Schenkel mit Streifen markiert, keines hatte an ihren Brüsten gesogen oder beim Zahnen gebissen. Ob sie es gewollt hatte oder nicht, sie hatte ihren Körper geschont.

Das war Kim. Sie gab sich unbefangen und freundschaftlich neutral. Doch wenn ich nicht hinsah und wenn Hannah nicht hinsah, beobachtete sie mich. Im nicht ganz spiegelfreien Glas der Bilderrahmen war es zu erkennen, während ich vorgab, mich für die gerasterten Collagen aus Plakatresten und Comicstrips zu interessieren.

Solange Hannah Seite an Seite mit Kim ging, streifte die mich nicht mal mit einem Blick. Doch sobald Hannah sich allein in ein Bild vertiefte, musterte die Freundin mich verstohlen, als schätzte sie Maße und Preise. Warum? Weil sie Hannah gratulieren oder schleunigst abraten wollte? Aus eigenem Interesse? Ich hatte mir bislang keine Gedanken über eine andere Frau gemacht. Was ich wollte, konnte ich mir bei Hannah holen, unaufwendig und ohne langfristig verplant zu werden. Ihr Körper war jung genug, jünger als ihr Gesicht. Und dass sie an mir genug hatte, dessen war ich sicher. Oder nicht?

»Schläfst du eigentlich noch mit Dirk?«, fragte ich sie unvermittelt, als wir nach der Ausstellung in der Nähe meiner Wohnung hielten. Eigentlich war ich bereits ausgestiegen und beugte mich nur noch zum Abschied über die halb schon geschlossene Tür. Von ihrem Platz am Steuer sah Hannah mich teilnehmend an. Mir war, als hätte ich ihr leichtfertig ein Machtmittel in die Hand gegeben. »Es interessiert mich einfach«, fügte ich hinzu wie jemand, der an einer Studie arbeitete und eine Umfrage durchführen musste. Bislang hatten wir das Thema nie berührt.

»Würdest du gern mit Kim schlafen?«, fragte Hannah freundlich zurück.

»Was ist das denn für eine Antwort?«

»Weil du sie so angestarrt hast in der Ausstellung.«

Das war absurd. Nicht ich hatte Kim angestarrt. Umgekehrt, sie hatte mich mit Blicken, nun ja, taxiert, milde formuliert. Aber das wollte ich jetzt nicht erörtern.

»Es kommt vor«, sagte Hannah. »Ich bin ja noch mit ihm verheiratet. Wir schlafen im selben Bett. Eine Zeit lang wollte er nichts von mir wissen. Neuerdings hat er wieder Spaß daran.« Sie schien damit einverstanden. »Aber nicht oft.« Das Leben war nun mal so.

»Nicht oft?« Ich war bestürzt, dass es überhaupt vorkam.

Sie langte herüber, um die Tür zu schließen, und nickte mir zu, vertrauensvoll und gönnerhaft, als sie abfuhr.

Es war das erste Mal, dass ich mich nicht von ihrer Nähe bedroht fühlte, sondern von ihrer Entfernung. Sie war also nach anderen Seiten offen. Jetzt wieder. Ich hatte sie nicht herausgelöst aus ihrer Ehe. Natürlich nicht. Sie *sollte* ja versorgt und angebunden sein und Pflichten haben. Ich hatte mich lediglich für die Sonnenseite zur Verfügung gestellt.

Und jetzt hatte sie auch bei ihrem Mann Spaß? Seit kurzem wieder? War das ein Zeichen dafür, dass ich nicht genug war? Dass es mir an Kunst mangelte? Ich war immer drängend, ungestüm, rücksichtslos, schnell. Das galt nicht als Stärke, so viel hatte ich mitbekommen. Sie hatte sich nie beschwert. Gejubelt auch nie. Sie hatte nur wohlig geseufzt und mich gestreichelt, wie man ein Kind streichelt.

»Du könntest dir eine eigene Wohnung nehmen«, schlug ich ihr am anderen Tag vor. Mit dem nachmittäglichen Fährschiff setzten wir vom Blankeneser Anleger auf die andere Seite der Elbe über. Dort konnte man auf dem Deich entlangwandern, vorbei an Häuschen mit Obstgärten bis zu einem windschiefen alten Gasthof, in dem ich in versunkenen Sommern mit meinen Eltern gesessen hatte.

»Daran habe ich auch schon gedacht«, sagte sie, während sie auf das schaukelnd zurückbleibende Ufer sah. Ich schwieg erschrocken. Sie hatte sich nach einer Wohnung umgesehen? Ohne mich zu fragen?

Die mit Häusern bestreuten Hügel glänzten im Licht der Augustsonne, Waseberg, Süllberg, Kiekeberg, der Leuchtturm auf dem Mühlenberg, dann der dunkelgrüne Rücken des Hirschparks, darunter die kleine Reihe ufernaher Villen samt dem weißen Würfelhaus, in dem sie mit ihrer Familie lebte.

»Ich habe mir schon ein paar Angebote angesehen«, erzählte sie. »Aber ausziehen – das wäre ein großer Schritt.«

Ein großer Schritt? Das wäre ein Verhängnis! Dann war sie bereit, ihre Familie zu verlassen, meinetwegen? Mit einem Mal mir die Verantwortung aufzubürden für ihr Glück und, viel entsetzlicher, für ihren Kummer?

Unmöglich. Nicht vorstellbar. Abgelehnt. Mit meinem Vorschlag, hier zwischendurch an der Reling, hatte ich ihr lediglich ein paar Worte über ihre Ehe entlocken wollen, keine Konsequenzen, keine Taten. Ich war nur Minnesänger und wollte nichts anderes sein, ein Troubadour, der unter einem Söller sang und der Frau Artigkeiten erwies, solange ihr Mann auf Gralssuche war.

»Ausziehen wäre ein großer Schritt?«, wiederholte ich brüchig.

Um uns herum schnatterten Urlauber und Tagesausflügler, fotografierten die Türme der Stadtsilhouette im Osten und die sandigen Inseln im Westen und stellten Mutmaßungen an über die Schlepper und Lotsenboote bei den Containerschiffen, deren herüberschwappende Wellen die Fähre zum Schaukeln brachten. Es war Zeit für Bier und Witze über Schiffsuntergänge.

»Weil ich nicht weiß, wie lange du mich noch lieben wirst«, erklärte sie, kaum vernehmbar und ohne mich anzusehen. Sie wollte mich schonen, sich selbst auch.

»Aber wie kannst du daran zweifeln!«, warf ich ihr vor, eindringlich, doch so gedämpft, dass niemand aufmerksam wurde. Wie lange ich sie noch lieben würde? Ich wusste nicht einmal, ob ich sie überhaupt jemals geliebt hatte und was mit dem Wort gemeint war, an das man beizeiten geschmiedet zu werden schien.

»Vielleicht hast du eines Tages genug von mir«, murmelte sie.

Was blieb mir, als es auf der Stelle abzustreiten? »Natürlich werde ich dich immer lieben!« Das war nun doch zu laut. Ein ondulierter Frauenkopf, der über die Reling ins wirbelnde Schraubenwasser gestarrt hatte, wandte sich in unsere Richtung. Ich lächelte entschuldigend. Weil meine Formel noch eines Beweises bedurfte, schwor ich: »Du hast mich entjungfert!«

Tatsächlich war sie überrascht und gerührt. Sie drückte mich an sich. »Nichts muss jetzt entschieden werden.«

Der kleine Hafen von Cranz war erreicht, überragt von den Aufbauten eines Sperrwerks, das die Obstplantagen vor Sturmfluten schützte. Vor dem Reparaturdock einer kleinen Werft lag eine Schute mit Baggergeschirr, auf der Mole daneben Berge von rostigen Ketten, Winden, Ankerteilen. Flussabwärts dehnte sich das Deichvorland mit einem Schilfgürtel, der am Horizont mit den weidenbestandenen Inseln verschmolz. Es war eine Landschaft für kindliche Abenteuer mit selbstgebauten Flößen, ein Abglanz des Mississippi.

Rüttelnd und bebend robbte sich das Schiff rückwärts an den Kai. Hinter den Pollern drängte sich eine bedrohliche Menge sommerlicher Touristen samt Kindern, Hunden und Fahrrädern. Es waren erschöpfte Rückkehrer, die in den Fährhäusern und Deichcafés Mittag gegessen hatten und nun einen freien Sitz oder wenigstens einen Platz an der Reling erobern wollten. Widerstrebend bequemten sie sich, den Aussteigenden Platz zu machen. Gepufft und geschoben, kletterten die Ankömmlinge über die schmale Brücke und mühten sich durch das Spalier der Ausflügler und deren Wolken aus Schweiß und Sonnenöl.

»Dietmar!«, rief eine vertraute, hier völlig unangebrachte Stimme. Dann eine zweite, ebenso fehl am Platz: »Dietmar!«

»Das darf doch nicht wahr sein.« Erschrocken ließ ich Hannahs Hand los. »Meine Eltern.«

Ich hätte die beiden lieber als jemand anders ausgegeben. Peinlicherweise waren sie in Bermudashorts unterwegs. Ihre rosige Laune hatte etwas Volkstümliches, als kämen sie angeheitert vom Schunkeln. Mein Vater trug ein kurzärmeliges Hemd vom Discounter. Der Bauchansatz drückte über den eng geschnürten Gürtel. Durch die beigefarbene Bluse meiner Mutter schimmerte der Büstenhalter. Sie trugen weiße Sonnenkappen mit grünem Schirm, unter denen ihre Blicke allmählich erfassten, dass ich in Begleitung war.

»Wir haben bei Rieckmann gegessen«, erzählte mein Vater und sah dabei nur mich an. »War prima, ganz, ganz prima.« Rieckmann, richtig, so hieß der alte Gasthof, in dessen Kastaniengarten ich in mythischen Kindheitssommern Eis aus beschlagenen Silberbechern gelöffelt hatte.

»Die geben sich immer sehr viel Mühe«, ergänzte meine Mutter, während sie der unbekannten Frau an meiner Seite zulächelte, die nicht wesentlich jünger war als sie selbst.

»Aber es ist voll«, fuhr mein Vater fort. »Darauf müsst ihr euch gefasst machen.«

»Voll ist es überall«, steuerte meine Mutter bei.

»Meine Eltern«, stellte ich vor. »Und dies …« Hier verstummte ich. Zu der älteren Frau an meiner Seite fiel mir absolut nichts Plausibles ein.

Unvorstellbar

»Stopp Spiel!«, rief meine Tochter als Fünfjährige, wenn ihr die Jagd durch die Zimmer den Atem nahm oder wenn das Verstecken in der Dämmerung unheimlich wurde. Damals hatte sie noch Angst vor dem schwarzen Mann.

»Arretêz!«, rief Ernst, der fromme Herzog von Gotha, wenn ihm das Gebet mit der Gemahlin zu schamlos und zu aufreibend wurde, auf den Samtkissen in genau jener Kapelle, die jetzt den ungleichen Paaren geweiht ist.

Kurzes Einhalten: Wie stellt man seine unpassende Partnerin vor? In diesem Fall Hannah. Und generell: Welche Worte findet man für die Unebenbürtige? Oder für ihn, den zu alten, zu jungen, zu armseligen oder einfach befremdlichen Mann? Wie präsentiert man ihn oder sie den Eltern, Geschwistern, den Freunden, der *Peer Group*?

Wohlmeinenden kräuselt sich schon beim Anblick die Kopfhaut. Nahestehenden stockt womöglich der Atem. Sie schlucken, bevor sie etwas sagen können. Entferntere Zeugen lockern genüsslich das Seil der Guillotine.

Nicht zu ändern. Wir müssen den unpassenden Partner einführen in die Runde jener, die besser wissen, was passt. Oder die Hände reibend ahnen, dass es auf keinen Fall gutgehen kann.

»Ich hoffe, mein Lieber«, zischte Queen Mary, »sie ist nur für kurze Zeit deine Geliebte!« Und weil ihr Sohn Edward halsstarrig schwieg, fauchte sie: »Für *sehr* kurze Zeit!«

Edward, ihr Ältester, Thronfolger nach dem Tod ihres Mannes, hatte soeben eine Bürgerliche präsentiert, obendrein Amerikanerin, Wallis mit Namen. Der Begriff *bürgerlich* war schon zu hoch gegriffen. Wallis war eine berauschende Erscheinung, jedoch auf lasterhafte Art. Die im Thronsaal anwesenden Diener haben später über dieses Treffen berichtet, jeder ein wenig anders, doch Wallis erscheint stets als dieselbe: als Inbild verbotener Sinnlichkeit.

Sie ging in diesem Jahr bereits auf die vierzig zu. Das allein war für die Ehefrau eines angehenden Herrschers des Vereinigten Königreiches und des Commonwealth grundverkehrt. Überdies hatte sie bereits zwei Scheidungen absolviert. Das war nun gänzlich unmöglich.

»Warum hast du sie überhaupt vorgestellt?«, schnarrte Queen Mary mit ihrem verrauchten Organ.

Edward antwortete so, wie er es dort gelernt hatte, wo er die angenehmsten Jahre verbracht hatte, beim Militär. Er stellte sich in Pose, als gäbe er den Befehl zur Attacke, und erwiderte schneidend: »Mutter, ich beabsichtige, sie zu heiraten.«

»Das wirst du nicht tun«, krächzte die Alte.

»Die Vorbereitungen sind getroffen.«

»Dann trifft dich Englands Fluch.« Sie hustete dramatisch. »Der Fluch des Königreiches trifft dich. Es trifft dich Gottes Fluch. Mein Fluch!«

Diese Steigerung war einschüchternd. Doch Edward heiratete. Seine Ehe erblühte zur berühmtesten Mesalliance in der ersten Hälfte des zwanzigsten Jahrhunderts.

Wallis war ihm von einer scheidenden Geliebten als Ersatz empfohlen worden. Auf den Festen der Gentry hatten

Gerüchte von ihrer erotischen Wunderbegabung bereits die Runde gemacht. Nun war ihr der Prinz verfallen. Eine seiner ersten Amtshandlungen als König sollte es sein, bei einem Adria-Urlaub die Genehmigung zum Nacktbaden zu erwirken, zumindest für Wallis und himself.

Es war der einzige Sommer, den er als Herrscher genoss und durchlitt. Zehn Monate nachdem er die Reichsinsignien ererbt hatte, reichte er das Königtum abdankend seinem Bruder weiter, einem gewissen Georg, dem Vater von Elisabeth.

An den heiseren Fluch der Queen Mary erinnerte ich mich, als ich an einem windigen Frühsommertag das Kreuzfahrtschiff besichtigte, das nach ihr benannt worden ist. Das hochseetaugliche Monstrum lag im Hamburger Hafen.

Ich entsann mich: Mary hatte ihren Sohn des Landes verwiesen, nachdem er die unwürdige Gefährtin geehelicht hatte, mit der er dann sechsunddreißig Jahre verheiratet blieb, bis an sein stilles Ende. Queen Mary hatte sich zeitlebens geweigert, ihn wiederzusehen. Das ist das Risiko unartiger Kinder.

»Solange mein Name und meine Würde noch etwas gelten, werden Mesalliancen niemals geduldet werden«, hatte Mary verkündet, als ihr Sohn nach Frankreich ausgewandert war. Genau dieses gravitätische Wort zitierte ich dem Cruise Director des Kreuzfahrtschiffes, der für die Gästebetreuung verantwortlich zeichnete. Ob jenes monarchische Wort – keine Mesalliancen! – heute noch Gültigkeit habe, wollte ich wissen. Ob es zum Beispiel an Bord der Queen Mary gelte.

»Aber nein!«, rief er mit volltönendem Lachen aus. »Wir

leben von Mesalliancen!« Ein wenig nachdenklicher fügte er an: »Die ganze Welt lebt davon. Meinen Sie nicht auch?«

Tatsächlich entstammte Mary selbst einer unebenbürtigen, sogenannten morganatischen Ehe, auch Ehe zur linken Hand genannt. Sie war also ohne dynastische Rechte geboren und deshalb besonders empfindlich. Bei Kindern und Kindeskindern wollte sie dergleichen nicht aufkeimen sehen. Wie es indessen geht mit Geschehnissen, die man verschweigen oder verhindern möchte: Sie wachsen besonders auffallend empor und leuchten verführerisch. Die Kinder von Marys Enkelin haben, von Charles bis Andrew, die zweite Hälfte des zwanzigsten Jahrhunderts mit prachtvollen Mesalliancen gesegnet. Und deren Kinder wiederum tun alles dafür, unsere Zeit mit demselben bunten Stoff zu versorgen. Möge das englische Königshaus niemals verdorren!

Also, wie stellt man den unpassenden Partner vor? Kann man es überhaupt richtig machen? Wie verhielt sich der namenlose Prinz, als er jene Schönheit aufs Schloss brachte, die uns als Aschenputtel bekannt ist?

Sein Vater muss bezaubert gewesen sein. Er wird hastig die Krone zurechtgerückt haben. War auch die Mutter einverstanden? Erste schriftliche Fassungen des Märchens sind im 14. Jahrhundert bezeugt – zu einer Zeit, als Boccaccio und Geoffrey Chaucer in ihren Erzählungen die Ausschweifungen des einfachen Volkes rühmten. Dem inzestuösen Adel, behaupteten diese Poeten, seien Lust und Fortpflanzungskraft abhandengekommen. Also priesen sie in wolllüstigen Geschichten die unstandesgemäßen Verbindungen: Königssohn und Bauernmagd oder Prinzessin und Reitknecht. Man hat sich, soweit wir wissen, nach Vermögen an die Empfehlungen gehalten, wenn auch nur selten offiziell wie bei Haakon und der Raverin Mette-Marit oder umgekehrt bei der Prinzessin von Wales und dem ehrgeizigen Einwanderer Dodi Al-Fayed.

»Je suis celui qui«, erklärte eine Fünfunddreißigjährige namens Françoise, deren Geburtsort eine Haftanstalt gewesen war: »Ich bin diejenige, welche.« Mit diesem Twitterkürzel stellte sie sich dem Hof in Versailles vor. Sie musste es selbst tun, da ihrem Liebhaber, dem vierzehnten Ludwig, die Worte ausgegangen waren. Françoise stammte aus einem Gefängnis in Bordeaux. Dort war sie als Tochter einer mittellosen Mutter zur Welt gekommen. Durch die Schlafzimmer von Paris stieg sie auf bis ins Goldene Kabinett des Throninhabers, wurde schließlich formell anerkannt und zur Marquise de Maintenon geadelt, übernahm beherzt die Regierungsgeschäfte und herrschte fortan glanzvoll wie eine Königin, freilich geschickter.

Hat das auch Aschenputtel getan für ihren offenkundig nicht sonderlich schlauen Prinzen? Musste ihre Schwiegermutter dazu mit einer Prise Bilsenkraut aus dem Weg geräumt werden? Die ursprünglichen Märchenfassungen legen das nahe. Ungleiche Paare müssen mehr Überzeugungsarbeit leisten als Gleich und Gleich.

Als Stéphanie, die feinherbe Prinzessin von Monaco, dem Vater ihren Aschenputto vorstellte, einen Bodyguard, Expolizisten und vielfach bewährten Schläger, soll der vergreiste Fürst lediglich entkräftet abgewinkt und den Wunsch nach einem doppelten Calvados geäußert haben. Er hatte bereits genug erlebt. Die folgenden Verbindungen mit Zirkusdirektoren, Kellnern und Gärtnern haben ihn kaum noch erschüttert. Zumal er, gnädigen Angedenkens, selbst eine Art Bad Boy gewesen war, als er Grace Kelly heimführte.

Denn um dieses Modell handelt es sich hier. Nicht mehr um Edelmann und Bauernmagd, sondern um Bad Boy und Prinzessin. Um den speienden Drachen und die Königstochter. Um das Ungeheuer und die Schöne. Um King Kong und die weiße Frau, wobei übrigens jene weiße Frau ihren Eltern den Affen nicht mehr vorzustellen brauchte; er war hinlänglich bekannt. Esmeralda musste für ihren buckligen Quasimodo in den aufrührerischen Wirren ebenfalls nicht um Erlaubnis fragen. Und Rotkäppchen, die in den frühesten Fassungen des Märchens an der Hand eines wolfshaarigen Mannes stracks in den Wald hüpft, und zwar für immer und mit dem Erbe der Großmutter, hat ihre Eltern rätselnd zurückgelassen. Die Eltern haben dann die warnende Fassung des Märchens in Auftrag gegeben. Vergeblich, denn bis heute fördert es unmoralische Phantasien und Sehnsüchte nach wilden Paarungen.

Als meine Tochter mir ihren persönlichen Wolf vorstellte, fühlte ich mich genötigt, eine multikulturelle Miene an den Tag zu legen und per Plug-in völkerverbindendes Vokabular abzurufen. Vom Bodensatz meiner Erinnerungen sah ich verschwommene Bilder aufsteigen. In späten Schuljahren hatte ich eine Aktionsgruppe gegen Rassismus geleitet. Sie war, so wurde mir jetzt schmerzlich klar, von bornierter Rhetorik getragen worden, kaum von Empfindung und am allerwenigsten von Erfahrung.

In meinem Herzen fand ich nichts mehr von jenem glühenden Kampf für die Menschenrechte, als meine Tochter nun ihre Fotosammlung vorführte.

Das Aufblättern des Albums war ihre Form der Vorbereitung, das Manöver einer Diplomatin, die ihr Gegenüber mit unverhandelbaren Tatsachen vertraut machen muss. In väterlicher Naivität hatte ich sie für eine schamhafte Jungfrau gehalten. Nun erstarrte ich angesichts der Fotos von zehn oder zwölf Afrikanern, die in der Reihenfolge ihres Auftretens als Liebhaber im Album erschienen. Auf meine gewundene Frage erfuhr ich, dass diese Männer als freischaffende Musiker, Köche, Tellerwäscher und Sozialhilfeempfänger tätig waren.

»Und der hier spielt super Fußball.«

Ich strengte mich zu basisdemokratischer Besonnenheit an und verspürte den fürstlichen Wunsch, Calvados zu trinken.

Gibt es eigentlich auch Magnumflaschen? Das Bedürfnis verschärfte sich, als wenig später der endgültig Erwählte vorgestellt wurde. Es war der Schwärzeste von allen. Wegen unbezwingbarer Liebe und eines ablaufenden Visums musste er stehenden Fußes geheiratet werden. Ich lächelte dermaßen interkulturell, dass ein über den Gartenzaun spähender Nachbar, linker Landtagsabgeordneter mit guten Verbindungen, mich am selben Abend als Kandidaten für den Europäischen Friedenspreis anmeldete, für besondere Verdienste um Menschenwürde, Toleranz und Begegnungen auf Augenhöhe. Dies beteuerte er jedenfalls mit durchschaubarem Grinsen.

Bad Boy und Prinzessin. Ihre Mutter, eine Schwäbin aus einem Dorf auf der Alb, mit der ich nie zusammengelebt hatte, fand ihn attraktiv. Sie hatte einen anderen Blick und malte sich vergnügt etwas aus, was mir unheimlich war.

Auf den Fotos, die ich von den beiden aufnahm, kam vor allem das Weiß seiner Augen heraus. Das Bild in seinem Pass war dermaßen kontrastarm, dass mit dem Visum zuerst der Bruder und später der Cousin eingereist waren. Sie hatten das Dokument per Post nach Burkina Faso zurückgeschickt, auf dass weitere Verwandte nachkämen. Damit war zunächst Schluss, denn für seine Heirat benötigte der Erwählte das Papier selbst.

»Wo hat sie den jungen Mann kennengelernt?«, erkundigte sich mein Vater zaghaft. »An der Universität?«

Gute Idee! Ich bestätigte es auf Anhieb. In Wahrheit hatte sie ihn bei einem Fest zum Unabhängigkeitstag von Benin kennengelernt. Während dieses ersten Treffens war er beim Tanzen zudringlich geworden. Sie hatte ihn zurückgewiesen. Daraufhin hatte er sie geohrfeigt. Diese Entschiedenheit hatte bleibenden Eindruck auf sie gemacht.

Warum nur? Ich kannte keine sanftmütigere Prinzessin als sie. Wollte sie ihn bekehren? War er der Frosch, sie die Prinzenmacherin? Zum Magnetismus gehört es, dass gegensätzliche Pole sich anziehen. Warum eigentlich? Um zu verschmelzen? Oder um im Nahkampf besser Krieg führen zu können?

Immerhin: Sie hatte ihn vorgestellt. Und zweifellos hatte sie sich insgeheim amüsiert über mein gewundenes Bemühen um Fassung und politische Korrektheit.

In vergleichbarer Lage hatte ich selbst mich gedrückt. Als ich einer herrlichen Hexe verfiel, schwarzbraun und nach Wildnis duftend, war ich Ende zwanzig und wanderte den Weg des Eremiten. Dann musste ich meinem Zenmeister eröffnen, dass ich über die Probezeit hinaus meinen Aufenthalt in der Einsiedelei nicht verlängern würde. Den weiblichen Anlass erwähnte ich mit keinem Wort.

Mir stand ein Argument noch nicht zur Verfügung, das die Qumran-Forscher mittlerweile der sogenannten Gabriel-Offenbarung entnommen haben: Der Rabbi Joshua aus Nazareth ist auch kein Keuscher geblieben. Seine Miriam aus Magdala soll er ebenfalls dem eigenen Guru unterschlagen haben, dem Täufer Jochanan. Und seiner Mutter hat Joshua die geschminkte Miriam mit den Worten schmackhaft zu machen versucht: »Ihr habt denselben Vornamen!« Ob das ein Trost war?

Jedenfalls hatte mich eine dunkle Zauberin berührt. Ich war verdammt, ihr zu Willen zu sein, und verschwieg sie meinem mönchischen Meister. Stattdessen führte ich existenzielle Zweifel an, Bedenken hinsichtlich des Weges, der ja bereits das Ziel sein sollte. Ein Zwiespalt habe sich in der Versenkung des Zazens aufgetan und die geforderte Entschiedenheit ins Wanken gebracht. Nicht endgültig. Ich wolle lediglich unterbrechen.

Er schüttelte wehmütig den Kopf. *»They never come back.«*

In meinem Fall stimmte das. Doch grundsätzlich nicht. Viele kehren zurück oder sehnen sich danach. Paramahansa Yogananda erzählte von einem Jünger, der ihm gebeichtet hatte: »Ich meditiere jetzt mit einer frommen Frau. Um ihr zu helfen.«

Der Meister verfügte über Erfahrung mit dergleichen

Hilfe. »Sadhu, Sadhu«, sprach er, »nimm dich in Acht.« Kurz darauf brannte der Jünger mit der Frau durch. Ein halbes Jahr später kehrte er in den Ashram zurück, selbstredend reuevoll. Er wurde wieder aufgenommen, verdoppelte seine Bemühungen und, so versichert Yogananda, erlangte den höchsten Zustand der Selbstverwirklichung.

Von Unterhaltszahlungen ist in der Story nicht die Rede. In vergleichbaren katholischen Fällen werden sie vom Kloster übernommen, übrigens ein verbreiteter Grund zum Eintreten.

Nonnen, die wegen eines weltlichen Partners das Zölibat verlassen, werden glücklicher als Männer, die ein Gleiches tun. Das erzählte mir im Vaucluse die Äbtissin der Zisterzienserinnen von Notre-Dame de Bon-Secours. Sie hatte auch eine Erklärung: »Frauen sind weniger für die Einsamkeit geeignet.«

Männer hingegen, die jung das mönchische Leben verlassen, behalten ihr Leben lang eine wehmütige Erinnerung. Bisweilen suchen sie wieder Zuflucht. Entweder weil mit dem Versiegen des Testosterons der Bedarf an Erlösung wächst – oder weil das Leben mit Frau zu anstrengend wird. In jedem Fall nehmen die Rückkehrer einen wohlklingenden Ausdruck für sich in Anspruch: Sie seien gereift.

»Nichts zieht den Geist eines Mannes so machtvoll zur Erde wie das Streicheln einer Frau«, erläuterte der zum Mönch konvertierte Augustinus in Erinnerung an die Frauen seiner Jugend. Zur Erde. *Down to earth.* Nur scheinbar sind der Mönch und die sinnliche Frau eine seltene Erscheinung unter den ungleichen Paaren. Als der Grübler und die Weltläufige, als Computer-Eremit und Realistin, als Theoretiker und Pragmatikerin kehren sie immer wieder.

Und jetzt also die ältere Frau und der junge Mann. Ich traute mich nicht, Hannah als meine Gefährtin vorzustellen. Der Prinz, der die Dornenhecke überwand, hatte es leichter. Dornröschen war hundert Jahre älter als er, doch sie hatte sich im künstlichen Tiefschlaf erholt und sah nach Auskunft glaubwürdiger Forscher frisch und ausgeruht aus.

Hannah hatte einige Wochen auf einer ayurvedischen Schönheitsfarm zugebracht. Man konnte ihren Zügen die zwanzig Jahre nicht ablesen, die sie älter war als ich. Sie bewegte sich leicht und geschmeidig. Sie tauschte zuweilen Kleider mit ihrer Tochter. Doch dass sie einer anderen Generation angehörte, war nicht zu übersehen.

»Vor ein paar hundert Jahren wäre ich als Hexe angeklagt worden«, meinte sie einmal. Mir kam der Spruch eitel vor. Zu jener Zeit wollten alle Frauen in früheren Inkarnationen als Hexen verbrannt worden sein. Aber dass sie in einer strengeren Epoche angeklagt worden wäre, mochte zutreffen – falls jemand sie angezeigt hätte, meine Eltern, meine Schwester oder ich selbst.

Die Frau, die von Schwester Gretel als Hexe verunglimpft und dann sogar verbrannt wurde, war weder so alt noch so hässlich, wie sie von den Illustratoren dargestellt wird. Im Text heißt es, ihr Unterschlupf prangte voll verlockender Süßigkeiten. Sie habe zum Knabbern eingeladen. Und mit Gretels Bruder pflegte sie einen Verkehr, der durch das Tasten nach der Dicke des Fingers sittsam umschrieben wird. Die Affäre fand im romantischen Ferienhaus statt, den Zeugen entrückt. Doch das half nichts. Hänsel und sie waren ein ungleiches Paar, und um Hänsels Familie willen und der bürgerlichen Ordnung halber wurde sie angeklagt, verurteilt und verbrannt.

Diese Frau, die später zur Rechtfertigung des Urteils mit Buckel und Hakennase versehen wurde, wird kaum älter als vierzig gewesen sein. Und Hänsel? Vielleicht sechzehn. Kinder waren damals früh erwachsen. Hätte es die liebende Frau gerettet, wenn sie den Eltern beizeiten ihre Aufwartung gemacht hätte? Und da die Eltern arm waren, am besten unter Angabe ihres Vermögens?

»*Continuez!*«, rief der fromme Herzog Ernst, wenn er erholt zur sinnlichen Praxis zurückkehren wollte.

Ältere Frauen sind dankbar

Hannah war an meiner Seite. Aber nicht zu nah. Wir hätten auch als zwei Einzelpersonen durchgehen können, jedenfalls hier, meinen Eltern gegenüber, denen diese erwachsene Frau unbekannt und unerklärlich war. Höflich fragend sahen sie mich an, der ich die Rolle dieser Frau auch nicht richtig erklären konnte.

Der Lärm um uns herum wirkte entlastend, das farbenreiche Geschiebe, das Drängeln um Plätze, der alle Bedenken übertönende Tumult der rufenden, schnatternden Freizeitler, Biertrinker, Würstchenesser, der Sonnencreme und Deo ausdünstenden Leiber nebst den verdatterten Hunden und verwirrten Kindern, denen das Eis auf den Asphalt tropfte.

»Hier ist ja irre was los«, trug ich zur Aufklärung bei.

»Ich bin die Mutter«, griff Hannah ein. »Die Mutter von ...«

Ach ja! Das war die Rettung! Es war die denkbar harmloseste Art der Vorstellung. Was für ein erlösender Einfall! Sie war die Mutter, die Mutter meiner Freundin! Ich hätte es so nicht auszudrücken gewagt. Sie hätte mir später vorgeworfen: Du stehst nicht zu mir. Was für eine Erleichterung, dass sie es selbst sagte! Meine Freundin war den Eltern noch bestens in Erinnerung.

»Das ist ja nett«, freute sich meine Mutter beim kurzen Händedruck. »Schön, dass wir Sie mal kennenlernen. Ja, und?« Sie sah sich nach meiner Freundin um. »Wo ist sie denn?«

»Wir suchen sie gerade«, behauptete ich.

»Na, dann viel Spaß!«, polterte mein Vater belustigt. »In diesem Gewühl!«

Und mehr Zeit blieb nicht. Meine Eltern ließen sich an Bord schieben. Einen Sitzplatz würden sie schon nicht mehr ergattern. An der Reling wandten sie sich noch einmal um, weil ihnen die Begegnung im Nachklang doch nicht geheuer war. Hannah und ich winkten, ich energischer als sie, ein Entertainer am Ende der Livesendung. So sahen wir den Einsteigenden nach und winkten noch ein bisschen länger, weil es schmerzlindernd war, einem glücklich beladenen Schiff nachzusehen und seiner Schleppe aus Schaum, vor allem aber, weil uns außer Winken nichts einfiel, um den Raum zu füllen, der sich aufgetan hatte.

So viel war schon mal klar: Mir war für uns beide an diesem Tag nichts Originelleres in den Sinn gekommen als dieser abgedroschene Familienausflug zu dem traditionellen Gasthof, von dem meine Eltern gerade kamen. Es war spießig. Aber dass ich nun nicht mehr hinwollte, das musste ebenfalls klar sein. Allerdings: Bis zum Ablegen des nächsten Schiffes blieben zwei Stunden.

»Wir müssen jetzt nicht zu Rieckmann«, bot ich an. »Wenn es da so voll ist.«

»Können wir aber«, sagte sie in jäher Müdigkeit. »Oder treffen wir dann weitere Verwandte von dir?«

Ich brachte ein kehliges Lachen hervor.

»Was, meinst du, werden deine Eltern denken?«, forschte sie.

»Dass wir deine Tochter suchen. Dass du die Mutter bist. Wie du gesagt hast.«

»Das nehmen sie uns ab?«

»Aber unter Garantie!«, trompetete ich so entschieden, dass sich ein paar Leute umdrehten.

»Ich glaube nicht an Zufälle«, sagte sie schrecklicherweise. »Etwas in dir wollte hierher. Etwas in dir wusste, dass wir hier deine Eltern treffen würden.«

»Mein Gott, was für ein Quatsch!«, fuhr ich auf. Ich wollte weder esoterisch gedeutet noch therapiert werden. »Was redest du da? Wozu sollte *etwas in mir* ausgerechnet *das* wollen?«

»Um das Versteckspiel zu beenden. Um dich zu zeigen.« Erst jetzt merkte ich, wie aufgewühlt sie war. »Um dich *mit mir* zu zeigen.« Sie fügte hinzu: »Bisher stehst du nicht zu mir.«

Also doch. Dieser Vorwurf musste vom Tisch gefegt werden, sofort. »Natürlich stehe ich zu dir! Meine Eltern waren bloß nicht gerade die Ersten, denen ich von uns erzählen wollte!«

»Wer wäre denn der Erste?«, bohrte sie. »Und wie wäre die weitere Reihenfolge?«

Was für ein Ausflug! Ich kniff die Lippen zusammen. Altweibersommer hatte man diese warmen Tage genannt, früher, bis der Ausdruck bußgeldpflichtig wurde. Es gab keine Weiber mehr, schon gar keine alten. Und Hannah war auch nicht alt. Sie war kein Golden Girl. Sie war mädchenhaft, aber das jetzt zu sagen, hätte hohl geklungen, wie Trost am Krankenbett, der ablenken und nur dem Tröster helfen soll.

Sie war nahe daran, zu weinen. Sommerfrischler beobachteten uns verstohlen. In dieser entspannten Ferienatmosphäre spürten sie die niedergehaltene Heftigkeit hier am weißen Geländer des Anlegers, von dessen Handlauf der Anstrich abblätterte. Hannahs Hand klammerte sich daran fest.

»Vorsicht, da ist Rost, dass du dich nicht schneidest«, teilte ich ihr mit. Hatte das etwa fürsorglich geklungen? Sie drängte sich an mich.

Weg, hauen Sie ab, gehen Sie anderswohin!, hätte ich den Gaffern gern zugerufen. Wenn es denn Gaffer waren. Sie sahen halb her und halb weg und mussten ins Grübeln kommen: Was mochte da vorgehen zwischen den beiden? Mutter und Sohn waren das nicht. Aber doch wohl kein Paar? Sie konnten es sich nicht erklären. Ich hätte es auch nicht gekonnt.

»Lass mir noch etwas Zeit«, bat ich. »Für mich ist es auch schwierig.«

Bislang hatte ich nur Alexander von der Affäre erzählt. Jakob war Richtung Zivildienst verschollen, in der niedersächsischen Provinz. Angeblich hatte er dort etwas angefangen, mit einer Krankenschwester. Weiter hörten wir zunächst nichts von ihm; was später kam, klang lebensgefährlich.

Alexander hatte es mit einem Mädchen aus der Tanzstunde versucht, das ihn nach einer trübsinnigen Testphase verabschiedet hatte. Nun hing er wieder seinem misslungenen Paartanz bei der Klaviermutter nach. »Sie hat gesagt, ich kann mich melden. Dahinter steckt doch was! Im Herbst werden die reiferen Frauen melancholisch.«

Von dieser Art Weisheit waren unsere Gespräche. Er hatte sein Abenteuer verfehlt. Ich saß nun mit meinem da. In meinen Schilderungen war ich kein Liebender, das wäre peinlich gewesen, sondern ein wagemutiger Freibeuter. Ich war der Einzige, der unsere Träume unter den erleuchteten Fenstern verwirklicht hatte.

»Hast du mal ein Foto?«, hatte Alexander gefragt.

Ein Foto? Nein, hatte ich nicht. Sonderbar. Ich hatte Hannah nie darum gebeten. Ich war nicht auf die Idee gekommen. Schon gar nicht darauf, selbst welche zu machen.

»Besonders stolz bist du nicht auf sie«, folgerte Alexander.

Stolz auf sie? Nicht direkt. Stolz auf die Eroberung. Stolz darauf, einem angesehenen Mann die Frau weggenommen zu haben, in seiner eigenen Villa, in seinem eigenen Bett. Ich war der Meisterdieb im Märchen, der nachts das Bettlaken unterm schlafenden Grafen fortstiehlt. Auf Hannah als Gefährtin war ich weniger stolz und zumindest nicht so, dass ich ihr Foto aufstellen würde oder bei Nachfragen aus dem Portemonnaie zücken könnte. Sie schmückte mich als beste Nebendarstellerin in einem Heldenstreich.

»Sie ist sexuell unglaublich erfahren«, beteuerte ich. »Das ist es!«

»Du hast sie genommen, weil du bei ihrer Tochter nicht landen konntest«, erklärte mir Alexander. »Überhaupt bei keiner Jüngeren!«

Das war dreist auf den Punkt gebracht.

»Dir geht das vielleicht so«, empörte ich mich. »Ich will gar nichts bei einer Jüngeren. Was möchtest du denn? Eine Familie gründen? Bitte sehr. Ich will Sex haben. Und nebenbei ist Hannah eine total faszinierende Persönlichkeit. So ideenreich kann eine Jüngere gar nicht sein! Sie ist belesen, sie ist in der Kunstszene zu Hause, sie kennt sich im Theater aus, sie ist philosophisch beschlagen, sie ist musikalisch, wir waren in der Oper und im Open-Air-Konzert. Ich profitiere unheimlich von ihr!«

»Na, bravo«, bremste er mich. Die Aufzählung war zu lang geraten, um wahrhaftig zu wirken. Er beruhigte im Ton eines Irrenarztes: »Das hört sich doch gut an.«

»Vor allem aber«, schärfte ich ihm ein, denn das war wohl nicht deutlich herausgekommen: »Vor allem geht es um Sex. Da hat sie total was drauf.«

Warum rechtfertigte ich mich eigentlich? Er hing selbstquälerisch dieser Mutter nach, als seien an jenem Nachmittag die Weichen für sein Leben falsch gestellt worden. »Für Mädchen in unserem Alter wirke ich zu brav«, hatte er festgestellt. Nicht so für diese Mutter. Doch sie anzurufen traute er sich nicht. Er saß lieber sehnsüchtig auf dem Trockenen. Deshalb war es so anmaßend, dass er Hannah als Notbremse hinstellte.

Ganz und gar falsch allerdings war es nicht.

»Ich weiß doch, wie es mit ihrer Tochter war«, erläuterte ich, denn die Beweisführung benötigte Stoff. »So ist es mit jeder Jüngeren: dieses ewige Taktieren, dieses Schmollen wegen irgendwelcher Kleinigkeiten. Plötzlich zieht sie sich zurück, du weißt nicht, weshalb, nur dass du was falsch gemacht hast und jetzt auf Knien angerutscht kommen sollst. Diese Spielchen: Wer ruft an, ich tue es nicht, du musst es tun. Und am Ende kommt doch nichts dabei heraus, außer dass sie beleidigt ist, wenn du ihre Wünsche nicht erfüllst.«

»Und das Problem hast du bei Hannah nicht«, schloss Alexander.

»Natürlich nicht! Sie ist völlig selbständig. Bei der brauche ich kein Programm zu erfüllen.«

»Man sagt ja auch«, setzte er hinzu, »alte Frauen sind besonders dankbar.«

»Dankbar ist sie. Aber alt ist sie nicht!«

Am letzten warmen Wochenende im September rief Kim an. Ich konnte den Namen nicht auf Anhieb zuordnen und erinnerte mich auch nicht an ihre Stimme.

»Ich bin die Malerin«, erklärte sie. Sie erzählte von Hannahs Geburtstag im Oktober, den ich vermutlich vergessen hätte, und besonders von einem Wunsch, der mir schmeichelte: »Sie möchte ein Bild von dir. Ein richtiges Gemälde.«

Davon hatte ich bislang nichts vernommen. Wo wollte sie so etwas aufhängen?

»Erst mal gar nicht«, meinte Kim. »Später. Es soll auch nicht wandfüllend sein, nur so hundert mal hundertfünfzig, wenn dir das was sagt.«

Das klang nach meiner Schreibtischplatte.

»Ich arbeite nach Fotos«, fuhr sie fort. »Ein einziges Mal müsstest du allerdings herkommen. Passt es zufällig morgen?«

Das klang frech. Und es passte. Wahrscheinlich wusste sie das von Hannah. An den Wochenenden hatte ich wenig Beschäftigung, in den Semesterferien noch weniger als im Semester. Hannah gehörte an den Wochenenden ihrer Familie oder tat wenigstens so. Nicht einmal Telefonate fanden statt. Sie war eingebunden, ich hatte frei.

Die Nacht verbrachte ich mit Phantasien über Maler und ihre Modelle. Klimt war begehrter Bad Boy von großbürgerlichen Ladys gewesen. Botticelli, Rubens, Gauguin, Matisse, Picasso hatten ihre Modelle keineswegs, wie an den Akademien empfohlen, wie Gemüse in einem Stillleben betrachtet, sondern fleischlich genossen. Und die Malerinnen? Grandma Moses musste gestrichen werden. Paula Becker und Käthe Kollwitz fielen ebenfalls aus. Von Gabriele Münter und Frida Kahlo war nichts Anrüchiges bekannt geworden. Niki de Saint Phalle nannte sich nur so; sie blieb ihrem Jean treu und malte keine Männer. Waren Malerinnen keuscher? Und weniger an Männerkörpern interessiert? Es ging ihnen doch nicht etwa um Malerei?

Gegen Morgen war ich so erschöpft, dass ich einnickte und die Zeit verschlief. Als ich aufwachte, konnte ich den Termin am frühen Nachmittag – »dann ist das Licht im Atelier am besten« – schon nicht mehr einhalten.

Am Telefon wiegelte sie ab. Das Licht »hielt noch«. Als ich ausgiebig duschte, schlichen sich störende Gedanken an Hannah ein und ließen sich erst recht nicht fortwischen, als ich die Schublade nach der aufregendsten meiner Boxershorts durchwühlte.

Robbing the Cradle

Das Atelier lag in einer unwirtlichen, nur stockend in Mode kommenden Arbeitergegend östlich der Alster. An der Rückseite des aufgelassenen Fabrikgebäudes führte ein spiegelnder Kanal vorbei. An den Kais waren einst Kähne und Schuten beladen worden, die über die Alster zur Elbe bugsiert wurden. Jetzt gehörte das Wasser den Enten und Weidenzweigen.

Vorbei am verschlossenen Käfig eines Lastenfahrstuhls stieg ich eine grau gestrichene Betontreppe hinauf in den fünften Stock. Polierte Schilder an aufgearbeiteten Stahltüren zeigten, dass Designer und Szenefirmen Gefallen an der abgewrackten Umgebung gefunden hatten. Am Wochenende war das Gebäude menschenleer.

Kim empfing mich in beklecksten Jeanshemd und bunt beschmierter, ehemals weißer Latzhose. Sie war breitgesichtiger als in meiner Erinnerung, hatte einen angriffslustigen Blick und Lippen, die mir etwas zu spöttisch vorkamen. Sie trat mir selbstsicherer entgegen als in der Kunsthalle. Ich konnte mich nicht erinnern, dass wir einander dort mit Küsschen begrüßt oder verabschiedet hatten. Nun zog sie mich ganz selbstverständlich in ihre Aura aus Kreidestaub und Fixativ.

Sie knickste scherzhaft: »Willkommen im Gewerbehof Osterbekkanal.«

Der Raum war einschüchternd weit und im Verhältnis dazu nicht hoch genug. »Das ist seit vier Jahren mein Atelier. Hundertneunzig Quadratmeter.« Sie fuhr mit der

Hand durch die Luft wie ein zufriedener Feldherr. »Absolut ausreichend für alles, was ein Künstlerleben ausmacht. Abgesehen von Dusche und Klo. Die gehen draußen vom Gang ab. Da hängt der Schlüssel.« Sie wies auf einen Holzkasten neben der Tür. »Das Ganze war mal eine Drahtstiftefabrik.«

Drahtstiftefabrik. Von Südwesten kam das Licht durch eine Reihe breiter Industriefenster mit grauen Stahlrahmen. Vorhänge gab es nicht. Ein Fensterflügel stand offen und ließ die frühherbstliche Wärme hereinfließen. Davor, auf einem niedrigen Holzpodest, wartete ein Lehnstuhl, faltenreich drapiert mit hellem Tuch. Das musste der Platz für das Modell sein. Seitlich eine Staffelei mit einem langbeinigen Hocker, ihr Platz.

Auf einem bekleckten Tisch drängten sich Gefäße voller Pinsel, Kisten mit Farbtuben, Leinwandrollen, Spanplatten und als Paletten genutzte Glasscheiben, eine Rolle Gaze, ein Kanister Terpentin. Dahinter, auf rollbaren Kleiderständern aus Stahlrohr, hingen Kostüme, ordentlich wie in der Garderobe eines Theaters. Zu diesem Fundus passten die musealen Sammlungen von eigentümlichen Antiquitäten in großen Kartons und auf stählernen Regalen. An der Wand lehnten in Leisten gerahmte Leinwände mit der Rückwand zum Betrachter.

Das war der lichte Teil des Raumes. Der Rest versank in den Schatten, die von Regalen und Paravents geworfen wurden. So eine Werkhalle musste aufgeteilt werden, um einen Anflug von Wohnlichkeit zu erhalten. Ganz gelungen war das hier nicht. Die unverputzten Ziegelwände waren grämlich grau gestrichen und mit kalkigen Porträts behängt, mit Frauenakten und Stillleben, in denen Weiß und Grau die Grundfarben waren. Am schummrigen Ende des Raumes musste eine Art Schlafabteil sein, mit einem Bett oder zumindest einer Matratze.

Also eine Drahtstiftefabrik war das mal gewesen. Hatte sie das Wort »Nagelfabrik« vermeiden wollen?

»Ich trinke Wasser oder Kaffee beim Arbeiten«, teilte sie mit. »Du was anderes?«

»Erst mal gar nichts.« Den Weg zum Klo wollte ich vorläufig vermeiden.

Der Wasserkocher stand auf der Resopalplatte einer provisorischen Küchenzeile, die in der Weite des Raumes verloren wirkte. Kim machte sich an Geschirr und Kaffeemaschine zu schaffen. Ich trat ans Fenster. Der Blick ging auf Reste von Industrieanlagen, die man jetzt als Idyllen empfand. Kranteile, Kontergewichte und Winden muteten an wie Skulpturen, mit einer romantischen Patina von Rost überzogen und von Gestrüpp umrankt. Auf der anderen Seite des Kanals erhoben sich die dunklen Backsteinblocks genossenschaftlicher Arbeiterwohnungen, nach dem Ersten Weltkrieg von Stadtbaumeistern errichtet, die Licht und Luft schaffen wollten und ein Labyrinth düsterer Trutzburgen zustande gebracht hatten. In der Ferne, unwirklich klar, ragten die Kirchtürme der Innenstadt dünn in den übermächtigen Himmel. Noch dahinter, überm Hafen, schwebte ein Reklamezeppelin.

Ich fuhr zusammen, als Kim mir die Hand auf die Schulter legte. Sie ging barfuß auf dem gelackten Steinboden wie über taufeuchtes Gras, eine Balletttänzerin beim Darstellen mädchenhafter Unschuld.

»Hast du schon mal Modell gesessen?«

Hatte ich nicht. Allenfalls allein, für mich selbst, vor dem Spiegel.

»Weihnachten«, entsann ich mich, »für Familienfotos.«

»Na bitte. Und dies hier ist noch unromantischer. Wenn du magst, kannst du dich zur Probe mal hinsetzen.«

Die betagte Kaffeemaschine schickte ein Röcheln herüber.

Ich ließ mich vorsichtig nieder, für den Fall, dass sich ein exotisches Haustier unter den Falten des Tuches verbarg, ein schlummernder Igel oder ein von Indios gebasteltes Furzkissen. So richtig geheuer war dieses Atelier nicht.

»Muss ich ganz und gar still sitzen?« Der Sessel war nicht unbequem, aber stundenlang in derselben Haltung auszuharren konnte mühsam werden.

»Immer nur für ein paar Minuten. Während ich Fotos mache, sogar nur für Sekunden. Beim Skizzieren bitte ich dich bloß, die Position nicht auffallend zu verändern. Warte mal.« In einer unklaren Eingebung sah sie sich um. »Ich würde dich vielleicht in ein Kostüm stecken. Oder dir irgendetwas als Emblem in die Hand geben oder auf die Schulter legen.«

Das hörte sich überflüssig an. Sie stand vor einer der Kleiderstangen, auf denen allerlei hing, was selten getragen und noch seltener gereinigt wurde.

»In deiner Größe habe ich eine Matrosenuniform, kaiserliche Marine. Und einen Polizisten. Der Blaumann müsste auch ungefähr hinkommen, die Latzhose. Arbeiterklamotten müssten dir stehen, die würden dir das Vergrübelte austreiben. Dann habe ich ein Clownskostüm. Und in die Indianersachen kämest du auch rein. Spricht dich irgendwas davon an?«

»Der Matrose«, meinte ich.

»Um Gottes willen, darin würdest du total schwul aussehen. In der Hinsicht musst du sowieso aufpassen. Ich hatte eher an die blaue Latzhose gedacht. Oder bist du zu schmal für Arbeiterklamotten?«

Hundertprozentig unterstützend waren diese Überlegungen nicht.

»Aber hier, na bitte!« Sie beugte sich über einen der Umzugskartons. »Ein Krokodilskopf. Könntest du den aufsetzen?« Sie zog einen weißknochigen Schädel hervor, lang und spitzzahnig grinsend, mit heiteren Augenhöhlen.

Ich sah so verdattert drein, dass sie lachen musste. »Ja, mein Großvater hatte Kolonialwaren im Angebot, keine Lebensmittel, mehr so Reliquien, Andenken aus Übersee. All das hier: Masken, Jagdtrophäen, Schrumpfköpfe. Das importierte er aus der Wildnis für die Hamburger Villen. Er kannte die Kapitäne, die so was mitbrachten, und die Zollbeamten, die es beschlagnahmten. Natürlich hat er auch in Leihhäusern gestöbert. Was wertvoll war, ging für gutes Geld ans Völkerkundemuseum. Was noch wertvoller war, an Privatsammler. Den krautigen Rest habe ich geerbt. Bitte sehr: getrocknete Barrakudas, Büffelzahnketten, Lackdosen.«

Sie grub in ihren Kartons, aus denen der Staub anderer Kontinente ans Licht stieg.

»Dämonenvertreiber, Götter aus Leder und Teufel aus Ton, Traumfänger, ein Nashorn … also, das Horn eines Nashorns. Beschnitzte Knochen mit dem Maya-Kalender in kleinen Strichen, falls du den entziffern kannst. Immer wenn ich ein Stillleben baue, lege ich ein bizarres Teil dazu.«

»Ich nehme das Nashorn«, entschied ich. »Der Krokodilsschädel ist mir zu klein.« Bei diesem Trödel bot sich die Chance, auf eine humorige Ebene zu gelangen.

»Nein, sieh doch mal hier, der *Medico della Peste*«, frohlockte sie und tauchte samt einer gipsfarbenen Halbmaske mit langem gebogenem Schnabel empor. »Das trugen im Mittelalter die Seuchenärzte. Der Schnabel war mit Kräutern gefüllt. Dies ist ein venezianischer Nachbau.«

Sie reichte mir die melancholische Antiquität, die unerwartet schwer wog. »Rattenflöhe sollten keine mehr drin sein.«

Ich hielt das bleiche Antlitz vors Gesicht. Sie brachte einen Spiegel. Ein Anblick von nobler Schwermut. Von meinem Kopf war nur der Haarschopf zu sehen und ein gekränktes Blinzeln in schwarz umrandeten Augenlöchern.

»Erkennen wird man mich nicht mehr«, wagte ich einzuwenden.

»*Gerade* damit!«, fand sie. »Dirk wird dich nicht erkennen, Hannah sofort. Das Ding passt perfekt. Ich rufe sie gleich mal an. Unter uns: Du siehst mit der Maske echter aus als ohne. Ist das nicht lustig? Das *bist* du!«

Diese Sitzung ging nicht ganz in die Richtung, die ich mir ausgemalt hatte. Nicht in die erotische. Aber das war auch erleichternd.

»Du bleibst so, Schluss. Du brauchst kein Kostüm«, ordnete sie an. »Die Maske und deine typische Haltung sind genug. Du lässt die Beine übereinandergeschlagen?«

Zur Probe stellte ich sie nebeneinander.

»Setz dich so hin, wie du dich sicher fühlst«, empfahl sie. »Wie du immer sitzt. Keine zwei Leute sitzen gleich. Keine zwei stehen gleich. Oder liegen gleich.« Sie bastelte an ihrer Staffelei herum. »Wie du die Hände hältst, das sagt was. Wie du die Beine setzt, die Füße hältst, dich anlehnst, ob du die Schultern nach oben ziehst, den Kopf neigst, dich abstützt, ob du dich verkriechst, was du zeigst und was du verbirgst. All das wird hier sichtbar, beim Sitzen. Du offenbarst deine Persönlichkeit.«

Meine gesamte Haltung kam mir bereits falsch und verkrampft vor, unwiderruflich verkorkst durch frühkindliche Traumata.

»Mach doch einfach mal ein paar Fotos«, schlug ich vor. »Dann merke ich schon, wie ich mich wohlfühle.«

Sie knüpfte die schwarzen Bänder der Maske an meinem Hinterkopf zusammen. »Du hast dir das Haar gewaschen«, stellte sie fest. »Das finde ich nett.«

Nur gut, dass sie nun mit einer Polaroidkamera zu werkeln begann, einem verschachtelten Ungeheuer, das zu ihrem Museum gehörte. Es schnurrte und grunzte und würgte nach jeder Aufnahme glattes weißes Papier hervor, auf dem sich wie in einer religiösen Vision allmählich das heilige Bild abzeichnete. Sie hielt es mir hin. In blassen und falschen Farben sah ich mich sitzen, wie nur ich sitzen konnte, alles andere als entspannt, bestenfalls in ergebener Resignation, wenn dieser Anschein nicht auf die Maske zurückzuführen war.

»Die Polaroids sollte ich Hannah mal eben hinschicken, jedenfalls eins davon, das deutlichste, an Dirks Bürofax. Dann kann sie entscheiden. Ich muss sie nur vorwarnen. Dirk könnte mit dem Bild wahrscheinlich nichts anfangen.«

»Aber ihre Tochter; die würde mich erkennen«, gab ich zu bedenken.

»Deshalb rufe ich Hannah an. Den Vogel darfst du kurz absetzen.« Sie machte sich auf den verschlungenen Weg zum Telefon, das sich irgendwo in der Dämmerung hinter den Stellwänden verbarg.

Zum ersten Mal vermochte ich mich zu entspannen beim Blick auf die Plunderkisten und auf die Bilder in kalkigem Rot und Ocker an der gegenüberliegenden Wand. Tatsächlich war auf den Akten und Stillleben immer eine Zutat aus ihrem Sammelsurium zu sehen. Eine Meerschaumpfeife. Ein Trinkhorn. Ein Schrumpfkopf. Schön.

Ich lehnte mich zurück. Ja, ich konnte vertrauensvoll mitmachen. Und jetzt saß ich auch richtig.

Draußen brummte eine Cessna durch den blauen Nachmittag, ein letzter spätsommerlicher Rundflug. Sie wob einen dünnen Faden in den Himmel. Der Ruf eines Kindes im Hof, Antwort eines anderen von weit her. Widerhall eines Balls, der gegen eine Wand gekickt wurde. Tuckern eines Bootes vom Alsterkanal her. Dann ein überraschendes Zirpen, ganz nah, im Vorüberschießen am Fenster. Eigentlich sollten die Schwalben schon weg sein; blieben sie jetzt bis Oktober?

Alles willkommen. Die Sonne wärmte den Kopf und den Nacken. Eine Fliege durchsummte den Raum. Irgendwo hinten raunte Kims Stimme am Telefon wie in einem endlos quellenden Selbstgespräch.

Was für ein Frieden! Bald schon würde das Abendläuten beginnen. So lange könnte ich warten. Und die Stadt, die jetzt noch unter einem hellen, luftigen Dach lag, würde mit ihren Türmen und Antennen ein dämmriger Scherenschnitt werden gegen den sich in Dunkelheit lösenden Raum. Und ich durfte hier sitzen und brauchte nichts zu tun. Konnte mich malen lassen oder auch nicht. Das war es schon. Wunschlos.

Kim kehrte betreten vom Telefon zurück. Um ihre Verlegenheit zu verbergen, stemmte sie die Arme in die Taille, die schmaler war, als das weite Jeanshemd hatte vermuten lassen.

»Vogelmaske ja, Kostüm nein.«

»Kapiere ich nicht.«

»Ich soll dich nackt malen.«

Genau diese Art Modellsitzung hatte ich mir zusammenphantasiert. Sogar vorbereitet hatte ich mich darauf. Doch inzwischen hatte ich mich in die harmlose Variante entspannt. Nun pochte der Puls in den Schläfen.

»Das überrascht mich jetzt«, räusperte ich mich. »Das muss ich erst mal …« Mir fiel nicht ein, was.

»Ob Hannah sich das richtig überlegt hat, weiß ich auch nicht«, sagte Kim mit krauser Stirn und ordnete ihre Stifte. »Was mich betrifft, brauchst du keine Hemmungen zu haben. Ich habe an der Kunsthochschule so viele nackte Männer Modell sitzen sehen, dass mich nichts mehr überrascht. Und erst recht nichts mehr aufregt. Da kannst du sicher sein.«

»Nackt, aber mit Vogelkopfmaske?«, wiederholte ich ungläubig.

»So würde ich es erst mal skizzieren. Und wenn du das Gefühl hast, das geht zu weit, dann lassen wir es einfach.«

Ich dachte an Jakob und Alexander.

»Nein, nein, ist schon okay«, murmelte ich möglichst sachlich.

»Also dann.« Sie nahm es achselzuckend hin. Sie war nur ausführende Handwerkerin. »Jedenfalls brauchst du hier keinen Strip hinzulegen. Sieh es nüchtern. An der Kunsthochschule würdest du eine Pauschale kriegen. Hier nicht mal das. Zieh dich einfach aus.«

Und das tat ich. Wie vor Jahren beim Schwimmunterricht, als es keine Einzelkabinen gab und die Jungs einander verstohlen taxierten.

»Die Vogelkopfmaske kannst du eben mal weglegen, die setzen wir dir später wieder auf.«

Kim beschäftigte sich mit ihren Kameras, spitzte Stifte, blätterte summend im Zeichenblock, holte Wasser für die Aquarellfarben und sah amüsiert und nachsichtig zu, wie ich mich aus den Jeans mühte und mit unsicheren Fingern das Hemd aufknöpfte. Fehlte noch ihr Kommentar, es verrate viel über einen Menschen, wie er sich ausziehe.

Als es am Ende darum ging, die Boxershorts abzustreifen, drehte ich ihr den Rücken zu, wie am Strand, wenn das Badelaken zum Umbinden fehlt.

Sie gab sich keine Mühe, Desinteresse vorzutäuschen. Sie schnalzte sogar mit der Zunge, belustigt oder anerkennend. »Na ja, knackiger Arsch, das muss ich zugeben.«

Mir half das nichts. Die Mitte blieb eingeschrumpft, entschieden kleiner als normal, beinahe nach innen gezogen wie die erschreckten Fühler einer Schnecke. Eine Erläuterung war fehl am Platz, mir wäre auch keine eingefallen. Ich wandte mich möglichst gleichgültig um.

Die Verlegenheit entging ihr nicht.

»Alles im grünen Bereich«, lächelte sie und sah freimütig hin wie ein Arzt bei der Musterung; mit dem Unterschied, dass sie sich einen Anflug von Spott nicht verkneifen konnte. »Das ist eine ganz natürliche Befangenheit. Spricht nur für dich. Oder findest du es zu kalt hier?«

Das war es nicht. Eher die Kälte, die von ihrem Urteil ausging.

»Setz dich einfach hin«, wies sie an.

Ich hatte Mühe, die Beine nicht zusammenzupressen, sondern wenigstens parallel zu halten, ohne dass ich ein Handtuch oder mein Hemd oder wenigstens die Schnabelmaske über den Schoß decken konnte.

»Das geht allen Männern so, die zum ersten Mal Modell sitzen«, beruhigte sie. »Und Frauen auf ihre Weise auch. Ehrlich gesagt, wenn es anders wäre, würde ich dich rausschmeißen.«

Das war die Wirklichkeit des Traums von der reifen Frau. Man wollte sie beiläufig besuchen und benutzen und machte prompt Bekanntschaft mit ihrer Stärke. Zumindest war man ihrem Belieben unterworfen, einen als Trottel zu behandeln und vor die Tür zu kicken. Dann schlich man davon als genau der Narr, der man vorher schon gewesen war, nun noch geschmückt mit der Medaille des getesteten Versagers.

»Entspannen!«, rief sie. »Du runzelst gerade die Stirn. Willst du lieber die Maske aufsetzen? Um ein bisschen zu verschwinden?«

»Wäre vielleicht nicht verkehrt.«

»Kaffee trinken ginge dann aber nicht mehr. Gebe ich nur zu bedenken. Da würdest du ja die Schnabelspitze in die Tasse tauchen! Obwohl«, die Vorstellung gefiel ihr, »davon können wir auch ein Bild machen. Wie du das versuchst, mit dem Schnabel …« Sie kicherte zufrieden. »Also, du sagst mir Bescheid. Ich skizziere in Bleistift, eventuell noch in Aquarell. Ein paar Fotos mache ich nur als Gedächtnisstütze.«

Ich rechnete aus, wie lange das dauern würde.

»Und dir ist wirklich warm genug?«

»Ich nehme mal einen Kaffee«, entschied ich schwächlich. Allmählich war das doch eine gute Idee. »Und danach die Maske. Ohne Milch, ohne Zucker.«

»Das habe ich sowieso nicht. Bei mir kommt Kardamom in den Kaffee. Die grünen Samen, frisch gemahlen.«

Sie summte vergnügt auf dem Weg zur Küchenzeile. Sie war Master of Ceremonies. Sie konnte dem Kandidaten Gnade erweisen oder den Giftbecher reichen, je nach erreichter Punktzahl.

»Hannah hat mir schon von dir berichtet, da warst du noch mit ihrer Tochter zusammen«, rief sie, während sie in einem Mörser etwas zerrieb, das angeblich Kardamom war. »Ich kann mich noch erinnern. Sie hat gesagt: Je älter ich werde, desto mehr starre ich jungen Männern auf den Hintern.«

Davon hatte ich noch nicht gehört.

»Der junge Mann warst du«, rief sie.

Meinem Hintern hatte ich nie Beachtung geschenkt. Im Schlafzimmer meiner Eltern wäre es möglich gewesen. Aber da war anderes aufregender. Die drei Teile des eichengerahmten Klappspiegels ließen sich so zueinander stellen, dass sie den Raum ins Unendliche vervielfältigten. Die Perspektive war bestürzend und großartig. In dieser grenzenlosen Galerie mussten sich schon meine Ahnen begutachtet haben, als sie zwanzig gewesen waren und nicht halb so artig, wie die Anzüge und Schleifchen auf den Chamois-Fotos suggerierten.

»Frauen sehen auf den Hintern«, dozierte sie, während sie mit dem Becher zurückkehrte. Auf einem wackligen Beistelltisch räumte sie einen Platz dafür frei. Kurz schielte sie auf die regungslose Miniaturlandschaft in meiner Körpermitte, die eine Art Abbild in Verkleinerung darstellte, nicht in H0, wie die Modelleisenbahner sagen, sondern im extra schamhaften N-Format, wie bei Minitrix.

Sie kehrte zur Staffelei zurück und begann den Zeichenblock mit Strichen zu bedecken. Ich schlürfte die schwarze Brühe, deren Kaffeearoma in der säuerlichen Schärfe des Kardamoms unterging. Aufspringen und gehen wäre eine prima Alternative gewesen. Eilig anziehen und wahrheitsgemäß von Scham oder Reue reden. Oder eben ausharren und Zuflucht suchen beim Pestdoktor.

Es wirkte leichthändig und spielerisch, wie sie zeichnete. Sie probierte weiche und härtere Bleistifte, gelegentlich einen Farbstift, stets mit raschem Wechsel des Blicks, aus dem jedes erotische Interesse verbannt war. Sie sah nur, was die Lehrer der Aktmalerei empfahlen: ein Stillleben mit Gemüse. Und mehr war es ja auch nicht. Ich trank von der ätzenden Bitternis und legte Arm und Hand gleich danach wieder exakt in die vorhergehende Position.

»Geht es so?«, erkundigte sie sich. »Mit dem Sitzen?«

»Doch, ja.«

»Was gefällt dir an Hannah?«

Das war eine überraschende Wendung. Nicht das ideale Gesprächsthema, aber vielleicht angenehmer als Schweigen. »Eine Menge«, grübelte ich und harkte im blankgefegten Gedächtnis. »Ich weiß gar nicht, wo ich anfangen soll.«

»Du wolltest Sex ohne emotionale Verantwortung.«

»Aha, danke.« Das war ein weiterer Nachteil erfahrener Frauen. In jeder verbarg sich eine Therapeutin oder Erzieherin. »Wahrscheinlich hast du wirklich recht«, gab ich vorbeugend zu.

»Für sie ist es ein bisschen anders. Es gibt kein schöneres

Kompliment, als von einem jüngeren Mann gewollt zu werden. Das hat einen Verjüngungseffekt.«

»Apropos Verjüngung, ich setze jetzt wieder die Maske auf«, kündigte ich an. So ganz einfach war das nicht. Ich hatte mir noch nie eine Schleife überm Nacken gebunden.

»Natürlich ist eine alternde Frau nicht dagegen gefeit, an ihrem Aussehen zu zweifeln«, plauderte sie. »Liegt ja nahe, dass sie sich mit Jüngeren vergleicht. Besonders, wenn sie eine Tochter hat. Der Zweifel wandert immer mit. Hast du was davon gemerkt?«

»Nein«, antwortete ich wahrheitsgemäß. Ich hatte nicht darauf geachtet.

»Eine selbstbewusste Frau holt sich, was sie will«, fuhr sie strichelnd fort. »Aber ich weiß nicht, ob Hannah wirklich selbstbewusst ist.«

Warum erzählte sie das?

»Grundsätzlich muss eine Frau ab dreißig nicht mehr beschützt werden. Ihr dämmert, dass sie keinen Mann braucht, um sich wertvoll zu fühlen. Sie kann für sich selbst sorgen, in jeder Hinsicht.«

Jetzt saß die Maske. Ich war nicht mehr zu erkennen. Und nun wurde mir endlich wärmer.

»Bei Hannah hat dieser Prozess etwas länger gedauert.« Sie tunkte einen Pinsel in den Becher. Aquarell war dran. Die Augenöffnungen der Maske begrenzten den Raum, aber was gerade vor mir lag, konnte ich sehen.

»Sie ist vorsichtiger als ich«, schwatzte sie weiter. »Während ich in New York war, hat sie ihre Kleinfamilie gehütet. Wahrscheinlich hast du den Schuss Mütterlichkeit an ihr bemerkt. Mochtest du das? Na, ist egal. Je älter eine Frau wird, desto leiser wird das Ticken der biologischen

Uhr. Sie muss nicht mehr unbedingt auf Nummer sicher gehen.«

Ich stellte mir vor, wie ich aussah, vollständig nackt, aber maskiert. Womöglich ganz gut?

»Wenn eine Frau vierzig ist, sind die ersten Ehen ihrer Freunde den Bach runtergegangen«, tönte es von der Staffelei her. »Und jetzt ist sie auf dem sexuellen High. Ihr Ehemann nicht mehr. Nachts liegt sie wach. Tagsüber fängt sie an, die Hintern junger Kerle zu begutachten.«

Lag es an dieser Schilderung oder an ihrem offenkundigen Desinteresse? Oder an der Maske, unter der die Verlegenheit schwand? Oder einfach am Koffein? Ich fühlte mich wieder gut durchblutet. Ich wollte die Beine etwas weiter öffnen. Mich räkeln. Ich tat es nicht, aber etwas von der inneren Bewegung schwappte zu ihr.

»Ja, ja, finde deine Position«, sagte sie, ohne weiter Notiz zu nehmen. »Wenn du sie hast, wenn du dich richtig wohlfühlst, können wir noch ein paar Fotos machen, und dann bist du erlöst. Deine Arme wirken noch zu förmlich, wie sie so daliegen. Du musst ja nicht gerade erstarren.«

Bislang hatte ich die Arme auf den Lehnen ruhen lassen.

»Bist du Rechtshänder? Dann nimm zur Probe den linken Arm runter und lass die Hand auf dem Oberschenkel liegen.«

Es fiel eigentümlich schwer.

»Die Beine kannst du allmählich etwas weiter auseinandersetzen. Nicht spreizen, einfach lockerer stellen.«

Ich gehorchte. Durch das offene Fenster floss die Luft weich herein und strich über den Körper. Ich bog den Kopf zurück und sah ins stille Septemberblau.

»Oh«, sagte sie überrascht. »Das sieht jetzt gut aus. Bleib so!«

Das war nicht einfach. Doch auf geheimnisvolle Weise war es aufregend, weil ich sie nicht mehr im Auge behalten konnte. Ich sah nur den Himmel, und sie sah auf mich, ohne dass ich den Blick einschätzen konnte. Bei ihrer tänzerischen Barfüßigkeit würde ich kaum ihren Schritt hören, falls sie kommen wollte. Das war herrlich beunruhigend. Ich war ausgeliefert. Die Vorstellung beschleunigte den Puls.

»Seit ich dreißig war, habe ich jüngere Liebhaber gehabt«, berichtete sie. An der Stimme hörte ich, dass sie gleichmütig bei ihren Skizzen blieb. »In Soho und Tribeca war das bei den Malerinnen völlig selbstverständlich. *Robbing the cradle,* so nannten sie es. Das Baby aus der Wiege klauen. Es war eine Art Wettbewerb. Nein, nein, du bleibst jetzt so!«

Ich hatte mich geringfügig bewegt, um den überstreckten Hals zu lockern. Der gewaltige Schnabel der Maske ragte steil nach oben.

»Junge Männer wissen nicht, was sie tun, aber sie tun es die ganze Nacht, war das Motto«, fuhr sie fort. »Hannah hat dir einiges beibringen müssen, hat sie mir erzählt. Aber es hat sich gelohnt, sagt sie.«

Ich merkte etwas. Ausgerechnet jetzt hätte ich es bremsen wollen. Es gab keine Ablenkung. Ich stierte durch die weiten Augenlöcher in die blaue Haltlosigkeit, die von keinem Wölkchen gefestigt, von keinem Vogel durchstrichen wurde. Vom Flugzeug war noch ein freundliches Summen zu hören, während es sich weiter entfernte, den Gang der Dinge an diesem Schauplatz sich selbst überlassend.

»Okay, das sieht gut aus, sehr gut«, sagte sie mit dunklerer Stimme. »Ich mache jetzt ein paar Fotos. Du nimmst den rechten Arm von der Lehne und formst mit der Hand eine Schale. Geht das? Als wenn du Wasser schöpfen wolltest.«

Das bekam ich noch hin.

»Genau so. Und diese Schale hältst du jetzt unter deinen Sack.«

Der Befehl fuhr als Blitz in meine niedergehaltene Spannung. Rasch fügte sie mildernd hinzu: »Ich könnte auch *Scrotum* sagen, ich will nur nicht akademischer tun, als ich bin.«

»Alles klar«, räusperte ich mich.

»Als wenn du deine Eier wiegen wolltest, so hältst du deine Hand.«

Ich sah nichts. Wusste nichts. Ich gehorchte.

»Wie fühlt sich das an? Es soll sich gut anfühlen. Mach es so, dass es sich gut anfühlt. Das will ich sehen. Das will Hannah sehen.«

Offenbar stand sie noch an der Staffelei. Und ich hielt den Kopf nach hinten gestreckt wie unter dem Fallbeil und blickte in die Wölbung der Himmelskuppel, die widerhallte vom Schlagen des Herzens und vom Rauschen der Ohren. Das Blut sammelte sich in den schwülen Tropen und drängte pochend, während mein Gesicht feucht wurde vor Erregung und Scham.

»He, das sieht doch gut aus! Ja, gönne ihm das! Das wird Hannah gefallen. Das gefällt sogar mir. Aber damit das klar ist: Wir machen nur Fotos.«

Das verkalkte Schnarren der Polaroidkamera füllte den Raum.

»Du nimmst jetzt die linke Hand und umfasst ihn. Aber vorsichtig. Sachte herumlegen, denn wir machen nur Fotos, und dies wird ein Masterpiece. Nur herumlegen«, drängte sie, »nichts weiter machen!«

Ich machte ja gar nichts. Ich fügte mich nur. Alles andere waren autonome Abläufe, ausgeklügelt von einer Evolution, die Fotosessions nicht einkalkuliert hatte.

»Okay, okay ... Vorsicht!« Sie klang aufgeregt wie eine Forscherin, die ihr Leben lang nach dem legendären Einhorn gefahndet hat und die Suche schon aufgeben wollte, um für immer nach Hause zu gehen – und da, plötzlich, im letzten Tageslicht, tritt das Fabelwesen stolz und scheu auf die Lichtung.

»Du lässt ihn so stehen und tust nichts weiter!« Sie sprach mit heiserer Wachsamkeit. »Jetzt kommst du mit dem Kopf nach vorn, aber langsam, sage ich, langsam, langsam! Hier soll nichts abgehen. Absolut nichts. Wir machen nur Fotos!«

Ich gehorchte. Sie fotografierte. Der Kopf war schwer geworden von der Maske.

»Du beugst ihn langsam vor. Gut so. Perfekt. Und mit dem Schnabel berührst du ganz sachte die Spitze. Sachte, sage ich. Jetzt. Ja. Diesen Kuss will ich sehen. Den will Hannah sehen. Den wollen wir alle sehen. Das ist der Vogel, auf den wir fliegen.«

Es war eine Grenze erreicht, über die hinaus die Anspannung nicht zu ertragen war. Sie spürte das. »Sei behutsam«, mahnte sie. »Du entdeckst die Langsamkeit. Du entspannst dich. Du sitzt an einem langsamen, trägen Fluss. Es geschieht nichts. Du siehst dem einschläfernden Treiben zu. Und nicht mal das.«

Ich hörte, wie sie den Apparat beiseitelegte: »Du tust nichts. Gar nichts.«

Ich tat nichts. Aber ich hörte das weiche Fallen von Stoff, die rasch abgestreifte Latzhose, das metallische Klacken der Schnallen auf dem Boden. Das hurtige Elfentappen, weich über den grauen Stein.

»Das ist doch jetzt was!« Und nun war ihre Stimme ganz nah. »Wir haben alles im Kasten. Und nun zeige ich dir noch eben, was freche Frauen *robbing the cradle* nennen.« Ich spürte ihre federleicht zupackende Hand. »Okay? Ich klaue mir den Jungen aus der Wiege.«

Wir haben nur Fotos gemacht

Die Galerie der ungleichen Paare abschreitend, werde ich unsicher, ob Kim zum Modell *Reife Frau und Jüngling* gehört – ein Modell übrigens, das viel seltener gemalt worden ist als das Pendant von Greis und Jungfrau. In Gotha gab es von der betuchten Dame und dem Adonis nur ein einziges Beispiel.

»Es kommt nun mal viel seltener vor«, redete ich Josephine ein.

In Wahrheit ist das Motiv nur deshalb seltener gemalt worden, weil die Künstler Männer waren und ihre Auftraggeber ebenfalls. Die Maler wollten weder ihre eigenen Frauen noch diejenigen ihrer Mäzene auf leichtsinnige Gedanken bringen, von der Verführung zur Nachahmung ganz zu schweigen. Bilder können sehr inspirierend sein.

Oder gehörte Kim schon zur Kategorie der *Bad Girls*, jenen boshaften Göttinnen, die braven Jungs das Leben so herrlich schwer machen? Bad Girls müssen nicht girliehaft sein. Sie müssen nur ein bisschen zaubern können, mit Worten, einer Gerte, einem kaleidoskopischen Blick. Zumindest sollten sie einen Kaffee mit Zauberkraut würzen können.

Es muss grüner Kardamom gewesen sein, den die sagenhafte Zauberin Medea in ihren Trank bröselte, jenen Trank für einen alternden Herrn, den sie damit nicht nur verköstigte, den sie sogar darin baden ließ, im Kessel des Zaubertranks, auf dass er sich um Jahrzehnte verjüngte und ihr, wie es heißt, »wie ein reifender Knabe« zur Seite sein konnte. Das genaue Rezept wird seit der griechischen Antike bis in keltische Dörfer und in den Wiccakult weitergereicht.

Welche Tricks benutzte Diana, die hochbusige römische Jägerin, als sie in einem Waldsee badete und bemerkte, dass sie beobachtet wurde? Sie war nicht mehr ganz jung, doch der herumstreifende Jäger leuchtete frisch und unschuldig. Aktaion soll sein Name gewesen sein. Vergeblich barg er sich im Schatten der Bäume und mochte sich nicht von der Stelle rühren. Aber rühren sollte er sich, nicht anbetend stehen bleiben! Bewunderung reichte der Badenden nicht. Diana zauberte ihm etwas an, das Ovid poetisch als *Geweih* umschreibt. Dann begab sie sich zu ihm ins Gebüsch.

Von der slawischen Baba Jaga, der Waldfrau, berichten die Sagen, sie sei in der Lage gewesen, junge Holzfäller zu Bäumen erstarren zu lassen. Wer weiß, wie viele junge Männer auf das Gerücht hereinfielen. Sie glaubten zu wissen, was gemeint war, und pilgerten begierig in den Wald, um nach Kräften Holz zu schlagen. Erschien die Baba Jaga? Den meisten nicht. Doch die Landesherren, die das Holz brauchten, ließen die Geschichte von der lüsternen Zauberin emsig verbreiten. Bei uns ist sie später zur Hexe von Hänsel geworden.

Die klassische Baba Jaga, in der Fassung, die vom Donaudelta bis Karelien gilt, verwandelte einen schönen jungen Mann in einen Baum und schaukelte an seinem Ast, am liebsten bei Vollmond und so lange, bis sie müde wurde. Dann schwang sie sich herab, besprenkelte die Wurzeln mit Wasser, und der zurückverwandelte Jüngling kehrte im Morgengrauen heim in sein Dorf, kleinlaut und benommen. Er wusste rein gar nichts mehr, nur dass er der Baba Jaga begegnet und bis ins Mark erschöpft war. Die slawischen Märchenerzähler enden: Mögen seine Eltern ihm geglaubt und seine Verlobte Mitleid empfunden haben!

Auch im westlichen Europa waren Flößer, Bauern, Hirten nach regionaler Überlieferung nicht immer auf gefügige Weidetiere angewiesen. Es kam vor – in Schottland wie in der Bretagne, in der Lausitz, auf der Alb, in der Uckermark –, dass die Burschen in geisterhafter Stunde auf wilder Heide einer kräuterkundigen Frau begegneten. Je später die Bearbeitungen der Sage, desto älter und buckliger wird die Frau. In Wahrheit hatte sie kein Alter, jedoch Erfahrung und Zauberkraft. Sie verhexte den Jüngling in etwas, das die Volkssagen einen Hirtenstab nennen. Am folgenden Morgen erwachte der Unschuldsengel aus einem unerzählbaren Traum. In einigen Sagen, etwa in Wales, findet er noch das Kopftuch der schlimmen Frau. Wenn er daran reibt, in einsamen Nächten am Feuer, kehrt sie zurück.

Andere magisch begabte Weiber berührten einen jungen Mann mit einer biegsamen Gerte oder versetzten ihm einen Streich, worauf er zu Stein wurde, nicht ganz und gar, aber in seiner empfindlichen Mitte und auf jeden Fall so, dass die Zauberin über ihn verfügen konnte, ohne sich mit ihm unterhalten zu müssen. Er selbst konnte anschließend behaupten, er habe absolut nichts von den Ereignissen mitbekommen.

Genau das hätte ich auch gern behauptet. Und ein bisschen war es auch so. Ich hätte mich später auf einen Zustand der Trance berufen können, wenn auch einer hellwachen Trance. Hingebreitet wie der schlafende Faun auf dem mit Tüchern belegten Sessel, war ich unter dem Befehl des »Tue nichts!« in schwer erträglicher Spannung erstarrt. Eine winzige Berührung der Oberfläche genügte, um alles Leben entweichen zu lassen.

»Du wartest auf mich«, befahl Kim.

Das Warten war ein qualvolles Aalen auf den Falten der Tücher.

»Relax!«

Ich spürte, wie sie die Schleife der Bänder am Hinterkopf aufzog und die Maske behutsam vom Kopf hob. Ich schloss die Augen aus Angst vor dem Übermaß an Helligkeit. Ich hörte, wie sie das schützende Antlitz des Pestdoktors ablegte, sehr behutsam; für den nächsten Kandidaten, schoss es mir durch den Kopf. Und nun störte kein Schnabel mehr, als sie meine Beine sanft zusammenschob, nicht zu eng, nur so, dass sie sich rittlings daraufsetzen konnte, ganz sanft, ganz langsam, sehr vorsichtig. Ich spürte den weichen Ring des Widerstands, dann das aufatmende Gleiten in einen dichter gespannten Raum als bei Hannah. »Du wartest«, flüsterte sie dabei.

»Nicht bewegen!«, beschwor ich sie. Ihr Körper glänzte weiß in der Nachmittagshelle. Er fühlte sich fest und geschmeidig an, straffer als Hannahs, auch entschlossener. Ich tastete erkundend nach ihr, im Versuch einer Ablenkung, um die empfindliche Balance zu halten. Hannahs Brüste wogen schwer in den Händen, Kims waren leicht und straff, mit einer glitzernden Schweißbahn im Tal und mit Brustwarzen wie bei einem Knaben. Sie entwand sich gleich wieder. Also bewegte sie sich doch, wenn auch nur ihren Oberkörper, wie eine schlangenhafte Tänzerin.

Und das war schon zu viel. Ich hatte sie gewarnt. Hannah war weich und nachgiebig, zögernd und Raum gewährend. Ein gewisses Maß an Warten hatte ich bei ihr gelernt. Kim packte zu und war eine entschlossene Kriegerin. Sicher fürchtete sie, sie käme zu spät, und so war es auch. Der Countdown hatte zu lange getickt, das Magma hatte sich zu sehr erhitzt in der unterirdischen Höhle. Das Reservoir reichte nicht mehr für die Ausdehnung, die Gischt schoss nach oben, und gleich auf dem Höhepunkt kippte ich ins Winseln. Was für ein erbärmlicher Guide, der seine Touristengruppe zu spät an den Geysir bringt. Sie bekommt den weltberühmten Moment nicht mehr mit.

»Gott, bist du schnell!«, schrie Kim, ihre Hand schnellte vor Ärger und Lust auf meinen Schenkel. Dann musste sie lachen. »Und ich denke, Hannah hat dir was beigebracht!«

»Du bist zu sexy, daran liegt es«, ächzte ich.

»Nein, nein, nein. So einfach kommst du mir nicht davon.« Jetzt war sie streng und ließ nichts mehr durchgehen. »Und ich gebe dir mal einen Tipp fürs Leben: Du musst mehr onanieren. Immer wieder, aber immer nur bis zur Grenze. Bis dahin und nicht weiter. Das ist Übungssache. Immer wenn du denkst, du kannst die Spannung nicht mehr ertragen, dann hörst du auf. Kapierst du das?«

»Ich glaube, ja.«

»Nein, das kapierst du nicht. Und damit du es begreifst und ein für alle Mal abspeicherst, üben wir das jetzt. Wir werden einen wunderbaren langen Nachmittag haben.«

So war es. Und ungefähr so soll es nach Auskunft von Cherilyn Sarkisian, genannt Cher, auf der Upper East Side zugegangen sein zwischen ihr und Tom Cruise, als sie vierzig war, er schüchterne zwanzig. Oder zwischen Kim Cattrall und dem zwei Jahrzehnte jüngeren Alan Wyse in einem erdbebensicheren Haus auf den Hamptons. Und in Las Vegas zwischen Sheryl Crow und dem zehn Jahre jüngeren Lance Armstrong. In Santa Monica zwischen Cameron Diaz und Justin Timberlake; der Unterschied betrug lediglich neun Jahre.

Meine Gothaer Tante wusste noch, dass der sechsundzwanzigjährige Goethe wunderbare lange Nachmittage in Weimar verbracht hatte, abwechselnd mit der zehn Jahre älteren Anna Amalia und der sieben Jahre älteren Charlotte. Lange gehalten haben diese Paarungen nicht. Man besuchte sich ein paar Jahre lang, vorzugsweise im Sommer, und einigte sich dann auf Freundschaft.

Wenn dergleichen Partnerschaften länger halten, muss der jüngere Mann sich ein paar Antworten zurechtlegen. Gegenüber seinen Eltern, seinen Altersgenossen, vielleicht auch gegenüber wohlmeinenden Freundinnen. Man wird ihn fragen, wie er sich das denn vorstelle, später, wenn die Frau an seiner Seite im Rentenalter wäre, er selbst aber in den besten Jahren. Von der unknackigen Erotik mal abgesehen, ob er dann das Geld verdienen wolle? Oder vielleicht doch noch Sehnsucht nach Kindern entwickeln werde? Und natürlich wird er nach seiner eigenen Kindheit gefragt: ob er da von seiner Mutter vernachlässigt worden sei. Ob er überhaupt das Mütterliche mehr suche als das Erotische.

»Das Mütterliche *ist* das Erotische!«, versicherte Salvador Dalí. Ehefrau Gala war zehn Jahre älter. Nach eigener Einschätzung versah sie erzieherische Aufgaben: »In Dalí habe ich ein Kind geheiratet.«

Bei Lisa Fitz, Hannelore Hoger, Karin Baal betrug das Gefälle zu den Partnern mehr als zwanzig Jahre. Joan Collins und Ivana Trump fanden jenseits der sechzig noch Männer, die dreißig Jahre weniger drauf hatten. Diese Männer mussten sich fragen lassen, ob sie einen Abglanz Glamour erhaschen wollten oder einen Teil des Festgeldkontos. Sie waren gut gebrieft. Sie hatten aus Faszination geheiratet, erzählten sie, und waren aus romantischer Liebe in die Villen gezogen.

»Er tut es des Geldes wegen, weshalb sonst?«, kanzelte Agatha Christie jene Reporter ab, die über ihre Eheschließung mit dem vierzehn Jahre jüngeren Max Mallowan berichten wollten, einem erfolglosen Archäologen. »Außerdem möchte er endlich mal fotografiert werden.«

Das war eine entwaffnende Antwort; weitere Fragen blieben aus. Agathas Hauptdarstellerin Margaret Rutherford tat es ihr gleich und heiratete den sieben Jahre jüngeren Stringer Davis, ihren Kollegen. Beide Ehen hielten lange, die jüngeren Männer starben ihren achtzigjährigen Frauen am Ende binnen kurzem nach.

In den Ländern der Krone sind ungleiche Paare mit diesem Gefälle doppelt so häufig wie auf dem Kontinent. Englands berühmteste Königinnen, Elisabeth die Erste und Victoria, haben durch ihre kaum geheim gehaltenen Affären mit jüngeren Männern das Modell geschaffen. Sie nicken zustimmend über die Jahrhunderte. Und in der abtrünnigen Kolonie jenseits des Atlantiks wurde die Empfehlung, eine ältere Frau zu heiraten, beinahe in die Verfassung geschrieben.

Einer der Autoren der *Constitution* und gleich der berühmteste, der gelehrte Benjamin Franklin, plädierte mit sieben schwer widerlegbaren Gründen für Ehen mit älteren Frauen. Solche Ehen seien liebevoller, gesünder, haltbarer, weshalb sie nebenbei noch die gesamte Gesellschaft stützten. In einen Paragraphen der Verfassung gelangte sein Plädoyer nicht. Es wurde auch nicht maßgeblich für das Paarungsverhalten aufgeklärter Amerikaner. Doch es leistete dieser Art Verbindung Vorschub, die im kontinentalen Europa erst allmählich in Mode kommt.

Reife Frauen wüssten mehr von der Welt, schrieb Franklin. Sie hätten mehr Stil als ihre jüngeren Konkurrentinnen. Sie seien einfühlsamer, diskreter, nachsichtiger. »Mögen sie auch Runzeln am Hals haben und Fältchen um Mund und Augen, der Körper bleibt viel länger jung als das Gesicht.« Und ihre erotischen Fertigkeiten, lobte Franklin, seien unübertrefflich.

In den Vereinigten Staaten ist die Frau in mehr als einem Viertel der Ehen älter als der Mann. In Deutschland ist es in jeder fünften Ehe so. Gezählt wird ab einem Altersunterschied von fünf Jahren. Trennungen kommen in solchen Partnerschaften seltener vor, vielleicht wegen der Tatsachen, die Franklin anführt.

Doch ich trennte mich. Für mich war es zu früh gewesen. Ich wollte mich nicht binden an eine ältere Frau, möglichst an überhaupt keine. Weder Hannah noch Kim konnte ich mir länger an meiner Seite vorstellen. Überhaupt niemanden. Es war gut, dass diese Frauen zu ihrer Zeit da gewesen waren. Doch um die Galerie der Mesalliancen abzuschreiten, wie es das Gesetz des Abenteuers vorschreibt, bedurfte es des Wechsels.

»Haben wir nur Fotos gemacht?«, fragte ich Kim, als ich

in der Tür ihres Ateliers stand. Ich war unsicher, wie ich mich fühlen sollte, malträtiert oder heldenhaft.

»Nicht mal das«, antwortete sie mit kühlem Lächeln. »Du warst gar nicht hier.«

»Dann war das auch nicht Hannah vorhin am Telefon?«, stotterte ich. »Sie hat dir keinen Auftrag erteilt?«

»Los«, winkte sie ab, denn ich war zu nichts zu gebrauchen. »Weg, hau ab!«

Als Held ging ich jedenfalls nicht.

Glücklicherweise verwandeln sich Niederlagen in Heldentaten, wenn man sie bei einem Glas Wein schildert oder bei einem gutgedrehten Joint. Es war hilfreich, dass Jakob um diese Zeit oder etwas später Heimaturlaub bekam und aus der Ödnis seiner Zivildienstprovinz ein kleines Päckchen mitbrachte. Das knittrige Silberpapier enthielt eine Kostprobe von dem, was ihm und den Kollegen die Langeweile vertrieb, beim Essenschieben und Füttern und Bettenmachen und an den leeren Abenden in den windigen Einkaufspassagen von Soltau oder Rotenburg.

Hannah schnupperte, als heiliger Weihrauch meine Dachwohnung würzte. Auf dem Glastisch entdeckte sie außer der originalen Gropius-Teekanne auch etwas, das nicht zum Inventar ihrer Geschenke gehörte: eine Wasserpfeife, Shisha genannt. Die hatte sich schnell als untauglicher Schmuck erwiesen, doch das verschwieg ich. Hannah war zu mütterlich für diese Art Informationen. Sie musste nicht wissen, dass meine Versuche, Glück aus dem Schlauch zu saugen, unerbittlich gescheitert waren am Schlucken rauchigen Wassers. Notgedrungen war ich zum Drehen wurstiger Zigaretten zurückgekehrt, aus gut gewürztem Tabak. Hannah stellte fest, dass es mir genügte, auf dem Bett zu liegen und in mich hineinzukichern.

Sie setzte sich auf den Rand und erkundigte sich behutsam, ob es mir gutginge. Darüber musste ich lachen. Als sie mich streicheln wollte, gelangte sie nur bis zu einer dünnen Membran. Meine Haut lag darunter, unberührbar. Zärtlichkeiten schienen unwirklich wie Gesten in einem Animationsfilm. Sie zu erwidern war vollends ausgeschlossen. Dafür hätte ich einen marmorschweren Arm vom Horizont über das ganze Firmament heben müssen. Ich stellte mir vor, wie er als schwebendes Monument die Wolken teilte, und lachte wieder.

»Wenn du Schluss machen willst, sag es doch einfach«, bat sie.

Ich hatte mich einfach nicht mehr bei ihr gemeldet.

Aber es fiel mir leichter, in die grundlose Matratze zu sinken, als nach entgleitenden Worten zu haschen. Mein Leben dehnte sich abenteuerlich und in explodierenden Farben in die Unendlichkeit. Es war voller Musik und Fahrten. Ihres würde von nun an ärmer werden. Ich konnte es nicht ändern.

»Du brauchst keine Angst zu haben«, sagte sie warm.

»Ich habe doch keine Angst!«, lachte ich schrill.

Sie erhob sich vom Bettrand, mit einem Mal tatsächlich gealtert, und zog mühsam die bunte Wolljacke wieder an, die sie zwanzig Minuten zuvor über den Stuhl gehängt hatte.

»Das meiste im Leben geht gut aus«, sagte sie, als sie zur Tür ging. »Das weißt du nur noch nicht.«

Was sollte dieser Zuspruch? Ich benötigte ihn nicht. Oder war er an sie selbst gerichtet? Sie sah mich so liebevoll an, dass ich mich zur Wand drehen musste.

Gothic Partys

Wir wurden zu Bad Boys, ohne es zu merken und ohne es zu wollen. Wer »I'm bad« singt und sich um seine *street credibility* sorgt, argwöhnt mit Recht, dass es nicht klappt. Und wer sich einen Boxerkimono kauft, die Kapuze ins Gesicht zerrt und im Spiegel so gefährlich aussieht wie der Rapper auf dem Plakat, ist ebenfalls auf vergeblichem Weg.

Wir wollten niemanden beeindrucken, lediglich uns selbst zerstören. Ausprobieren, wann der Körper schlapp macht und der Geist endgültig die Augen ins Weiße dreht. Mehr nicht.

Bestimmt wollten wir keine Retterinnen in unsere zugigen Ruinen locken. Aber sie fanden sich ein, mit Pumps und gebügelten Blusen, arglos und liebevoll, Töchter aus gutem Hause. Warum kamen sie? Aus eigenem Antrieb? Oder wird dem Bad Boy von der Evolution routinemäßig die Tugendhafte verordnet, also ein ungleiches Paar geschmiedet, weil zumindest die Gene des einen um ihr Überleben besorgt sind?

»Was rauchen wir hier eigentlich?«, fragte Alexander.

»Keine Ahnung«, sagte Jakob, »aber es geht gut ab.«

Jakob war eine neue Autorität zugewachsen, seit er der Beschaffer war und die Quellen kannte. Er nahm uns zu Leuten mit, die uns vorher unheimlich gewesen wären, mit denen er sich jedoch komplizenhaft verständigte. Ob das klumpige Kraut mit Crack versetzt oder mit Heroin verschnitten war, um uns für immer zu abhängigen Wracks zu machen, war gleichgültig. Dergleichen Gerüchte geisterten durch die Morgenzeitungen, geschmückt mit Expertenalarm. Es waren Dramen für schreckhafte Bürger, nicht anders als mutierende Grippeviren, Ufos und Killerameisen. Für uns erlangten sie nie Relevanz.

Während die Semester verstrichen, priesen wir Gott und Jakob, der im Diakoniekrankenhaus seine pharmazeutischen Kenntnisse erweitert hatte und den Unterschied erklären konnte zwischen Dronabinol und Cannabinol, Letzteres gern in der Tetra-Hydro-Variante. Im Übrigen waren ihm Chemiestudenten bekannt, die nach Feierabend in staatlichen Labors nicht ihre Diplomarbeiten vorantrieben, sondern allerfeinsten Stoff herstellten. Der musste dann zwar synthetisch genannt werden und entbehrte der romantischen Aura von Ayahuasca und Mescalin, er war nicht von Eingeborenen aus Lianen gezapft oder aus den Lamellen von Pilzen geschabt worden, dafür erreichte er uns garantiert unvermischt, nicht mit Backpulver gestreckt, lauter und pur. Das reine Labsal für unsere Neurotransmitter.

Gewöhnlich trafen wir uns am Spätnachmittag, wenn wir ausgeschlafen hatten, und verbrachten die Nächte in störungsfreien Wohnungen oder Kellern auf morschen Matratzen. Wir fühlten uns als Outlaws und glaubten in der Wahrheit zu leben, selbstredend kompromisslos. Die verachtens- oder bemitleidenswerten Arbeitsameisen führten dagegen ein Leben auslaugender Regelmäßigkeit, das sie selbst nicht wollten. Sie jagten Zielen nach, die ihnen von Ausbeutern eingeredet worden waren. Wir ließen uns von niemandem manipulieren. Wir waren frei. Wir hatten recht.

Es überraschte uns nicht, als ein amerikanischer Forscher nachwies, dass bereits Jesus ein hingebungsvoller Kiffer gewesen war. Er war bei orientalischen Schamanen in die Schule gegangen. Wir hatten es geahnt! Drogen waren göttlich, und wer damit umzugehen wusste, durfte sich mit vollem Recht Gottessohn nennen. Seine Wunderheilungen hatte Jesus mit Salböl vorgenommen, das die unerlässlichen Cannabis-Extrakte enthielt. Epileptiker und Besessene priesen den Himmel, wenn er es auftrug. Bei erhöhter Dosis konnte die Essenz Tote erwecken. Die kosmischen Visionen dieses ruhmreichsten aller Freaks, seine Engelsmusik und Himmelsfahrten, waren Ergebnisse besonders geglückter Trips. Die besten Rezepte hatte Jesus am Ende seinen Jüngern verraten. Sie nannten es Ausgießung des Heiligen Geistes.

Das war freie Wissenschaft. Allerdings waren wir klug genug, um dergleichen zweifelsfreie Erkenntnisse unseren Eltern zu verschweigen. Immerhin finanzierten sie immer noch das, was Studium genannt wurde. Wir studierten mittlerweile als Hauptfach Ethnologie und hofften, dass bei einer etwaigen Prüfung neue Themen zugelassen und Praxiskenntnisse gewürdigt würden, etwa zum Zusammenhang zwischen richtiger Dosis und Erleuchtung. Oder zu den verbreitungswürdigen Riten amerikanischer Indianer. In der Native American Church war Peyote ganz offiziell zugelassen zur Herbeiführung von Trancen. Das waren förderungswürdige Traditionen. Renommierte Psychologen nahmen sie bereits auf. Stanislav Grof und seine Gefährten hatten in Kalifornien Pilzextrakte und Kaktussäfte zum Hauptbestandteil ihrer Therapien gemacht. Wir ebenfalls. Und wenn wir bei so einer Bewusstseinserweiterung im Dienste der Forschung den Körper verlassen hätten, in Richtung Nirwana, und zwar für immer, wir hätten nichts dagegen gehabt. Im Gegenteil, dahin wollten wir.

Dass uns Frauen bei diesen Reisen gleichgültig waren, machte uns für sie interessant. Es begann damit, dass Jakob seine Schwester mitbrachte. Wir kannten sie von früher. Sie war zu einer sanften Schönheit gereift. Und sie hatte sich verliebt, in den musischen Alexander.

Jakob war der Warlord. Er hatte im Griff, worauf es ankam. Er graste die Händler ab, in schwarzem Leder, auf einem Motorrad, das so wendig und clever getunt war, dass es jeder Polizeikontrolle entkam. Eine Überdosis körpereigenes Testosteron hatte ihn zum Rebellen gemacht. Von einer gezackten Aura umgeben, schien er stets kampfbereit und mit den neuesten Karate-Updates versehen, ein funkelnder Krieger, aufmüpfiger und lebendiger als Darth Vader. Er gehörte zu jenem unvergänglichen Club der Bad Boys, den Marlon Brando und James Dean gegründet hatten.

Alexander war die tragische Ausgabe. Unter den Teufeln war er der *arme* Teufel. Der traurige Luzifer aus Miltons *Verlorenem Paradies*. Ein Heathcliff. Bleich und mit langen schwarzen Locken, von jugendlicher Schwermut gebeugt, stieg er die bröckelnden Stufen hinunter in die Keller der Entrückungen. Weder Alkohol noch Haschischkekse waren ihm anzumerken. Er blieb wortkarg und melancholisch. Wenn er kein Narziss war, schien er doch ein düsteres Geheimnis in sich zu tragen. Jakobs Schwester flog auf dieses Geheimnis. Sie war gerade siebzehn, eine milchgesichtige Schülerin mit Vorliebe für Handarbeiten und schon bereit, sich um ihn zu kümmern.

Wir, die zufälligen Lagergesellen, von denen ich einige nicht mal mit Namen kannte, nahmen diese Paarung nur am äußeren Rande unseres Gesichtsfeldes wahr, mit den fünf oder sechs Prozent Aufnahmefähigkeit, die uns geblieben waren im rauschenden Fahrtwind unserer fliegenden Matratzen. Wie in einem verwackelten Hintergrundfilm konnten wir gerade noch ausmachen, dass Jakobs Schwester am träumenden Alexander herumnestelte. Wenn wir das Geschehen heranzoomten, und manchmal klappte das, erkannten wir, dass sie ihn aufknöpfte und sich über ihn beugte, während er seufzte, von zweierlei Trips fortgetragen.

Unsere Energie bewegte sich in anderen Bahnen. Wir spürten, wie sie in den Zellen vibrierte. In halluzinatorischer Hellhörigkeit lauschten wir dem Drehen der Doppelhelix im Zellkern und hörten das Reiben der Spindelfasern. In winzigen knisternden Explosionen dehnte sich die nukleare Ladung als Wärmeflut über die inneren Flussbetten aus und erreichte noch die feinsten Härchen der Oberfläche. Der magnetische Strom kreiselte heiß das Rückgrat aufwärts und überschwemmte das Gehirn, bis dessen gefurchte Landschaften eine einzige gleißende Fläche bildeten. Wir badeten in den Farbenfluten und ließen uns durch die inneren Säle spülen.

Gelegentlich tasteten wir mit flimmernden Händen den Körper ab, von weit her, von außen. Die Finger trugen uns zuweilen auch dorthin, wo gewöhnlich die Unruhe gesummt hatte, früher. Da war nun Schlummer zugunsten raumgreifender Träume. Taubheit. Ewige Ruhe.

Bis Jakobs Schwester ihre Freundinnen mitbrachte.

Erst war es nur eine Gleichaltrige, die schüchtern an der

Tür stehen blieb und sich dann auf die Stufen setzte und bis zum Morgen sitzen blieb. Danach eine, die bereits immatrikuliert war, eine Studentin wie wir, nur fuhr sie tatsächlich gelegentlich zur Uni. Sie wirkte sonderbar unberührt. Auch die anderen kamen aus den Elbvororten oder sahen jedenfalls so aus: mit makellosen Röcken oder Designerjeans, Markenpolos und sauberen Blusen, mit Perlenketten, geputzten Schuhen und ererbten Ringen, die sie wie Wunschringe drehten.

Sie tauchten auf und flüsterten ihre Namen, von denen ein süßer Klang weiterschwebte, als der Wortlaut schon verweht war. Mit ihnen sickerte Helligkeit in den Raum. Sie sogen die verrauchte Dunkelheit ein und atmeten Licht wieder aus. Sie sprenkelten mit ihrem Liebreiz die Sperrmüllsofas und warzigen Sessel und die spärlich gesäuberten Böden und Tischplatten.

Sie brachten Anmut und Zartheit. Beides gehörte nicht zu uns; wir lehnten so etwas ab, weil wir glaubten, wir hätten es nicht verdient. Nun ließen wir das Wunder über uns ergehen. Sie hockten sich an unsere Matratzen wie duftende weiße Vögel. Sie waren gefiederte Engel. Es sei denn, es handelte sich um barmherzige Krankenschwestern und wir lagen in einem Militärlazarett, in der zugigen Baracke für aufgegebene Fälle. Dann hatten wir den Transport auf der rostigen Ladefläche nur nicht bemerkt.

Die Abgestürzten aller Länder der Erde reiben sich die Augen, wenn der Himmel sich auftut und eine Heilige erscheint. Irgendwann taucht sie unweigerlich auf. Sie sitzt als Zuschauerin im Gerichtssaal, während der Geiselgangster verurteilt wird, verliebt sich in ihn und setzt die Revision durch. Geheiratet wird durch die Gitter. Oder er ist ein tobender Bär, und sie heißt Schneeweißchen oder Rosenrot und ist bereit, ihn zu heilen und sich hinzugeben. Prompt verwandelt er sich in einen Prinzen. Sie hat es geahnt.

Der Desperado der Pariser Oper, das sogenannte Phantom, taumelt in Verwunderung und Gnade, als ein engelsgleiches Chormädchen sich seiner erbarmt: »Ich bin es nicht wert und werde doch geliebt.« Das Mädchen stört sich nicht an seinem Aussehen, dem eines Opiumrauchers, mit fahlem Gesicht, eingesunkenen Wangen, pergamentener Haut. Im Gegenteil. Die Schöne *will* das Tier.

Der grausame König der Insel, der barbarische King, genannt Kong, wird von Schluchzen geschüttelt, als eine feenhafte Blondine ihn erleuchtet. Sie ist zum Opfer bereit. Sterbend findet er, wie es in der amerikanischen Ausgabe heißt, *»peace of mind«*. Die zornigen, einsamen Drachen aller Berge und Märchen verlangen nach Jungfrauen, nach wenigstens einer pro Jahr, dann herrscht Frieden. In der alpinen Sage von der schwarzen Spinne lässt eine unbescholtene Maid sich vom Teufel küssen, um das Dorf von Plagen zu befreien. Jeremias Gotthelf hat den Stoff bis an seine Quellen zurückverfolgt und festgestellt, dass die Jungfer sich keineswegs widerwillig küssen ließ, sondern schmachtend und hingebungsvoll, zumal der Teufel sich als schmucker Jäger näherte.

Dergleichen frühe Gothic Partys müssen häufiger vorgefallen sein. Bis zum Zeitalter der Aufklärung sind in deutschsprachigen Gerichtsbüchern nicht weniger als elfhundert Fälle verzeichnet, in denen Jungfrauen behaupten, auf einsamem Kreuzweg dem Leibhaftigen begegnet zu sein. Rosig vor Aufregung, mit zerdrückten Kleidern und fliegendem Atem kehren sie heim. Nach eigener Auskunft ist es ihnen gerade noch gelungen, dem Glutäugigen mit Hilfe des Kruzifixes ein Schnippchen zu schlagen, damit er sie ziehen ließ.

Ein Passauer Kirchenbuch aus dem siebzehnten Jahrhundert beklagt, eine kirchenamtlich gebrandmarkte Weggabelung im Donauwald sei zur heimlichen Pilgerstatt »fürwitziger Jungfrouwen« geworden. Anfangs fand sich dort nur ein einziger schwarzer Jäger ein, bis interessierte Gefährten zur Unterstützung nachrücken mussten. Wilderer, Zigeuner, Vaganten. Heiner Boehncke, der das Räuberwesen im vorbürgerlichen Zeitalter erforschte, fand heraus, dass düstere Oberschurken sich stets eines Zulaufs bürgerlicher Groupies erfreuten wie später nur vampirisch bemalte Rockstars. Bereits Maid Marian, die mit drei Unterröcken zu Robin Hood in den Sherwood Forest eilte, kam aus einer Vorzeigefamilie. Und der gut gebuchte Mörder Klaus Pinzner wurde in beste Häuser eingeladen, weil seine reale Unheimlichkeit so sexy war. Es knistert zwischen gegensätzlichen Polen.

Ein betagtes Adelsfräulein führte mich im vergangenen Herbst durch eines der ehrwürdigen Heideklöster, die sämtlich zu Damenstiften umgewandelt sind. Angesichts der kargen Klosterzellen im unheizbaren Obergeschoss ließ das Fräulein durchblicken, junge Nonnen in früheren Jahrhunderten hätten unverhältnismäßig häufig vom Teufel geträumt. Die Konventsbücher verzeichnen ein immer wiederkehrendes Muster: Im träumerischen Halbschlaf versucht der geschwänzte Dunkle, die unschuldige Novizin zu verführen, in Ausnahmefällen sie wohl auch ihn. Erschrocken über das heftige Lustgefühl, offenbart die Nonne sich am folgenden Morgen der Mutter Äbtissin. Die lässt sich den Traum in allen Details beschreiben und bewahrt eine anschauliche Schilderung in der Chronik auf.

Man kann nie wissen, wann man dergleichen braucht. Wahrscheinlich hat die Äbtissin in trüben Stunden die Mitschrift ab und zu wiedergelesen. Moralische Kommentare mit kirchlichem Zeigefinger jedoch, erzählte mir das Fräulein, sucht man in den Aufzeichnungen vergebens. Auch Strafen für den erträumten Beischlaf von Teufel und Jungfrau scheint es selten gegeben zu haben. Höchstens ein paar auferlegte Ave-Maria extra. Das spricht für das vergebende Verständnis der Äbtissinnen, für frauliches Mitempfinden.

Und es ist ja auch durch keine Moral zu ändern. Rotkäppchen folgt seit Jahrhunderten dem Wolf, Scarlett verfällt Rhett Butler, Nicole Kidman verzehrt sich nach *guys from the wrong side of town*, für Kate Moss kommen nur Troublemaker in Frage, und die vormals unauffällige Anwältin brennt enthusiastisch mit dem Mörder durch, den sie verteidigen soll. Zuverlässig in jedem Frühjahr schwingt sich das Uptown Girl zum dreckigen Bastard auf die Maschine, zum Wüstling aus dem Prekariat, dem Leader of the Pack.

Was suchten die Mädchen bei uns? Einige wirkten wie erstaunte Ausreißerinnen. So als hätten sie auf einer Klassenreise im Café eine Stadtillustrierte entdeckt und die Szenetipps abgesucht und einer hätte *smoke and fly* versprochen. Sie waren als Touristinnen in unsere Höhlen verschlagen worden. Und nun, nicht wenig überrascht, wollten sie erst mal ein bisschen blinzeln und schnuppern, vielleicht um später tuschelnd den Neid der Braven zu erwecken.

Andere wollten gleich teilhaben. Nachdem Jakobs Schwester von den Eltern zurückgepfiffen worden war, kümmerte sich eine hochgeschlossene Pfarrerstochter mit rollendem R sehr zart um Alexander. Eine Pummelige im Glencheck-Rock mit dunkelblauer Strickjacke über einer Rüschenbluse im Segellook purzelte die Treppe herunter und landete plumpsäckig auf meiner Matratze. »Lena.« Auch das noch. Für mich kamen nur elegische Elfenwesen in Frage, hauchzart, in keltischem Nebel getauft. Und hier war Miss Piggy. Sie entwand mir den Joint und nahm einen beherzten Zug, der sie erbärmlich husten ließ. Gleich danach musste sie kichern und wollte fortan nicht mehr aufhören. Ein einziges Inhalieren konnte das schwerlich bewirkt haben. Doch glucksend und gickelnd kuschelte sie sich an mich und störte durch ihr Gekicher die völlig losgelösten Reisen meines Astralkörpers.

Geküsst werden wollte sie auch. Als ich keine Anstalten machte – man kann sich nicht mal eben hinüberbeugen von Alpha Centauri –, schwang sie sich über mich und raubte sich die Küsse. Wehrlos und umnachtet ließ ich es geschehen. Sie schob mein Hemd hoch und zog kichernd den Gürtel auf. Sie machte sich in jener unerforschten Zone zu schaffen, zu der jeglicher Funkkontakt abgerissen war. Dass der Anblick sie losprusten ließ, erstaunte mich nicht im Geringsten.

Egal, muss sie sich gesagt haben. Die Strickjacke hatte sie fortgeworfen, nun folgte die Bluse. Ein goldenes Kettchen mit einem winzigen Lapislazuli-Buddha pendelte vor meinen Augen. Babyspeck tanzte. Ein Büstenhalter mit schwarzem Spitzenbesatz, einschüchternd gefüllt, öffnete sich mit einem schrappenden Geräusch. Die Früchte stürzten aus dem Korb. Fluten, Wogen, Turbulenzen. Sie kugelte hin und her und rutschte glucksend und suchte ihren Sitz. Um nicht vollends den Eindruck eines Leichnams zu machen, packte ich ihre Hinterbacken. Das nahm sie als Signal. Sie griff mit ihren rosigen Händen zu, streichelte zu kräftig, zog zu erbarmungslos, knetete. Ich schloss resigniert die Augen. Ihre Bemühungen waren abwegig.

Aber dann auf einmal hatte sie sich eingeschwungen auf meine Reiseroute, war Flugbegleiterin, bald Pilotin und drehte sich in den wirbelnden Stürzen mit durch die Supernovae und schwarzen Trichter. Und es passte, dass irgendwann am Rand dieses Universums, wo wir zwischen fremden Galaxien emportauchten, etwas wie eine kitzlige Bereitschaft entstand. Als ich die Augen öffnete, sah ich die Glocken schwingen und ihren kurzlockigen Kopf, der sich zum Endlos-Repeat von Santana hin und her warf.

Ungläubig, wie der jenseits aller Räume gelandete Reisende bei Stanley Kubrick, richtete ich mich ein wenig auf. Sie saß vollständig auf mir und schwitzte und keuchte und hatte sich den Sieg erstritten. Sie hatte etwas vollbracht, von dem ich nichts mitbekommen hatte und auch jetzt nichts Fühlbares mitbekam. Ich war lediglich Zuschauer, nur Zeuge, wie sie summte und sang und lachte und heiter auf und nieder fuhr, quiekend, glucksend, sprudelnd, ein dem Spielplatz längst entwachsenes Mädchen auf der für Leichtgewichte entworfenen Wippe.

Es hätte immer so weitergehen können. Halluzinogene Cocktails heben wie Lichtreisen die Zeit auf. Doch irgendwann schnallte sie sich von ihrem Sitz. Sie seufzte. Es klang erleichtert. Ich hatte nichts erlebt außer Verwunderung. Nun sah ich sie absteigen mit einer Milchstraße klebrigen Schaums im Schamhaar. Etwas schien geschehen zu sein – nur war niemand da gewesen, der es hätte mitbekommen können.

Sie beugte sich über meinen Mund und küsste die ausgetrockneten Lippen. »Du bist süß, aber vielleicht hätten wir besser aufpassen sollen.«

Der Satz glitschte mit Eiswürfeln mein Rückgrat abwärts.

»Kann ich mich irgendwo waschen?«, fragte sie. »Ich möchte nicht, dass mein Freund was schnallt.«

»Du gehst jetzt zu deinem Freund?«, wunderte ich mich matt.

»Ja, klar, der wartet doch.«

Rebell und Heilerin

Was also wollten sie? Mitmachen? Nur mal spielen? Oder jemanden retten?

Ein paar Jahre später glaubte ich es zu verstehen, als ich zu den Guten gehörte und umworbene Frauen an die Bösen verlor. Wenigstens zwei ließen mich sitzen, der ich solide und berechenbar geworden war, und stahlen sich davon zu Adventure Games mit Migranten und Vagabunden. Eine spätere Rückkehr nach ihrem überstandenen Survival Trip war nicht ausgeschlossen, sogar wahrscheinlich. Die meisten Paarungen von Teufel und Jungfrau oder Bad Boy und Prinzessin haben die Dauer eines mittleren Abenteuerurlaubs. Wenige halten länger, die gibt es auch, nur wird es dann schwierig für die Prinzessin, nicht ebenfalls abzustürzen, falls sie den Verlorenen nicht ans Licht zerren kann. Ein Jahr nach ihrer wagemutigen Eheschließung suchte meine Tochter Zuflucht bei einer »Selbsthilfegruppe für deutsche Ehefrauen von muslimischen Afrikanern«, speziell solchen, die trotz schwacher Sprachkenntnisse erfolgreich mit Drogen dealen.

Den höheren Töchtern, die uns besuchten, schien es um so etwas wie Bungee-Jumping zu gehen. Sie wollten etwas vom berühmten Flow spüren, den Erfolgserlebnisse und Grenzerfahrungen verschaffen. Hier waren es Grenzerfahrungen. Mutig und frech warfen sie sich in die Düsternis und baumelten über dem Abgrund, im Vertrauen darauf, dass das Seil hielt. Sie erlebten ihre Affären mit uns wie den Thrill einer Risikosportart. Es durfte heikel werden wie Paragliding bei schlechter Thermik oder Free Climbing am gefrorenen Wasserfall oder sogar richtig gefährlich wie Base-Jumping ohne Reservefallschirm. Nur erlebten sie den Kitzel nicht durch Luftrekorde und Akrobatik am Steilhang, nicht mal durch Alkaloide, sondern durch grenzwertige Beziehungen, durch Liebschaften am Abgrund und erotischen Wagemut.

»Ich wusste, dass er mich betrügen würde«, erzählte Consuelo Sandoval über Antoine de Saint-Exupéry, »mir war klar, dass er brutal und skrupellos war, aber ich suchte die Liebe dahinter, und manchmal fand ich etwas davon.« Sexy Schurken, Faune, Teufel können sich auf solche Sucherinnen verlassen.

Einige Mädchen nahmen die Gelegenheit wahr, unbeobachtet und jenseits der Moral nur ihrer Lust nachzugeben, besinnungslos Sex zu haben, jenseits langweiliger Verantwortung herumzutoben. Mit dem Rest ihres Lebens hatte das nichts zu tun. Sie konnten animalisch sein, durften einen Mann oder zwei missbrauchen und sich missbrauchen lassen und dann zurückkehren in die elterlichen Villen mit Kiesauffahrten, Rhododendronparks und humanistischer Moral, wo bereits ein vielversprechender junger Mann mit Blumenstrauß wartete.

Es gab auch solche, die als Helferinnen kamen und uns retten wollten. Die sich berufen fühlten, die Zerrissenheit ihres Helden zu heilen. »Ich wollte seine Dämonen bannen«, erzählte Jerry Hall über Mick Jagger. »Ich musste seine geschundene Seele heilen«, erklärte Jane Birkin zu Serge Gainsborough. Und Elena Kuletskaya sagte über Mickey Rourke: »Ich fühlte mich stark genug, die Martern seiner Vergangenheit aufzulösen in eine lichte Zukunft.«

Es gab auch bei uns lichte Mädchen, die davon träumten, einen Problemfall durch Zuwendung auf die richtige Bahn zu leiten. Das waren diejenigen, die immer wiederkamen. Die hartnäckigsten. Überraschenderweise entpuppte sich auch Lena als eine von ihnen. Oder sie entwickelte sich dahin, als es notwendig wurde. Und es gab noch eine andere Frau von dieser Sorte, eine sanfte, unscheinbare. Sie lag im Streit mit ihren Eltern, von denen es hieß, sie wohnten am Falkenstein und seien eine reiche Reederfamilie mit eigenem Golfplatz.

Einen für sie ausgewählten und schon von ihr abgenickten Zahnarzt hatte diese Frau nach einem halben Jahr repräsentativer Reisen und Cocktailpartys verlassen. Nun kümmerte sie sich um Jakob, der nicht mal Sozialpädagogik studierte. Der Kontakt zu ihren Eltern war abgerissen.

Sie achtete so mitempfindend und gleichgestimmt auf Jakob, dass wir sie kaum mehr bemerkten. Doch wenn wir ihn besuchten, war sie immer da. Viel früher als wir hatte sie begriffen, warum er die Ärmel seiner Hemden nicht hochkrempelte. Wir waren zu sehr mit uns selbst beschäftigt. Aber irgendwann kapierten auch wir, dass diese Frau nicht dauernd ihre Tage haben konnte und somit die Blutschlieren in Jakobs Badezimmer anderswoher stammen mussten.

Bis dahin hatten wir es für scharfsinnig und konspirativ gehalten, wenn wir die Schauplätze unserer Psychotropen-Expeditionen alle paar Tage wechselten. Hier ein Keller, dort die Laube in einem Schrebergarten, beim einen mussten wir in die Garage, beim anderen auf den Dachboden, beim Dritten durften wir uns im Wohnzimmer suhlen, sobald seine Eltern ins Wochenende gefahren waren. Ich konnte mit der von Hannah ausgestatteten Dachwohnung prunken, Alexander bot das Häuschen seiner Großmutter an, die ihren Lieblingsenkel vorübergehend als Untermieter aufgenommen hatte.

Jakob hauste seit der Entlassung aus dem Zivildienst in einem Fabrikgebäude aus der Gründerzeit, das längst zum Abriss freigegebenen war, aber noch halbwegs aufrecht stand. Das gesamte in Trübsinn bröckelnde Viertel sollte saniert werden. Doch gegen die Aufhebung des Trübsinns regte sich Widerstand, vor allem von Leuten wie uns, die Slums und Ruinen für das Authentische hielten.

Eines Nachts warteten wir dort auf Jakob, bei ein paar Teelichten, über denen wir auf Silberfolie feines braunes Pulver in wundertätigen Rauch verwandelten. Jakobs Freundin, die Millionärstochter, der man ihre Herkunft immer ansehen würde, fuhrwerkte mit Lappen und Handfeger zwischen den Ziegelwänden herum, von denen der Putz in Placken herabgestürzt oder in Anfällen von Verzweiflung abgeschlagen worden war. Ihre echte Perlenkette schwang hin und her. Es war nervöse Selbstbeschäftigung, aber auch ein unauslöschlicher Makel ihrer Herkunft: Sie wollte es sauber haben.

Es war fünf Uhr morgens und dämmerte schon, als Jakob eintraf, außer Atem, mit schweißglänzendem Gesicht und flackerndem Blick. Sein Anblick jagte uns Furcht ein. Er erschien wie eine surreale Figur, die sich unter der Hand des Malers in auseinanderstiebende Einzelteile auflöst. Sichernd und witternd sah er sich um. Niemand Unbekanntes im Raum.

Er habe gerade einen Bruch hinter sich, berichtete er

mit gesenkter Stimme, gegen zwei Uhr in einer Provinzapotheke. Gänzlich abgelegen, an einer toten Ecke in Borstel. Und doch musste ihn jemand gehört haben und hatte sich, statt Alarm auszulösen, an seine Fersen gehängt. Mit seinem Motorrad hatte Jakob eine Hetzjagd erlebt. Die ganze Zeit über, bis eben gerade, sei jemand dicht hinter ihm gewesen, nicht die Polizei, es gab keinen Lautsprecher, keinen Funk, kein Blaulicht. Es war irgendein Spinner in einem schnellen Wagen, der Spaß daran hatte, ihn mit seiner Maschine weit um Hamburg herumzujagen, bis ihn Jakob schließlich, im Klövensteen, in einem Waldstück, dessen Durchfahrt nur er kannte, hatte abschütteln können.

»Es sei denn, er taucht hier gleich auf«, stieß er hervor und sank in seinen Sessel. »Ich sage euch, da kriegst du Schiss.«

»Ja, klar!«, stimmten wir zu, möglichst volltönend, um unser Entsetzen zu verbergen. Wenn jemand Schiss hatte, dann wir.

»So ein Blödmann!«, sagte Alexander düster.

»Der wollte sich wichtigtun«, diagnostizierte ich scharfsinnig. Wir taten so, als sei die Jagd eine Schande und der Hergang zuvor völlig selbstverständlich und bestimmt nichts Verwerfliches. Apothekenbrüche, klar. Mussten ab und zu sein. Doch ein Bodensatz rechtschaffener Vorbehalte ließ uns schaudern, zumal Jakob gespenstisch und zerrüttet aussah, hohläugig, zittrig, dem Schrecken keineswegs schon entronnen. Mit Ladendiebstahl kannten wir uns aus; darin waren wir einigermaßen bewandert. Aber dies war etwas anderes und strömte Entsetzen aus.

Die Beute hatte Jakob in seinem Rucksack mitgebracht. Mit fahrigen Händen baute er sie auf einem Bügelbrett auf.

Die duldsame Freundin stand schweigend dabei. Wir hielten es für geboten, die erbeuteten Schätze zu bewundern. Sie sahen wie Medikamente aus. Wir hoben die Fläschchen und Ampullen vor unsere Augen, um im trüben Licht die rätselhaften Bezeichnungen zu entziffern. Wir sagten »Hui!« und »O ja« und nickten anerkennend, obwohl wir nicht die mindeste Ahnung hatten, um was es sich handelte. Wir wollten es auch nicht wissen.

»Zu den Nebenwirkungen fragen Sie Ihren Arzt oder Apotheker«, versuchte Jakob zu scherzen.

Mit unserem Humor war es nicht weit her. In den Stunden zuvor hatten wir einiges geraucht und gesnifft, bei leidlich guter Stimmung. Eines der Mädchen war wegen ihres Geburtstags mit einem prächtig aufgegangenen Haschischkuchen gekommen, der nicht gut geschmeckt, aber eine beseligende Wirkung entfaltet hatte. Nun ergriff uns beklemmende Nüchternheit.

Jakob sah sich ab und zu noch um, als erwarte er ein Pochen an der provisorischen Brettertür. Wir versuchten, unserem Unbehagen ein Lächeln abzuringen, sooft er uns ansah. Wir nickten kumpelhaft. Alles klar. Und, sicher, wir waren vertrauenswürdig. Absolut. Waren einverstanden. Schienen ihm die artigen Mädchen nicht ganz geheuer? Keine von ihnen war in dieser Nacht zum ersten Mal dabei. Schließlich legte er sich auf seine Matratze und streckte die Hand nach seiner Freundin aus. Sie hockte sich zu ihm.

Wir nahmen es als Signal, uns ebenfalls wieder auf unsere Lager zu bequemen. Doch eine Rückkehr in Trunkenheit und Verzückung oder auch nur Benommenheit war so bald nicht mehr möglich. Die Mädchen schlossen die

Augen. Ihnen reichte in dieser fahlen Stunde ein Anflug von Nähe und Wärme. Wir hatten gelernt, dass wir in kleiner Münze zahlen durften: ein wenig streicheln, knuddeln, zärtlich sein. Aber Alexander und ich, die Jakob am längsten kannten, blieben aufgewühlt und hielten die Augen geöffnet.

Es war nicht ungewöhnlich, dass Jakobs Freundin ihn von seinen Kleidern befreite. Für einen schauerlichen Moment sah es so aus, als verrichte sie die Handgriffe einer Pflegeschwester. Aber alt und schwach war er noch nicht. Wunderbarer Anblick, wie sie sich nun über ihn beugte und ihn wärmte mit Zunge und Fingerspitzen. Und wie er sich dabei entspannte und seufzte, endlich angekommen!

Doch angekommen war er noch nicht. Beharrlich und kunstreich brachte sie seinen Glanz zum Stehen. Sie wand ihre Perlenkette darum wie ein Ordensband. Fehlten noch Applaus und Fanfaren. Die Schau, die Alexander und ich verstohlen verfolgten, war in aller Stille glamourös und preiswürdig. Wir wechselten erleichterte Blicke, Alexander grinste beifällig, ich war beruhigt. Kein Grund zur Sorge. Alles in Ordnung hier.

Und dann zog Jakobs Freundin, die Reederstochter vom Falkenstein, eine Spritze auf. Eine aufopferungsvolle Krankenschwester. Noch einmal beugte sie sich über ihn, um die purpurne Pracht am Sinken zu hindern. Sie zog die Perlenkette stramm, dass sie saß wie ein Stauriemen oder Cockring. Und dann setzte sie ihm einen Druck, genau dorthin, wo Adern und Haut jetzt am unnachgiebigsten gespannt waren, direkt in eine Vene am Schaft.

Rituelle Beerdigung

In dieser Zeit erreichte mich ein Anruf von Hannah. Das war ein Wunder. Sie hatte sich seit Monaten nicht gemeldet. Ich glaubte, sie hätte aufgegeben. Nun klang die Wärme ihrer Stimme herüber aus einer sonnendurchfluteten, fest gegründeten Welt. Hatte sie nicht versichert, alles im Leben gehe gut aus? Ich war kurz davor, sie um Hilfe zu bitten.

Doch sie hatte sich etwas zurechtgelegt. »Ich wollte dir nur sagen: Wenn der Nachmittag bei Kim der Grund ist, das spielt für mich keine Rolle.«

Welcher Nachmittag? Bei wem? Grund wofür?

»Der Nachmittag?«, wiederholte ich begriffsstutzig.

»Sie hat mir alles erzählt«, erläuterte Hannah. »Das ist doch nicht schlimm! Du bist jung. Du musst dich ausprobieren. Ich habe Verständnis dafür.«

»Ach so«, sagte ich, als erklärte jemand einen physikalischen Versuch. »Danke.«

Was für ein fernes, gänzlich belangloses Thema! Ja natürlich, ein Nachmittag in einem Maleratelier, und ein gemütlich brummendes Propellerflugzeug über der herbstlichen Stadt, richtig, und laszive Posen, reife Frauen.

Und soweit ich gehört hatte, kenterten Flüchtlingsboote vor Gibraltar, und im Iran wurde Dieben die Hand abgehackt, in China schwelten Kohlenflöze und bliesen pro Tag so viel Kohlendioxid in den Himmel wie alle Autos hier in einem Jahr, und die Tsunamis erhoben sich, und Kröten wurden über die Straße getragen, und Walschützer spannten ein Seil vor die Hafenausfahrt, Unterschriften wurden gesammelt gegen das Vergessen, und falls irgendwo Krieg ausbrach, sang jemand Lieder dagegen oder sammelte Abdrücke von Händen auf einem Laken, das zum Fenster hinausgehängt wurde, aber der Abdruck von der Hand meines Freundes Jakob konnte schwerlich dabei sein, denn die sah aus wie die Hakenklaue in einem Gruselfilm, und ich hatte Angst.

»Wenn das der Grund dafür ist, dass du dich zurückgezogen hast«, wiederholte Hannah, »dann wollte ich dir sagen: Du bist nicht in meiner Schuld. Ich nehme es dir nicht übel. Gar nichts.«

Ich sah eine Figur aus Luftballons vor mir, die durch eine Leine noch mit der Erde verbunden ist. Die Leine ist an einem Zeh befestigt, und nun zieht jemand daran, um die Ballons zur Erde zurückzuholen. Die da zog, war Hannah.

»Es gibt keinen Grund«, entgegnete ich und fügte als Vertiefung hinzu: »Weil letzten Endes alles grundlos geschieht.«

Sie schwieg einen Moment, um einzuschätzen, wovon ich sprach.

»Geht es dir gut?«, fragte sie vorsichtig.

Ich stemmte mich gegen dieses Ziehen. »Mir geht es eigentlich immer gut«, wand ich mich, ohne meiner Stimme Kraft geben zu können.

Sie gab das Nachforschen auf. »Ich würde dich einfach gern mal wieder in den Arm nehmen.«

»Ah ja, gut«, sagte ich, so fern es auch schien. »Das ist möglich.«

Immerhin war ich theoretisch noch in der Lage, jemanden zu umarmen. Bei Jakob war das schon weniger sicher. Sein linker Arm war gefühllos geworden, nachdem er eine Spritze ins Gewebe gejagt hatte; er hatte in der Not keine Vene gefunden. Nachdem er bei der übernächsten Gelegenheit eine Arterie erwischt und einen inneren Brand entfacht hatte, hatte seine Freundin den Dienst übernommen.

»Das ist möglich?«, fragte Hannah. Es missfiel mir, dass sie meine Worte wiederholte wie eine Therapeutin, in jenem zurückweichenden Ton, der wie ein Vakuum das Bekenntnis aus dem Klienten heraussaugt.

»Das ist möglich«, echote ich. Dann kam mir etwas in den Sinn: »Sag mal, du kennst doch diese Familie …«

Aber nun war mir der Nachname von Jakobs Freundin entglitten. Die Familie hockte in Blankenese, das war immer noch ein Dorf, in dem man übereinander Bescheid wusste, zumindest über die familiären Katastrophen. »Am Falkenstein«, stotterte ich. »Diese Reeder.«

»Ich habe das Gefühl, es geht dir nicht gut«, sagte Hannah zögernd.

Dass sie über mich Bescheid wissen wollte, flößte mir Widerstand ein. Und der Widerstand gab Kraft. Nun war er da, der Name der Familie. Jetzt konnte ich ihn einsetzen.

»Ja«, sagte sie. »Die kennen wir. Warum? Hast du etwas mit denen zu tun?«

»Nein, wir wollen ein Klassentreffen machen«, erfand ich. »Und da dachte ich an ein paar alte Schulfreunde. Auch aus anderen Klassen. Was so aus ihnen geworden ist.«

»Sie haben drei Töchter«, sagte Hannah. »Soweit ich weiß, ist keine davon auf deine Schule gegangen. Mich haben sie nie sonderlich interessiert. Die jüngste ist mit einem Dealer auf und davon, das hat sich herumgesprochen.

Aber ich habe nicht viel davon mitbekommen. Weißt du etwas?«

»Mit einem Dealer auf und davon?«, fragte ich so ungläubig wie möglich. Ein Dealer war Jakob ja eigentlich nicht, eher ein geschädigter Endkunde, ein Fall für die Verbraucherschützer, die man im Frühstücksfernsehen anrufen konnte. Doch Hannah zu widersprechen war fehl am Platz.

»Warum interessiert dich das?«, forschte sie.

»Nein, nein, das interessiert mich nicht, ich muss da was verwechselt haben«, beschwichtigte ich. »Ich meine wohl eine andere Familie.«

»Du meinst sie«, bestimmte sie. »Und ich kann dir noch erzählen, dass diese jüngste Tochter den Kontakt zu ihrer Familie abgebrochen hat oder umgekehrt. Keiner weiß was von ihr. Mein Großvater hätte eine rituelle Beerdigung veranstaltet.«

Hannah hatte einen orthodoxen Rabbiner unter ihren Ahnen, auf den sie sich berief, wenn sonst nichts mehr half.

»*Rituelle Beerdigung* klingt gut«, fand ich. »Wie wird das gemacht? Mit einem echten Sarg?«

»Du willst mir nicht sagen, warum du dich so für das Mädchen interessierst«, stellte Hannah fest. »Ich komme nicht an dich heran. Du verschließt dich. Für mich ist das in Ordnung.«

»Na also.«

»Aber dir geht es nicht gut dabei, das merke ich. Ich will dir keine Probleme einreden. Wenn du Hilfe brauchst, kannst du dich jederzeit an mich wenden.«

Ich brauchte Hilfe, ja. Aber ich würde ihr keine Macht

zugestehen. Eine Rückkehr, die wie Reue aussah, verbot sich.

»Das ist nett, Hannah. Gut zu wissen. Vielen Dank.«

Dann doch lieber eine rituelle Beerdigung.

Rettende Frauen

In der klassischen Legende von der Jungfrau und dem Teufel ist der Böse ein edler Ritter, hochgewachsen, kraftvoll und lässig, hübsch anzusehen und ausgestattet mit langem Schwert. Sein Verhängnis ist nur an der höllischen Schönheit seines Körpers zu erkennen und am Zug des Unfriedens in seinem Gesicht.

Frauen mögen diesen Zug. Er weckt ihr Mitgefühl und ihre Neugier. Das ist ein Bad Boy. Ein Mann für besondere Fälle. Zuerst wollen sie ihn genießen. Dann heilen. Umgekehrt funktioniert es nicht.

In den Bildern, die ich mit Josephine in Gotha betrachtete, war der schwarze Ritter meist noch mit Teufelshörnern ausgestattet, mit winzigen zwar, doch sie waren deutlich genug, um arglose Betrachterinnen der Bilder zu warnen – ganz im Sinne ihrer braven Männer.

Die liebreizenden Frauen auf den Bildern selbst hingegen schienen das Zeichen nicht zu bemerken. Oder sie übersahen es gern. Das Finstere zog sie an. Es zieht immer.

In der Version, die Gottfried Keller von der klassischen Legende erzählt, greift der charismatische Dunkle nach der Hand einer makellosen Jungfrau. Er ist exakt der Rebell, der Outlaw, die verlorene Seele, der eine wohlerzogene Retterin nicht zu widerstehen vermag. Sie hält ihn für einen Idealisten, der von der Welt enttäuscht wurde, für den letzten wahren Romantiker.

Und tatsächlich. »Ich bin der ewig Einsame«, seufzt er

bei Gottfried Keller. »Ich bin der, der aus dem Himmel gestürzt ist. Nur die Liebe einer guten Frau gibt mir Kraft, den Untergang zu tragen. Sei mit mir zu zweit.«

Gute Idee! Die Jungfrau, des guten Ausgangs gewiss, lässt sich von ihm entführen. Sie erlebt einen berauschenden Ritt. Schleier und Gewand flattern fort, als die beiden sich miteinander im Sattel wiegen. Das Bewusstsein vergeht ihr beinahe, doch jeden Gipfel genießt sie und jedes Tal, jeden Strom und den sausenden Sturm, die Wellen, den Schaum, schließlich den Gesang der Nachtigallen und die rosig duftenden Wolken des Nachklangs.

Als sie sich ganz aufs Land des faunischen Helden einlässt, entsprießen wie in einem psychedelischen Trickfilm bei jedem ihrer Schritte Rosengärten und Brunnen und helle Sterne, und Nymphen tanzen, und das Wasser selbst macht Musik, und die Sanftmütige erlebt alle Süßigkeiten einer ewigen Mainacht. Keller erzählt es so. Es klingt ein bisschen, als hätte er die Erfindung seines Eidgenossen Albert Hofmann schon ein halbes Jahrhundert vor der Markteinführung genossen: Lysergsäurediäthylamid.

Auch den Kater danach verschweigt er nicht. Die kunstreichen Dämonen fliehen und mit ihnen die Gärten, die Rosen welken, die Brunnen versiegen, die Nachtigall hält den Schnabel. Wie an allen Gliedern zermalmt bleiben die Genießer der Halluzinationen zurück. Selbst die eben noch taufrische Jungfrau ist bleiern müde. Ihr Weg führt nun zwangsläufig zur Kirche, nicht wegen des Traualtars, sondern um der Heilung willen.

Ungefähr so erging es uns. Wir erwachten gründlich verkatert und fanden unsere Kirchen, aus denen wir allerdings nicht alle wieder herauskamen. Das Bild von Jakobs letztem Schuss war ungefiltert in unsere Eingeweide gefahren, züngelte dort weiter und ließ sich nicht löschen. Wir mussten uns eingestehen, dass wir uns seit geraumer Zeit kraftlos und ausgelaugt fühlten. Wir benötigten zwei bis drei Joints, um überhaupt jene Ebene grauer Normalität zu erreichen, auf der die Nüchternen ihren Tag begannen.

Es gab kein beseligtes Staunen mehr angesichts von Ampeln und Bremslichtern. Dass die Risse im Asphalt sich dehnten und pulsierend zusammenzogen, als wanderten wir über die Haut eines gigantischen Elefanten – das hatten wir lange nicht mehr erlebt. Auf den Raufasertapeten war das gestockte Rinnen der Farben zum unendlich fließenden Strom geworden, auf dem wir als Partikel mitfuhren. Im Klorauschen hatte Musik geklungen. Alexander hatte einmal zwei Stunden gespült, immer wieder, und entzückt der immer neuen göttlichen Komposition gelauscht, bis seine Großmutter im Schlafrock erschienen war und herrisch gegen die Tür gepocht hatte.

Wir waren sicher gewesen, die tiefste Realität zu erkennen, wenngleich wir unsere Erkenntnis nie hatten aufschreiben können. Es war nicht nötig gewesen. Um glücklich zu sein, hatte es genügt, unter einem Baum zu liegen und ins grüne Wogen zu sehen. Jedes einzelne Blatt und jede Faser und jedes Äderchen in jedem Blatt waren in filigraner Klarheit zu unterscheiden, während die Zweige winkten und uns Heiterkeit zufächelten. Wir hatten die Aura der Bäume gesehen und ihren gelassenen Austausch.

So etwas hatte sich seit geraumer Zeit nicht mehr eingestellt. Wir brachen nicht einmal mehr in Gelächter aus, wenn wir gewöhnliche Leute auf der Straße beobachteten.

Alexander und ich wollten es noch einmal zwingen. An einem holsteinischen See besaß seine Familie ein abgelegenes überwuchertes Grundstück. Auf einem Wiesenstreifen am Ende eines Schotterweges, zwanzig Meter vom Ufer entfernt, stand ein Wohnwagen.

Es war Mitte April, der Himmel trübe. Als wir in der Abenddämmerung unsere Extradosis mit Cola hinuntergespült hatten, wanderten wir auf der Wiese hin und her und warteten auf das Einsetzen der Wirkung. Sie kam nicht. »Haben wir zu wenig genommen?«

Vom See fuhr eine leichte Brise herüber. Da, klapp!, fiel mit einem Windstoß die Tür des Wohnwagens zu. Wir hatten versäumt, sie einzuhaken. Wir rüttelten am Türgriff. Wir spähten durchs Fenster. Zu spät. Unerreichbar neben dem geleerten Tablettendöschen lagen die Schätze auf dem Klapptisch: unsere Lebensmittel, der Autoschlüssel, der Schlüssel zum Wohnwagen.

Auf einen Schlag war uns kalt. Bis dahin hatten wir einander versichert: »Ich merke noch nichts« und »War zu wenig« oder »Es bringt einfach nichts mehr«. Nun, als unleugbar klar war, dass wir die Aprilnacht draußen verbringen mussten, setzte die Wirkung ein. Und mit Wucht. Das Schilf rieb sich zischelnd. Uns war, als erhöbe sich ein Gewimmel von Schlangen daraus; sie wanden sich und züngelten. Die Birkenkätzchen lagen im feuchten Gras; es waren Maden, die um unsere Füße wimmelten, die ersten schoben sich schon an den Schuhen hoch.

»Wir haben zu viel genommen!«

»Lass uns hier weggehen!«

Wenn die Angst einmal hochgekommen ist, vervielfältigt sie sich selbst wie das Echo im Tal der Dämmerung. Vom Ekstasenstoff befeuert, erfasst sie den ganzen Körper und flutet den Geist.

»Wir hatten doch eine Schachtel Valium?«

»Im Wohnwagen.«

»Wir müssen uns müde gehen!«

Gescheucht von unsichtbar Schleichendem, von schleimig durch Gräser Gleitendem, Kriechendem, Schmatzendem, gehetzt von Flatterndem, Fliegendem, das unser himmelhohes Haar mit faltigen Schwingen streifte, eilten wir den Schotterweg hügelan. Nur keinen Blick nach rechts und links! Vor unseren Füßen ringelte sich das Gewürm, aus den Wiesen erhoben sich krötig die Leguane, geschuppte Drachen griffen aus dem Gebüsch, Glibberndes langte mit Quallenhaar von den Ästen.

»Trampeln, du musst beim Gehen trampeln!« Das sollte Gewürm und Schlangen auf Abstand halten.

»Da, da!«

»Was denn? Was hast du denn?«

Der eine rief voll Angst, der andere, weiter voraus auf der Flucht, sah es nicht und wollte sich auch nicht umdrehen. Keiner vermochte dem anderen zu helfen.

»Das sind alles nur Projektionen!« Dergleichen Lernstoff erstarb angesichts des realen Entsetzens. Vielleicht war es ja wirklich der Blick in eine Zwischenwelt? Dem normalen Bewusstsein war sie aus guten Gründen versperrt. Jetzt hatte etwas die Tür weit aufgerissen, schließen konnten wir sie nicht mehr. Und wenn es denn Projektionen sein sollten, konnten die nur von innen kommen. Dann wohnte die Brut in den eigenen Gewässern. Das war nicht besser.

Ein Scheinwerferpaar wischte in der Ferne vorbei. »Das muss die Straße sein!« Die Straße musste zu Lampen führen, zu erleuchteten Fenstern, zu Frauen, die in Küchen hantierten, und Männern, die vor Haustüren rauchten, zu wärmender Biederkeit, zu den Haltegriffen der Ordnung, in die Zivilisation.

An einer Wegbiegung, unter hohen Kastanien, die unaufhörlich ihre Finger bewegten, tauchte überraschend ein Gehöft auf mit matter gelber Lampe über dem Scheunentor und einem aufgesteckten Eisfähnchen.

»Wir kaufen ein Eis!«

Das ganze Haus vibrierte, als wir an die Tür pochten. Drinnen flatterte etwas auf, ein Hund schlug an. Dann Schritte. Eine junge Bäuerin in Hose und roter Weste über weißer Bluse, eigentlich hübsch, aber mit misstrauischen Augen.

»Können wir ein Eis haben?«

Sie zögerte, so blass und gehetzt sahen wir aus. Waren wir entlaufene Sträflinge? Voreilig entlassene Anstaltsinsassen? Verrückte, sicher, ja. Aber es war ein Flehen in unserem Blick, oder eine Gefahr ging davon aus, dass sie sich dazu herabließ, den beschlagenen Deckel ihrer Eistruhe aufzuschieben, vermutlich zum ersten Mal seit dem vergangenen Sommer. Sie kratzte ein übrig gebliebenes Cornetto vom Boden der Truhe. »Nimm du«, gewährte Alexander großzügig.

Als ich das Eis aus ihrer Hand nahm, berührten sich für einen Moment unsere Finger. Ein heilender Strom ging von ihr aus. Wärme und Sicherheit flossen herüber. Ich verspürte den Impuls, nach ihrer Hand zu greifen. Bitte! Ein Rest Verstand hielt mich zurück. Dies war nicht die

Tugendhafte, die einen Verlorenen retten würde. Sie würde mindestens den Hund rufen.

Kaum war vom Eis die glänzende Folie abgewickelt, fuhr ich zurück. Auf der Cremespitze, die gewöhnlich mit Nusssplittern und Schokoraspeln bestreut war, räkelten sich Egel und Asseln und spinnenbeinige Käfer. Entsetzt wandte ich den Kopf ab.

Die Bäuerin erschrak, vielleicht weil das Eis nicht ganz frisch war: »Ist was nicht in Ordnung?«

»Doch, doch«, beruhigte Alexander. Er hatte die geringere Dosis geschluckt. Er zog mich fort.

Die Bäuerin sah uns nach. Sie blieb einfach stehen in der Tür, als dunkle Silhouette in einem Rechteck von Licht, die Arme verschränkt, rätselnd, mit was für Erscheinungen sie eben zu tun gehabt hatte, und wohl auch bereit, uns bei auffälligem Verhalten verfolgen zu lassen. Ich traute mich nicht, die Eistüte fortzuwerfen; wie eine Fackel des Ekels trug ich sie am gestreckten Arm vor mir her.

Die Rettung kam von der Armee. Zunächst war es nur ein Donnern in der Ferne, ein Grollen wie von einem im Hades rumorenden Gewitter. Der Boden bebte. Dann waren es drohend sich nähernde Motoren. Schließlich wälzte sich schwer und dröhnend ein Lindwurm dunkler Maschinen heran, Respekt gebietend mit orange blitzenden Rundumleuchten, Heereswagen, Gefechtsfahrzeuge, die beflaggt übers nächtliche Land zogen, ein ganzes Regiment samt Spähwagen, Lkws und beketteten Ungeheuern. Männer in Flecktarn lehnten aus Panzerluken und Fenstern. Ihr gleichgültiger Blick streifte uns, die wir ungläubig und offenen Mundes im feuchten Gras der Wiese standen.

Das Eis durfte ich nun wegwerfen. Dies war ein anderer

Film, wir waren Statisten. Alles schien in strudelndes Licht getaucht wie bei Spielbergs freundlichen Außerirdischen, wenngleich hier wohl Rot gegen Blau gespielt wurde und im Morgengrauen die Querung des Nord-Ostsee-Kanals geübt werden sollte. Doch wir empfanden Erleichterung beim Anblick dieses endlosen Defilees, welches Asphalt und Erdreich und Wiesen und Wälder so tief erschütterte, dass alle Zwitterwesen überstrahlt und übertönt und vertrieben wurden; vor dieser Kolonne musste das Gezücht sich verkriechen für lange Zeit.

Mit der Nachhut, blubbernden Krads und einem Geländewagen mit grüner Flagge, eilten wir ins Dorf, in dem alle Häuser erleuchtet waren. Die Leute standen in Gruppen vor den Türen, alte Recken lockerten die schmerzhafte Grundstellung – der Konvoi war zu lang gewesen –, Familien mit Kindern plauderten, lachten. Genau das brauchten wir. Das Wirtshaus hatte geöffnet, weil ohnehin niemand schlafen konnte und diese außergewöhnliche Sehenswürdigkeit gefeiert werden musste; sonst kam nie jemand her.

Ach, schäumendes Bier! Kühlender, sedierender, die Sinne trübender Alkohol! Wir gossen eilig zwei halbe Liter hinunter. Das beschwichtigte, das brachte Schwerkraft, schuf Nebel. Die Flüssigkeit löschte. Allmählich verglühte die flimmernde Angst. Das Bier ertränkte sie, wie eine Sintflut einen brennenden Wald bedecken würde; nur vereinzelte Kronen flackern weiter.

Ein junges Mädchen, das einsam an einem Tisch gesessen und einen Brief geschrieben hatte, vielleicht noch Schülerin, setzte sich zu uns, freundlich: »Darf ich?«

Sie versuchte, ein Gespräch anzuknüpfen: wo wir her

seien, was wir hier täten. Es war eine Einladung zur Rückkehr in die Welt. Wir mussten uns anstrengen, normal zu erscheinen und richtig zu antworten. Aber dann konnten wir vom Missgeschick mit dem Wohnwagen erzählen und von der Not, die Nacht in der feuchten Kälte zu verbringen.

»Der Wirt schließt gleich«, wusste das Mädchen. Mitternacht war schon vorüber. Sie bot an, die Wagentür aufzubrechen. »Mein Vater macht hier die Schlosserei.«

Doch ein demoliertes Schloss hätte Alexanders Eltern missfallen, die sich für den folgenden Tag angesagt hatten. Wollte dieses Mädchen womöglich mit uns in den Wohnwagen? Aus Rache gegenüber einem wetterwendischen Freund? Der dann am Morgen kommen und die Fenster einschlagen würde?

Die Liebe war außer Reichweite. Wir waren zu keiner Romantik fähig, zu keiner Zärtlichkeit, und obendrein impotent. So mieteten wir im Wirtshaus vom restlichen Barvermögen ein Zimmer mit gelb gerauchten Gardinen und einem Kaktus im Fenster. Wir nahmen die klebrigen Zeitschriften aus dem Gastraum mit nach oben und verbrachten die Nacht bei Licht, indem wir einander Klatschnachrichten vorlasen, bis wir in der Morgendämmerung einschliefen.

Bad Boy kann man nur für eine begrenzte Zeit sein. Anlässlich seines fünfzigsten Geburtstages verkündete Prince, er wolle von nun an vornehmlich Gutes tun. Nick Cave empfahl bei gleicher Gelegenheit die Rückkehr zum Urchristentum. David Lynch verschrieb sich der Erleuchtung durch Maharishi Mahesh Yogi. Sein Vorbild Baudelaire hatte mit vierzig geseufzt: »Selbst der Teufel muss irgendwann Weihwasser trinken.« Er hatte sich selbst gemeint; der Absinth beflügelte seine Schaffenskraft nicht mehr.

Jenseits der dreißig erfordert es zunehmend Mühe, als schlimmer Bube ernst genommen zu werden. Jenseits der vierzig mag es auf der Bühne und im Film noch klappen, mit ein bisschen Schminke und einstudierten Gebärden. Dennis Hopper konnte sich einen Rest diabolischen Nimbus ins Alter retten, desgleichen Keith Richards, doch engelsgleiche Jungfrauen werden nicht mehr angezogen von Greisen, die sich nur noch mit Windeln sicher fühlen. Und all diese Leute sind durch Entziehungskliniken geschleust worden.

Mit etwas Glück mutiert der Rebell zum ranzigen Alten in geblümter Wohnung mit Rüschengardinen wie Bob Dylan oder zum humpelnden Zausel mit krankenpflegender Ehefrau wie Charles Bukowski. Oder er wird einfach nur fies wie Jerry Lee Lewis und belästigt Nachbarn wie Jack Nicholson. Mit der Rettung durch eine leuchtende Schöne wird es dann nichts mehr. Das zahnlos sabbernde Ungeheuer bleibt allein.

Wenn der Weg direkt vom Kater in die Kirche führt, wie die alte Legende es nahelegt, können die Zähne erhalten bleiben. Die Ungleichheit des Paares nicht. Entweder die Partner gleichen sich einander an, oder sie gehen auseinander.

Die Kirche war in meinem Fall das Dojo eines Zenmeisters im oberen Donautal. Bei Alexander war es eine leibhaftige Kirche mit Kanzel und Taufstein. Die hochgeschlossene Pfarrerstochter mit dem rollendem R holte ihn in ihr Heimatdorf hoch im Norden, nach Dithmarschen, wo der Regen von vorn kam, egal in welche Richtung man sich wendete.

Dort bezog Alexander ein Zimmer im Pfarrhaus. Fortan gehörte er zur Familie. Sie sorgte dafür, dass er sein Musikstudium an der Orgel fortsetzte oder erst richtig begann. In einer weiß gestrichenen Feldsteinkirche mit hölzernem Turm, die katzenhaft gestreckt über den Dorfanger wachte, durfte er Emporen und Tonnengewölbe erbeben lassen, meist mit Choralvorspielen für zehn bis zwölf Gottesdienstbesucher. Ihnen half es vermutlich nicht, aber ihm.

Von Jakob hieß es vage, er habe sich in den Wald zurückgezogen. Dann, genauer: in den Westerwald. Schließlich sickerte durch: in eine dort gelegene Entziehungsklinik. Seine tugendsame Retterin, die verstoßene Reederstochter, hatte ihn in ihren klapprigen Hyundai verfrachtet und hingefahren und mit einem Koffer an der Pforte ausgeladen.

Ihre Rolle war damit beendet. Sie rettete niemanden mehr. Tough geworden, unabhängig und ohne die mindeste Unterstützung ihrer Familie machte sie im Alleingang Karriere, nicht zufällig als Einzige aus dem Clan. Als sehnige Unternehmensberaterin mit feministischem Einschlag erwarb sie Respekt und Verdienste. Sogar ein politisches Amt wurde ihr angeboten; jetzt, da ich diese Zeilen schreibe, tritt sie es gerade an.

Auf Jakob stieß ich Jahre später beim Zappen. Vor einem andächtigen Bildungspublikum trat er gegen einen faltigen französischen Soziologen an. Dem Alten ging es um kulturelle Mangelerscheinungen bei aufstrebenden

Migranten. Sein verdämmerndes Forscherleben hatte er Aufsteigern gewidmet, vornehmlich solchen, denen beim Wechsel in die Upper Class das Kulturkapital fehlte. Sie müssten sich den passenden Habitus mühsam aneignen, bedauerte er, den andere schon im Kinderzimmer aufgesammelt hätten.

Nein, müssten sie gar nicht, im Gegenteil, hielt Jakob dagegen. Hinter seiner Krawatte pochte noch das Rebellenherz, nun schon mit Stents geflickt. Er plädierte für Bad Behaviour. Was das sein sollte, wusste niemand genau; er hatte eine Marktlücke entdeckt. Laut Einblendung firmierte er als Beziehungscoach und Motivationstrainer. Zu seinem Angebot gehörte Unterricht in *badness*. Was er darunter verstand, klang trendgerecht und schien kompatibel mit Che-Guevara-Postern, Böhsen Onkelz, Andreas-Baader-Verehrung und florierenden Unternehmen wie Bad Boy Entertainment.

Auf den Tisch hauen, unverschämt sein, kratzen, beißen, kneifen: Für *badness* in der Partnerschaft empfahl Jakob gleich mehrere Gifte samt Dosierempfehlung. Frauen sollten mit Geschirr werfen, Unterhosen zerschneiden, aus Rache fremdgehen, wütend im Treppenhaus schreien, dann seien sie auf dem richtigen Weg, unwiderstehliche Bad Girls zu werden. Für Bad Boys empfahl er den gezielten Einsatz zupackender Flegeleien: fremden Frauen nachpfeifen, der eigenen in den Po kneifen, sie zum Strippen auf den Küchentisch kommandieren, zum Sexobjekt degradieren, den Pavian markieren, das rühmte er. »Wir können so viel vom Machismo der Migranten lernen!«

Das bebrillte Publikum rutschte beunruhigt auf den Stühlen herum. Der betagte Kulturtechniker kratzte sich hinterm Ohr. Unanständigkeiten und schlechte Manieren gehörten nicht zu der Strömung, der er sich akademisch widmen wollte.

Doch genau diese Strömung schien anzuschwellen. Ihrer kommerziellen Schattenseite begegnete ich in Gestalt meiner Tante Margarete, der mit Abstand fettesten aller Verwandten. Zum Familientreffen kam sie in einem Sweater mit dem bombastischen Aufdruck *Bad Boys*. Dem ernsteren Anteil begegnete ich, als meine Tochter sich von der Ohrfeige beeindruckt zeigte, die sie von jenem Migranten aus Burkina Faso vorurteilsfrei oder sogar dankbar, man kann wohl sagen: *entgegengenommen* hatte.

Auch zu den Gewohnheiten von Kulturberichterstatterinnen gehört es, ein Enfant terrible grundsätzlich lobenswert zu finden, egal was es fabriziert. Das *terrible* macht das *Enfant* attraktiv, zumindest solange es einigermaßen jung ist. Wenn eines sogar *Bad Boy der Szene* genannt werden kann, der Szene in Film, Theater, Literatur, Malerei, schmelzen die kulturellen Good Girls dahin. Ungefähr wie ihre Urgroßmütter, als Männer in schwarzen Uniformen Ecken und Kanten zeigten und das Böse beschworen. Auch Gaddafi und Bin Laden waren zu ihren besten Zeiten sexy. Dass sie von den Arrivierten ausgegrenzt wurden, erhöhte nur ihre Anziehungskraft. Das Signalisieren von Gewaltbereitschaft und Grenzverletzung zieht gutwillige Frauen an. Nicht alle, aber doch so viele, dass es, wenn man nicht scharf aufpasst, zur Rettung der Welt reichen könnte.

Wohltätigkeit

Ich war längst zum privaten Appeasement-Politiker gereift oder degeneriert, als ich Frauen, um die ich warb und bei denen ich beinahe schon gelandet war, an schlimme Jungs verlor. Die eine schlief bei mir, aber nie mit mir. Sie hing einem trashigen Musiker nach, der in Hinterhofclubs ohne Klo auftrat, das Gesicht hinter einer Gasmaske verborgen, und selbstgebastelte Instrumente malträtierte. Er wusch sich nicht oder nur im Regen (»Wie Tolstoi!«, schwärmte sie), trank schwere klare Flüssigkeiten, warf zur Steigerung Pillen ein und bejammerte im düsteren Sprechgesang seine Herkunft aus der Hölle.

Sie, die gebildete Bürgerstochter mit straffem Busen und rundem Hintern, mit der ich gern ein perfektes Paar abgegeben hätte, fand ihn zum Schmelzen süß und trug ihm all das Geld zu, das ihr ahnungsloser Vater zur Finanzierung des Studiums überwies. Weil der Trasher es versoff oder in Material für seine Schrottinstallationen steckte – »er ist ein echter Künstler« –, konnte er sich keine Bleibe leisten und schlief in kaputten Häusern. Gelegentlich begab sie sich zu ihm auf seine schimmelige Matratze, aber meist schlief sie im Trockenen, bei mir. Ich hoffte, sie irgendwann zu bekehren von ihrem fatalen Hang. Als sie nach anderthalb Jahren dazu bereit war, kam sie mir verbraucht vor.

Die andere war eine blasse, dunkellockige Schönheit, herabgestiegen aus einem Scherenschnitt der Jugendstilzeit. Ihr Elternhaus war streng katholisch; sie selbst, so meinte ich, ebenfalls. Zwei Jahre lang vermochte ich über eine Freundschaft nicht hinauszugelangen, weil sie fest verbunden war mit einem ebenso katholischen Bürgersohn aus den stillen Vororten mit den alten Alleen. Als ihre Eltern zu der Überzeugung gelangten, nun werde die Heirat bald angekündigt, verabschiedete er sich. Er brauche Zeit und wolle ins Ausland.

Glücklich über diesen Tiefschlag, in Unschuld geduscht, stand ich ihr bei. Die Verzweiflung würde eine Weile anhalten, das musste ich in Rechnung stellen. Ich konnte nicht sofort in die Bresche springen. Vorerst musste es genügen, sie abzulenken. Ich führte sie zum Essen aus, ins Kino, in die Konzerte ihrer bevorzugten scheußlichen Bands, bemühte mich, ihren Geschmack nachzuempfinden, berührte sie höflich und ließ sie ansonsten in Ruhe. Ihre Eltern, bei denen sie in frommer Keuschheit noch wohnte, waren mir dankbar. Immerhin, dachte ich.

Als die Eltern verreisten, schmolzen die Vorräte im Kühlschrank. In ihrer Trauer mochte sie nicht einkaufen. Also besorgte ich das Nötigste. Mehr noch. Im begeisterten Edelmut der Werbephase betrat ich wohlriechende Gourmetläden und wählte im Zweifelsfall den teuersten Wein der steilsten Lage, das handgepresste Öl aus der winzigsten Mühle, den in der abgelegensten Höhle gereiften Käse und folgte den Geheimtipps, die der erfreute Verkäufer mir zuraunte.

Oft nippte sie nur an den Sachen. Schade drum, doch ich verstand es. Sie sah verweint und müde aus und schickte mich fort. Aus irgendeinem Grund schämte sie sich, vor meinen Augen zu essen. Ich hätte ihren Fingern und ihren Lippen gern zugesehen. Doch sie widmete sich den Köstlichkeiten nur, wenn sie allein war. Es machte mich stolz, am folgenden Tag wieder einkaufen fahren zu dürfen.

An einem Abend bezahlte sie in der Währung, die ich mir vorgestellt hatte. Na bitte! Es war richtig gewesen, dass ich durchgehalten hatte! Beharrlichkeit wurde belohnt! Sie ließ sich in den Arm nehmen. Sie ließ sich streicheln. Meine Hände durften ihre Hüften entlangfahren, den Rücken hinauf. Sie durften wie Paraglider mit sachter Bodenberührung das Hügelland ihrer Brüste durchstreifen. Waren nicht sogar durch den Pullover die festen Knospen zu spüren? Aber ja!

Ich wagte, ihren Pullover langsam nach oben zu schieben. Sie ließ es geschehen und drehte sich grazil und selbstbefangen wie die Porzellanfigur auf einer Spieluhr. Also durfte ich ihn über ihren Kopf streifen? Sie tat nichts dagegen. Einem Kuss wich sie noch aus. Doch das T-Shirt ließ sie sich ausziehen. Sie wiegte sich, wendete sich, drehte sich; ich war ihr Spiegel. Und endlich stand sie nackt und duftend vor mir, eine zum Leben erweckte Marmorskulptur. Sie hob die Arme über ihren Kopf und ließ sich die Brüste küssen, und ich winselte dankbar, ein aus der Kälte ins Haus gelassener Hund.

»Aber weiter dürfen wir nicht gehen«, sagte sie.

»Warum?«, erschrak ich.

Sie schüttelte still den Kopf. Die Zurückweisung war so charmant und melancholisch, dass ich sie für katholische Wohlerzogenheit hielt.

»Und jetzt lass mich«, flüsterte sie und strich mir gütig über die Wange; etwas *zu* gütig kam es mir vor. »Ich bin müde.«

»Und wenn ich einfach nur in deinem Zimmer schlafe?

Auf dem Teppich vor deinem Bett?« Ich würde schon beizeiten hochklettern.

Ihr Lächeln war eine feine Linie. »Nein.«

»Oder nebenan? Als dein Diener? Mehr will ich doch gar nicht sein!«

Sie schüttelte abermals liebenswürdig den Kopf. Die schwarzen Locken wiegten sich wie die Trauerweide auf dem imaginären Scherenschnitt, dem sie entstiegen war. Und in den sie, stellte ich mir vor, jetzt gleich zurückklettern würde. Doch nun erst begann das Abenteuer.

Aufgewühlt und mit pochender Hoffnung verließ ich das Haus.

Es gibt Herbstnächte, in denen noch ein Rest Sommer gespeichert ist, sogar im Oktober. Es ist windstill und beinahe warm. Wer vor die Tür tritt, hält verzaubert für einen Moment inne, um langsam einzuatmen und in die Sterne zu sehen. Nur das Rascheln eines Igels ist zu hören, er sucht im Laub sein Winterquartier. Sonst nichts. Stille.

Aber es gab eine Bewegung. Zu sehen war sie nicht. Ich spürte sie nur. Ich hatte das Rascheln nicht einmal wahrgenommen, erst durch die Lautlosigkeit danach fiel es auf. Und durch die Plötzlichkeit, mit der es verstummte. Das war kein Igel gewesen. Auf einmal fror ich. Ich musste den Schlüssel in meinem Rücken drehen und das Laufwerk aufziehen, um weiterzugehen. Absichtsvoll wandte ich mich von dem erloschenen Rascheln ab und entfernte mich zielstrebig; zumindest sollte es so aussehen.

Weil ich gehofft hatte, etwas von dem kostbaren Wein zu trinken, war ich nicht mit dem Auto gekommen. Nun schlug ich den Weg zum Bahnhof ein. Stadteinwärts fuhr die letzte S-Bahn um halb eins. Blieben zehn Minuten. Das Knirschen meiner Turnschuhe auf dem Sandweg füllte die schlaftrunkene Villenstraße, als liefe das Echo von den Hauswänden mit; es verschwand im Buschwerk der Lücken und war mit dem nächsten Haus wieder da.

Er sollte hören und glauben, dass ich nichtsahnend fortging, der Schatten, den ich wahrgenommen hatte, ohne ihn zu sehen. Ich bog um die Ecke in die Querstraße, machte noch ein paar Schritte – für ihn sollten sie beruhigend verklingen – und hielt an.

Die Nacht war so unbewegt und mein Gehör vor Anspannung so geschärft, dass ich nach einer gedehnten Pause abermals sein Rascheln hörte – oder so kam es mir vor. Nun klang es unvorsichtig und schon siegesgewiss.

Sogleich schlich ich im Schatten der Hecken zurück, nur so weit, dass ich die Front des Hauses im Blick hatte. Dort wurde eben die Tür geöffnet. Der Flur war matt erleuchtet. Ihre Silhouette erschien, dann der Schatten, mit dem sie verschmolz. Das Schließen der Tür.

Jetzt traute ich mich hin. Der Schmerz zog mich, er war noch nicht deutlich genug. Vor dem Garten blickte ich mich um, schon beinahe wie ertappt. In einiger Entfernung war Licht in einer Dachkammer, sonst waren die Fenster dunkel. Hatte nicht gegenüber noch eben ein Fenster geleuchtet? Und hatte jemand rasch das Licht ausgeschaltet, um mich aus der Dunkelheit besser beobachten zu können? Für einen Zeugen musste es einigermaßen sonderbar wirken, wie ich zunächst fortgegangen, dann pirschend zurückgekehrt war, ein Finsterling, der unter den Laternen die Schultern hochzog. Mochte, wer hinter den Gardinen zusah, es beim Zusehen belassen. Es wäre nicht schön, wenn ein Streifenwagen auftauchen würde vor diesem Grundstück, das ich nun halbwegs geläufig durch die Pforte betrat. Sie durfte nur zu einem Drittel geöffnet werden, damit sie nicht quietschte. Über das Rosenbeet am Plattenweg stelzen, den geschorenen Rasen des Vorgartens überqueren, am Haus vorbei, in jenes schattenreiche Gewirr der Büsche eintauchen, aus dem vorhin das Rascheln gekommen war. Auf dieser Seite des Hauses befand sich ihr Zimmer, allerdings im Obergeschoss.

Ein schief gewachsener Maulbeerbaum erlaubte leichtes Klettern bis auf knapp zwei Meter Höhe. Von dort konnte selbst ein unbegabter Free Climber die Brüstung der Ziegelmauer erreichen, die das Grundstück zum Nachbarn abgrenzte. Der flache Mauersims bot einen geschützten Aufenthalt, sofern niemand auf die Idee kam, mit der Taschenlampe zu fahnden. Nur etwas zu niedrig war der Platz, ungefähr wie ein Sitz im Orchestergraben, von dem aus der Musiker nur das Geschehen auf dem Vorderteil der Bühne verfolgen kann.

Und so war es. Weil das Nachbarhaus zu dieser Seite hin nur eine winzige Luke hatte, kein Fenster, musste sie die Vorhänge nicht zuziehen. Sie tat es dennoch. Ich empfand es als persönliche Zurückweisung. Doch die Vorhänge waren dünn. Dahinter flackerte das Licht. Sie hatte Kerzen angezündet. Meinetwegen hatte sie das nie getan, hatte weder die Vorhänge zugezogen noch Kerzen aufgestellt. Ich war der Mann für den Tag. Der dumme Diener.

Die letzte S-Bahn fuhr in die Station ein. Ein scheppperndes »Zurückbleiben bitte!« drang von fern durch die Stille, dann das quäkende Signal vor dem Klappen der Türen. Das Fortrollen. Na gut.

I saw the flickering shadows of love on her blind! Durch meinen hohlen Schädel schepperte diese Zeile im Endlos-Repeat, in dem atemlosen Stakkato, das den Eifersuchtsmord ankündigt, von Tom Jones geschluchzt, der mittlerweile in ein Pflegeheim verlegt worden war und nicht mehr wusste, dass er jemals gesungen hatte und was Eifersucht überhaupt war. Für ihn war alles vergangen und zur endgültigen Ruhe gebettet, was mich mit entsetzlicher Lebenskraft quälte.

Es gab keine scharf gezeichneten Schatten wie im Lied; für die hätte sie einen Scheinwerfer hinterm Bett aufbauen müssen. Vielmehr geisterte eine nebelhafte Pantomime über die Leinwand. Wirres Flügelschlagen; das konnte das Fortwerfen eines Hemdes sein. Dies eine Umarmung, nun das Zurückbiegen des Oberkörpers. Nein, unentzifferbar, nicht zu enträtseln. Aber die Laute waren schlimm. Ein leises Wimmern zuerst, das aufkeimte, sich wie ein Samenkorn im Zeitraffer öffnete, seufzend Blätter trieb, sich bäumte, zum Schreien wuchs, und jetzt war es so laut, dass die Nachbarn erwachen mussten. Es war folternd und herrlich erregend. Und dann erkannte ich auch, was das Klatschen bedeutete, oder interpretierte ich es falsch? Nein, das war eindeutig, Applaus war es nicht, der hätte nur von mir kommen können. Es war Züchtigung, erflehte Misshandlung, Strafe aus Lust, ich wollte es nur nicht wissen und musste doch hinhören.

Endlich Stille. Jetzt, stellte ich mir vor, ließ sie sich den versohlten Hintern einölen. Was für eine unerträgliche Marter für den Zuhörer. Und wie wunderbar.

Als ich von der Mauer springen wollte, um nach Hause zu wandern – eine Stunde durch die Finsternis, aber mit ausreichend Adrenalin versorgt für eine Durchquerung der ganzen Stadt –, erlosch das Licht. Mit einem Schlag war die Stille noch lautloser. Ein Geräusch oben. Vor ihrem dunkel gewordenen Zimmer wurden die Vorhänge zurückgezogen. Ich versteinerte zur Statue auf der Gartenmauer. Das Scharnier quietschte, als sie einen Fensterflügel öffnete. Sie stieß ihn weit auf, der Dampf sollte abziehen. Im fahlen Widerschein der Straßenlaternen glaubte ich zu erkennen, dass sie nackt war. Diese Brüste hatte ich wenige Stunden zuvor noch geküsst.

Sie blickte in den Himmel. Keine Sterne für sie, kein Mond. Dann streifte ihr Blick den Maulbeerbaum. Unmöglich, dass sie mich sah. So rasch vermochten sich ihre von Kerzenflammen und Lust geblendeten Augen nicht an die Dunkelheit zu gewöhnen. Obendrein bestand die Mauer aus dunklen Ziegeln und war in den Fugen bemoost, meine dunkle Jacke und die Jeans hoben sich nicht davon ab. Ausgeschlossen. Eigenartig nur, wie lange sie ins Geäst des Baumes starrte, hinter dem ich saß.

Dann erschien jemand neben ihr, ebenfalls nackt, einen Kopf größer, wuscheliges Haar. Für Details war es zu dunkel. Ihn hatte ich nicht gehört, fiel mir jetzt auf, nur sie. Aber er hatte ihre Lust entzünden dürfen. Nun zog er sie zu sich, sie wandte sich um, umarmte ihn, küsste ihn, er schloss das Fenster. Zuziehen der Vorhänge, kurzer Wortwechsel drinnen, Gelächter. Nun wurde es hell im Haus. Ich sprang von der Mauer. Ende der Vorstellung. Es reichte ja auch. Das war es.

Eben wollte ich aus dem Garten huschen, da ging im Parterre das Licht an, allerdings nur hinter einem einzigen Fenster, dem der Küche. Ein unfreundlicher Gedanke wetterleuchtete über den Nachthimmel. Um in die Küche zu spähen, brauchte ich nicht einmal ums Haus herumzuschleichen. Es ging mühelos vom Fußweg aus, an einen Straßenbaum gelehnt, jenseits der Hecke. Dem imaginären Zuschauer im gegenüberliegenden Haus winkte ich kameradschaftlich zu. Da war sicher niemand, aber falls doch, musste er auf meiner Seite sein.

Nun also die wohlbekannte Küche im Landhausstil. Die Theke mit den schnörkeligen Zierleisten. Der dunkellockige Jüngling, der mit nacktem Oberkörper Platz nahm. Er zog einen Hocker über die Fliesen, dass, vom Schrammen erschrocken, ein Vogel aus dem Gebüsch flatterte. Und dann sie, in Slip und T-Shirt. Sie öffnete jetzt die kassettierte Kühlschranktür und holte Teller und Schälchen mit kulinarischen Köstlichkeiten hervor. Mein Investivkapital, da ging es hin! Deshalb hatte sie lediglich genippt! Nun servierte sie großzügig, bediente artig, beinahe mit Knicks, es fehlte nur die Schürze. Eines war sicher: Am folgenden Tag würde ich nicht für sie einkaufen gehen. So weit reichte der Masochismus nicht. Oder doch? Dann aber allenfalls bei *Penny*, und dann mit der Giftspritze. Ich wandte mich ab.

Wer gedankenlos seinen eigenen Schritten folgt, immer nur den Schuhspitzen nach, erlebt zuweilen eine merkwürdige Überraschung. Meine Beine trugen mich keineswegs, womit ich fest gerechnet hatte, stadteinwärts, also hinunter zur Elbe und dann am Ufer entlang, sondern in einem einlullenden Bogen weit im Kreis. Bevor ich die Irreführung begriff, erschien dasselbe Viertel mit denselben zweigeschossigen Häusern der zwanziger Jahren in denselben alten Gärten, derselbe Platz am Zaun war noch frei, der Sand in den Abdrücken meiner Sohlen vermutlich noch warm, dasselbe milde Licht schien herüber von den Strahlern der Küche.

Nur saß niemand mehr da. Aufgegessen. Morgen würde ich die neue Einkaufsliste in Empfang nehmen. Aber jetzt wurde die Haustür geöffnet. Die innige Abschiedsszene – von ihr aus zumindest, sie schlang die Arme um seinen Hals, seine Arme hingen herunter, vielleicht wegen der Plastiktüten –, dieser kitschige Auftritt gewährte mir die nötige Frist zum Rückzug. Im schwarzen Schatten eines benachbarten Garteneingangs wartete ich. Dann heftete ich mich an seine Fersen. Zwei Plastiktüten, das war auffällig genug, in jeder Hand eine. Beide gut gefüllt mit den Resten, die er nicht auf Anhieb hatte verdrücken können.

Um nicht aufzufallen, legte ich die Strecke auf der Parallele zurück. Joggend brachte ich jeweils die Länge von fünf oder sechs Grundstücken hinter mich bis zur nächsten Querstraße, harrte an der Ecke, bis er einen Quadranten tiefer auftauchte und die Straße überquerte, an deren oberem Ende ich lauerte, und so fort bis zur Hauptstraße, die in dieser Frühe, es war kurz nach vier, noch autofrei war. Ein einziges Taxi wartete, der Fahrer war eingenickt. Wir waren am Bahnhof. Verschlafene Frühaufsteher strebten der ersten Bahn zu. Der Lockige ging mit seinen Plastiktüten zum Vordereingang. Ich beeilte mich, die Hintertreppe zu erreichen, kam gerade hin, als oben der Zug einfuhr, stolperte atemlos hinauf, sprang mit dem Türenklappen in den letzten Wagen und fuhr nun mit ihm stadteinwärts.

Wozu eigentlich? Und was weiter? Um ihn nicht aus den Augen zu verlieren, musste ich neben der Tür stehen bleiben und an jeder Station unauffällig den Kopf hinausstrecken. Um halb fünf, wir waren in Altona, stieg er aus, ganz vorn, ich ganz hinten. Getrennt durch dreißig oder vierzig Leute, die um diese Zeit zu ihrer rätselhaften Arbeit fuhren, warteten wir. Er war dunkel gekleidet, doch an den prallen Plastiktüten unterm Neonlicht leicht zu erkennen. Einmal linste er herüber. Konnte er mit meiner Gestalt etwas anfangen, mit meinem Gesicht? Sicher nicht. Ein Foto von mir hatte sie nie aufgestellt.

Der nächste Zug rollte von Norden ein und hatte als Ziel eine Station im Süden weit jenseits des Hauptbahnhofs. Wieder beugte ich mich bei jedem Halt witternd hinaus. Für die anderen im Abteil musste es aussehen, als hielte ich Ausschau nach Kontrolleuren, was auch nicht abwegig war; zum Lösen einer Fahrkarte war ich nicht mehr gekommen.

Die Strecke bis zum Hauptbahnhof kannte ich. Weiter jenseits davon, jedenfalls in Richtung Süden, war ich nie gelangt. Gläserne Bürotürme in Hammerbrook, eben voller Aliens auf der Erde gelandet, hell beleuchtet – vielleicht weil irdische Putzkolonnen sich durcharbeiteten. Die donnernde Fahrt über eine Brücke, unten dehnte sich schwarz die Elbe, die Uferlinien waren an den Lichtmeridianen der Kais zu erkennen. Exotisches Territorium. Veddel. Jetzt waren wir bereits auf einer der Elbinseln, deren eingedeichtes Land unterhalb des Wasserspiegels lag. Bei der großen Sturmflut vor fünfzig Jahren waren hier zu Hunderten Leute in Lauben und Wellblechhütten ertrunken.

Ausgerechnet hier stieg er aus. Mit ihm ein halbes Dutzend andere, die ihm zu ähneln schienen. Unten hielt ein Bus und ließ die Hydraulik zischen. Als wären sie miteinander verabredet, stiegen sie alle ein. Als fremder Tourist löste ich einen Fahrschein, zur Buße gleich eine Tageskarte, und kauerte mich in die letzte Bank. Die Fahrt ging durch die Ödnis von Kleingartenkolonien und unbestimmbaren Gewerbeanlagen. Der sonderbare Name der Haltestelle, an der die Gruppe nach kurzer Fahrt ausstieg, prägte sich ein: Fiskalische Straße.

Von da an fuhr ich als einziger und verdächtiger Fahrgast allein weiter von Haltestelle zu Haltestelle, ohne dass jemand zustieg, bis endlich wieder eine S-Bahn-Station in den Blick geriet. Wilhelmsburg. Von hier musste ich zurückfahren können. Ein paar Minuten blieben, um den ausgehängten Umgebungsplan zu studieren. Gegenüber der Fiskalischen Straße war auf der Karte nur eine kleine Siedlung auszumachen, an einer kreisförmigen Straße. Der Name war durch die Zeitungen gegangen, daran erinnerte ich mich, nur nicht an den Zusammenhang.

Am Nachmittag des folgenden Tages rang ich mich zu einem Anruf durch. Sie klang überrascht. Ob sie wieder etwas bräuchte, erkundigte ich mich möglichst beiläufig, ich würde ohnehin einkaufen gehen. Sie schwieg, als sei sie überrascht. Ich zählte auf, was ich mitbringen könnte, ziemlich genau das, was ich am Vortag zu ihr getragen hatte: Wein, Roastbeef, Bleu d'Auvergne, Baguettes, Sahne, Trauben, frische Feigen, Bitterschokolade. Vermutlich war ja nichts davon übrig.

»Sag mal, was denkst du dir eigentlich?«, fragte sie so scharf, dass eine Böe aus dem Hörer fuhr. Die Wucht blies mich auf meinen schlecht gefederten Stuhl.

»Wieso?«, kratzte ich meine Stimme zusammen. »Was meinst du denn?«

»Das weißt du doch genau, du Vollidiot!« Diese Wut kannte ich nicht. »Erst hockst du eine Nacht lang als geiler alter Spanner auf der Gartenmauer … «

»Doch nicht eine Nacht lang«, murmelte ich klitzeklein.

»Sogar die Nachbarn haben mich heute gefragt, was für ein durchgeknallter Stalker das ist! Und dann beschattest du Manusch und fährst ihm durch die ganze Stadt hinterher wie ein total bescheuerter Schwachkopf von abgefucktem Privatdetektiv!«

»*Wem* hinterher?«, krächzte ich.

»Manusch!«, rief sie aus, als müsste ich diesen Namen seit langem kennen. »Und du kannst dankbar sein, dass er dir nicht die Fresse eingeritzt hat! *Verdammt* dankbar!«

Solche Worte hatte ich niemals von ihr vernommen. Sie passten auch nicht zu dem gezierten Jugendstil-Scherenschnitt, von dessen Ranken ich sie umgeben sah. Hatte sie diese Sprache von diesem Manusch übernommen? »Wer ist denn das?«

»Das kann dir doch egal sein, du Blödmann!«

Ich nahm jede Beschimpfung dankbar an. Immerhin steckte Leidenschaft dahinter.

Und dann fiel es mir ein. Natürlich! Jetzt wusste ich, in welchem Zusammenhang ich den Namen der Siedlung gegenüber der Fiskalischen Straße gelesen hatte. »Er ist Zigeuner! Da draußen in Wilhelmsburg wohnen Zigeuner!«

»Gott, wenn ich das schon höre, Zigeuner! Er ist Sinti!«

»Ah, ach so, ja, stimmt, das klingt viel besser.« Ich gewann ein wenig Boden zurück.

»Du bist Antiziganist!«, stellte sie klar.

»Und du das genaue Gegenteil«, vermutete ich.

»Ja, ganz richtig, ich bin Mitglied einer Kulturinitiative«, erklärte sie ruhiger.

»Und gestern Nacht war Lagebesprechung? Na, ich gönne es dir«, log ich. »Wirklich, ganz ehrlich, ich gönne es dir, wenn er ein guter Liebhaber ist.«

»Du kannst immer nur bis drei zählen! Ich interessiere mich für die *Kultur*!«

Mir schwebte eine Siedlung vor Augen, aus vierzig bis fünfzig städtisch finanzierten Häuschen, mit aufgestemmten Wänden für den leichteren Zugang zum Wohnwagen im Garten, besiedelt von einem verschworenen Clan unter der Fuchtel eines goldblitzenden Alten, eine riesige Großfamilie, umgeben von funkelndem Nippes, Plastikblumen, badewannengroßen Kochtöpfen und Home Cinema auf neuestem Stand.

»Django Reinhardt war auch Sinti«, belehrte sie mich. »Und Ferenc Snétberger.«

Tatsächlich hatte sie in letzter Zeit Musik von den beiden gehört. Arglos hatte ich sie mitgenossen. Das fügte sich jetzt erst ins Bild.

»Ist er denn Musiker, der Typ?«, fragte ich so völkerintegrierend wie möglich.

»Sie haben ein Jazzorchester«, erzählte sie mit hörbarem Stolz. »So habe ich ihn kennengelernt. Bei einer Charity-Veranstaltung für die Initiative. Sie wollen dem Wort *Zigeuner* eine neue Würde verleihen. Er bringt mir *Romanes* bei. Das ist ihre Sprache.«

Du meine Güte.

»Gut, dass du sie lernst!«, rief ich. »Du weißt ja, dass du jetzt mit ihm verheiratet bist? Bei den … äh, ich sage lieber: Roma und Sinti, da ist es doch so: Wenn Mann und

Frau über Nacht fortbleiben, sind die beiden miteinander verheiratet.«

»Quatsch! Er ist katholisch. Sie sind konvertiert, die Großeltern schon, damals nach der Sturmflut.«

»Na, dann passt es ja«, fügte ich mich bitter.

»Es hat keinen Sinn, sich mit dir darüber zu unterhalten. Du bist gestrichen voll mit Vorurteilen. Und weißt du, Dietmar, ich fühle mich nicht berufen, dich davon zu heilen. Geh wieder ins Kloster. Amen.«

Dürfen wir wieder?

Ins Kloster. Das war dreist und bissig, aber nicht völlig aus der Luft gegriffen. Resignation. Rückzug. Stille. Doch, ja, herrlich. Letzte Rettung eines irrenden Suchers. Vor Jahren hatte mir ein Benediktinerpater erzählt, es gebe verschwindend wenige Frauen, die sich nach Zölibat und Nonnenleben sehnten. »Aber fast jeden Mann zieht es irgendwann zum Mönchtum.«

Dem Stadium war ich ziemlich nahe.

Aber *wieder* ins Kloster? Nicht einmal das war ganz und gar abwegig. Zwar hatte ich nie in einem Kloster gelebt. Aber ich hatte es behauptet. Ihr gegenüber. Es sollte mir den Nimbus eines noblen Katholizismus verleihen. Ich fand die Vorstellung romantisch, aber vor allem hatte ich mich als gleichrangig empfehlen wollen. Unterdessen hatte sie sich nach ungleichen Männern umgesehen. Ärgerlich und typisch.

Bis Beuron war ich mal gekommen, im oberen Donautal. Etwas erhöht in einer Flussschleife, wie auf der Bühne eines Amphitheaters, thront dort ein Benediktinerkloster. An der Pforte hatte ich um eine Besichtung gebeten. Prompt hatte der Gastpater mich zum Mittagessen mit den Mönchen geladen – was sich als Abfütterung erwies, mit Geklirr und Geklapper und klatschenden Kellen wie vormals im Schullandheim. Anschließend hatte er mir die Zimmer des Gästeflügels gezeigt: Tisch, Bett, Stuhl, Schrank, Waschbecken, Blick ins Tal. Eigentlich genügte das.

Vom Fenster aus hatten wir am Berghang gegenüber das Nonnenkloster liegen sehen, idyllisch angeleuchtet von der Nachmittagssonne. Seit langem war es aufgegeben und harrte eines Pächters, der es zum Hotel umbauen würde. Angesichts dieses in Frieden ruhenden Gemäuers hatte der Gastpater jene Erkenntnis preisgegeben – über die Frauen, die keinen Hang zum zölibatären Leben verspürten, und die Männer, die von Natur aus dazu neigten. »Vielleicht kommen Sie ja auch mal her, für länger.« Mit diesem Satz hatte er mich nach anderthalb Stunden verabschiedet.

Also doch, ja, ich konnte behaupten, ich sei im Kloster gewesen. Nur hatte sich der halbe Nachmittag in meiner Erzählung auf ein halbes Jahr ausgedehnt. Und selbst diese Dauer war lediglich aufgeblasen, nicht gelogen. Mehrere Monate lang hatte ich mit Blick auf jenes Benediktinerkloster gewohnt, zuerst in einem schlichten Meditationszentrum, das ein siebzigjähriger Jesuit leitete. Später allein in einem ehemaligen Bahnwärterhäuschen, das der Meditationslehrer als Ableger seines Hauses erworben hatte – für Eremiten mit Selbstverpflegung. Ein idyllischer Platz, für mich allerdings ein verhängnisvoller.

Eingeführt in die erlauchten Gefilde hatte mich ausgerechnet die lustige Lena mit dem pummeligen Schwung. Mittlerweile wusste ich, weshalb sie so pummelig war: weil sie beim Liebesspiel gerne aß. Bananen, Brausepulver, Götterspeise, Sahneeis, Gummibärchen, Mousse au Chocolat. Zugleich hatte sie einen geselligen Hang zum Buddhismus. Jesus, vor allem der angenagelte, war ihr zu mager und zu sauertöpfisch. Sie liebte die genießerischen Goldbuddhas, die mit bauchigem Lachen den Erdkreis erschütterten. Obendrein fühlte sie sich zur mitfühlenden Hilfsbereitschaft eines Bodhisattvas berufen. Deshalb reisten wir nach Beuron. Das stille Sitzen in tiefer Meditation, meinte Lena, würde die hypnotischen Angstvorstellungen vertreiben, die nach dem Horrortrip nie ganz verschwunden waren.

Um sicherzugehen, hatten wir uns für ein vierzehntägiges Retreat eingeschrieben. Und wir blieben dem Vorschlag des jesuitischen Zenmeisters treu, in dieser Zeit zölibatär zu leben. Lena, das fiel allen zwölf Teilnehmern auf, nahm ab in den beiden Wochen. Das lag auch an den zum Fasten zwingenden Kochkünsten der alten Haushälterin. Jedenfalls reichten Lena die beiden Wochen, speziell was die Enthaltsamkeit betraf. Ich hingegen war auf den Geschmack gekommen.

Ihr behagte auf Dauer die bedrängende Umgebung nicht. Sie fühlte sich eingezäunt. Mir gefiel gerade das. Das Zen-Zentrum lag an der engsten Stelle des ohnehin engen Tals. Zu beiden Seiten ragten schroffe Kalkfelsen gut hundert Meter hoch aus dem Wald. Nur mittags warf die herbstliche Sonne einen Blick auf uns. Sonst lag das Dojo im Schatten. Gleich hinterm Haus wand sich die Straße um die Füße der Felsen. Nach vorne neigte sich ein kleiner Gemüsegarten zum Ufer der Donau, die schwarz und blasig, kaum breiter als ein Feldweg, vorbeiströmte. Am jenseitigen Ufer, zwischen Fluss und Felsen, rollte alle zwei Stunden ein Zug vorbei. Ein echohaft verstärktes Getöse eilte ihm voraus; eine grollende Schleppe folgte ihm. Der Zen-Pater riet uns, dergleichen Geräusche als *Dharma Bell* zu nehmen – als Erinnerungsglocke, um tiefer in die Versenkung zu tauchen.

»Und dürfen wir jetzt wieder vögeln?«, fragte Lena am letzten Tag des Retreats, unmittelbar nachdem das vorgeschriebene Schweigen aufgehoben worden war. Wir hatten gerade zum letzten Mal das spezielle unverdauliche Vollkornbrot des Hauses Bissen für Bissen im Munde zerkleinert. Man war angehalten, kontemplativ auf dem breiigen Klumpen herumzukauen, um ihn schließlich in reinem Gewahrsein zu schlucken und in stiller Achtsamkeit seinen Weg durch die Speiseröhre zu bezeugen.

Lena sah den weißhaarigen Meister frech und lebensprall an. Die anderen duckten sich.

»Natürlich dürft ihr«, sprach er mit dem preisgekrönten Lächeln erleuchteter Unerschütterlichkeit.

»Juchhu!«, platzte Lena heraus.

Nix dazugelernt, dachten die anderen.

»Aber nicht hier«, ergänzte der Weise.

»Okay.« Es klang schnippisch. Sie sprang auf, um ihre Sachen zu packen, als wäre sie soeben begnadigt und aus der Haft entlassen worden. Ein bisschen traf das auch zu. Ich bemühte mich, durch betont langsame Bewegungen beim Verlassen des Raumes den allzu unbekümmerten Eindruck zu dämpfen. Mein spirituell verfeinertes Lächeln prallte ab an der steinernen Miene der übrigen Teilnehmer.

Also gut, im Zen-Dojo nicht. Was blieb uns anderes übrig, als ein Zimmer im einzigen Hotel des Ortes zu mieten, im klostereigenen *Pelikan*? Gegerbte katholische Witwen bewohnten das Haus. Auf Spaziergängen und bei gregorianischen Chorälen in der Abteikirche erholten sie sich von langen, duldsamen Ehen. »Wir nennen sie Strohblumen«, plauderte das Mädchen an der Rezeption.

Das Hochzeitszimmer war frei. Bitte sehr. Der Preis für

eine Übernachtung samt Frühstück war fällig, obgleich uns nur drei Stunden blieben. Am Abend würde der Zug via Donaueschingen und durch den Schwarzwald nach Offenburg fahren, von dort nach Norden. Die anderen Retreat-Teilnehmer besuchten noch einmal die Vespergesänge in der weihevoll geräucherten Kirche. Wir feierten unser eigenes Ritual und weihten das Hochzeitszimmer. Darunter, im Speisesaal, wurden scheppernd die Teller aufgetragen für das Abendessen der Pensionäre. Waren die Kellnerinnen besonders laut, um uns in der Illusion zu wiegen, sie hörten uns nicht? Und oben unter der Zimmerdecke – war das ein Sprinklerventil oder eine winzige Kamera?

Einen Retreat-Teilnehmer, einen geschiedenen asketischen Mann, der ebenso gut im Kloster hätte hausen können, trafen wir kurz vor der Abreise am bröckeligen Hohenzollern'schen Bahnhofsgebäude. Wir fühlten uns rauschhaft durchblutet, zum ersten Mal seit vierzehn Tagen. Doch es war bereits dämmerig, und im gelblichen Licht der Bahnsteiglampen müssen wir fahl ausgesehen haben. Der Asket musterte uns mit aufrichtigem Bedauern, als wir ihn grüßten. Dann stellte er die Diagnose: »Ihr habt Energie verschwendet.« Eine schlagfertige Antwort fiel uns nicht ein, der Energiepegel war wohl tatsächlich abgesunken. Es war nur erleichternd, dass der Mann die Bahnfahrt in schweigender Versenkung zuzubringen gedachte, um »die Stille in den Alltag zu tragen«.

Mir hätte das ebenfalls gutgetan. Nach einigen Wochen in der Stadt kehrten die Flashbacks zurück. Lena war hilflose Zeugin. Eines Nachts floh ich panisch ins Treppenhaus, weil in der Wohnung Echsen aus den Schränken krochen und Würmer über die Bettdecke wimmelten. Als dann auch bei Tag immer aufs Neue jäh und schockierend die Alltagsdinge ihre Höllenherkunft offenbarten, unterstützte Lena mich in dem Entschluss, zurückzukehren und für ein halbes Jahr beim Zen-Pater Zuflucht zu suchen. Sie konnte sich darauf verlassen, dass unter der Fuchtel dieses erfahrenen Meisters mein zölibatäres Leben keinen Schaden nehmen würde. Dass ich mich in gleicher Weise auf sie verlassen konnte, bezweifelte ich. Sie versprach, sie würde mich besuchen kommen.

Eine Beurlaubung für zwei Semester war möglich. Beurlaubung – wovon eigentlich? Ich merkte, dass ich selbst kaum noch wusste, für welches Studium ich eingeschrieben war. So zog ich mit blankgefegtem Gedächtnis, nach Zen-Verständnis also mit dem empfohlenen *Anfängergeist*, ins Meditationshaus am Donauufer, neun Autostunden von Lena entfernt. Demutsvoll ließ ich mich von Pater Felix einweisen in die kontemplative Küchenarbeit und ins achtsame Unkrautzupfen und saß zweimal am Tag zwei bis drei Stunden lang auf Kissen oder Bänkchen, mit untergeschlagenen oder gekreuzten Beinen, ineinandergelegten Händen und aufrechter Wirbelsäule, in einer kleinen Runde von Gleichgesinnten.

Es half. Die grausigen Visionen verloren an Farbe. Ich sank in die Ruhe, mit kleinen Aussetzern immer tiefer, sank in den Frieden und blieb dort. Jedenfalls bis ich die Bäckerei Eberle aufsuchte.

Ich erzähle davon, weil zu den Urbildern ungleicher Paare auch dieses gehört. Es ist sogar ein Paradepaar. Von genießerischem Spott und zotigen Scherzen begleitet, geistert es durch die Geschichte: der Eremit und die Versucherin, der Asket und die Hexe, der Papst und die Mätresse, der Philosoph und die Magd, der reine Tor und die böse Fee, der behütete Prinz und sein koksendes Bad Girl.

Die Ausstellung in Gotha wartete auf mit einem Dutzend Bildern von Zisterziensern, die nackte Mädchen umarmten; von Einsiedlern, die einer Fee verfielen; von Patres, die bei einer schönen Sünderin den Teufel gleich persönlich austrieben; von Hieronymus oder Antonius, die sich den Reizen einer Verführerin erst sattsam auslieferten, um zu wissen, was sie anschließend ablehnten; von Jesus und Maria Magdalena und von David, der mit einer Gefährtin aus Sunem eine sexuelle Frischzellenkur erfunden hatte, den *Sunamitismus*: Je frischer die Jungfrau, desto heilsamer für den mönchischen Mann.

Wie lauteten doch gleich die weisen Worte des abendländischen Mönchsvaters Augustinus?

»Nichts zieht den Geist eines Mannes so machtvoll zur Erde wie das Streicheln einer Frau.«

Dass es ein herrliches Streicheln ist, verschwieg Augustinus keineswegs. Dass es einem Mann wohltue, gelegentlich auf die Erde gezogen zu werden, fügte er ebenfalls hinzu.

Nur kann es sein, dass der Mann diese Erdung übelnimmt. Nicht gleich. Erst im Nachhinein. Falls er zu der Ansicht gelangt, sein Leben hätte glücklicher verlaufen können – wäre er nicht dem Streicheln dieser einen Frau gefolgt.

Sofern er argwöhnt, er sei verführt worden, und nicht zu seinem Besten, fällt ihm nach gründlichem Nachdenken das Bild von Eva ein. Er möchte eine Ursache finden, und das klappt auch. Er fühlt sich heruntergezwungen aus Höhen, in denen er nie gewesen ist, die er aber hätte erreichen können – wenn er seinen Vorstellungen nur hätte folgen dürfen. Heruntergezogen hat ihn eine Gestalt mit schwerem Becken, eine Nachfahrin jener Urahnen, derentwegen Adam, der Mensch schlechthin, das Paradies hatte verlassen müssen.

Dass ein Mann auf solche Gedanken kommt, kann passieren. In jeder Ehe. Umgekehrt ist es seltener. Auf ihre Abenteuer mit Bad Boys ist eine Frau stolz. Es sei denn, sie hat einen geheiratet und er entpuppt sich als unverbesserlich; kein Herz aus Gold kommt trotz emsigen Schrubbens unter den rüden Schichten zum Vorschein. Oder sie ist schwanger geworden, und er hat Reißaus genommen.

In der Regel jedoch nimmt sie die Abenteuer mit wilden Kerlen gern auf in ihr Album inspirierender Erinnerungen und in die kennwortgeschützte Datei. Mag ja sein, dass sie gelegentlich zurückgreifen muss auf einen Raufbold mit schlechtem Betragen, auf einen einsamen Wolf oder lüsternen Teufel. Sie wird kaum behaupten, er habe sie heruntergezogen; zumal ihm das auch nicht gelingt. Eher wird sie stolz sein, ihn ein wenig geliftet zu haben.

Soviel ich weiß, hat die grazile Schönheit mit der Jugendstilsilhouette später nie schlecht vom Sinti ihrer Nächte gesprochen. Sie hat überhaupt nicht mehr von ihm gesprochen. Höchstens von einem Trottel, der nachts speichelnd unter ihrem Fenster saß. Ein Jahr nach der Affäre heiratete sie einen ebenbürtigen katholischen Ehemann; denselben, der sie zuvor verlassen hatte und über den ich sie hatte hinwegtrösten wollen. Er war zur Vernunft gekommen. So gesellten sie sich, wie es denn sein soll: Gleich und Gleich.

Als ich zur Arbeit im Garten des Beuroner Meditationshauses angeleitet wurde, neigte sich das Pflanzenjahr schon dem Ende zu. Ich musste lediglich ein paar verhärmte Grasbüschel aus dem Weg zupfen, ein bisschen Erde anhäufeln und verblühte Triebe abschneiden. Bevor die Gartengeräte eingefettet im Schuppen verschwanden, durfte ich zwischen schwarz gewordenen Stauden noch ein paar feuchte Blätter zusammenharken und den Blick schweifen lassen. Alles sollte langsam und bewusst geschehen. Die waldigen Berghänge hatten ihren braunen Winterpelz angelegt. Abwärts der bleichen Wiese murmelte schwarz und einsilbig die Donau und atmete Kälte hoch. Vom Kloster herüber, von brandigem Geruch getragen, klang dünn und eisern die Stundenglocke.

Bei uns gab es einen kräftigen Gong. Er rief zum Sitzen oder zum Essen. Vier hartnäckige Dauergäste – zwei befreundete ältere Damen, ein dicker Jüngling namens Björn, angeblich Höhlenforscher, und ich – verbrachten die frühen Vormittage in der Haltung, die man auf japanischen Tuschezeichnungen bewundert. Jeweils fünfundzwanzig Minuten lang saßen wir, wanderten danach fünf Minuten schweigend im Kreis, setzten uns wieder, beobachteten unseren Atem und das Vorbeiziehen der Gedanken oder vergaßen es, gingen eine halbe Stunde später abermals achtsam im Kreis, saßen wiederum, gingen, lockerten die Glieder und versammelten uns endlich beim Mittagsgong zu einem kraftlosen vegetarischen Mahl, das schweigend geschluckt wurde, schliefen oder dämmerten, saßen am späten Nachmittag abermals ein paar Stunden lang mit lockernden Unterbrechungen und widmeten uns abends der vergeistigenden Lektüre.

Gelegentlich, an Wochenenden, gesellten sich andere Meditierende dazu, allesamt hingebungsvoll und fest zur Absichtslosigkeit entschlossen. Mehr geschah nicht. Und das genügte. Die Gedanken schwebten langsamer über die Leinwand. Stille sickerte in die Blutbahn.

Zugleich sammelte sich jedoch Energie. Energie, die sich mit der Zeit kribbelnd bemerkbar machte. Schließlich füllte sie bis zum Überquellen jenen Akku im Kraftwerk unterhalb des Nabels, das, wie eine der älteren Damen uns dummen Jungs nahebrachte, das Sakral-Zentrum genannt wurde. Das klang heilig. Doch der rundliche, auch bei karger Kost gemütlich schmatzende Björn flüsterte mir zu: Sexual-Chakra. Es schien der treffendere Ausdruck zu sein für den prickelnden Ausstrahlungsort.

Gehört hatte ich davon. Nun nahm ich es zum ersten Mal wahr, als körpereigenes Kraftwerk, betrieben mit erneuerbarem Rohstoff. Wenn ich nachts wach lag, weil jene Körperregion sakral vibrierte, und wenn ich zur Ablenkung dem Knarren der Balken lauschte, kam Lena mir in den Sinn. Ich stellte mir vor, sie sei spontan angereist, durch die unverschlossene Verandatür ins Haus geschlüpft und stapfe durch die dunklen Flure, auf der Suche nach meinem Zimmer. Hoffentlich schaute sie nicht versehentlich bei Björn rein. Sie mochte Genießer.

Wenn sie jetzt käme! Onanieren war keineswegs verboten, allerdings auch nicht gerade empfohlen worden. Wir sollten sorgsam mit unserer Energie umgehen, hieß es vieldeutig. Verschwenden wollte ich vorerst nichts. Man würde es nur wieder am getrübten Augenlicht ablesen. Augustinus hatte Gott dafür gedankt, dass er nicht verantwortlich sei für seine Träume. Genau wie er, der heilig gesprochene, freute ich mich über jeden einzelnen *wet dream* und den folgenden sanften Übergang ins Erwachen. Ich schrieb Lena unzensierbare Briefe.

Natürlich war nicht sie es, deren geisterhafte Schritte ich vom Dachboden hörte. Doch Schritte waren es. Bald erfuhr ich: Der verschollene Gründer des Hauses ging um. Die beiden grauen Pensionärinnen wussten davon. Niemand glaubte ernsthaft an den Besuch von Untoten. Nach längerer Meditation hielt man allerdings einiges für möglich. Der unheilvolle Werdegang des Gründers wurde mit der Aura einer Gespenstergeschichte erzählt. Und es stellte sich heraus, dass ich nicht zufällig in dem Zimmer wohnte, in dem er geschlafen hatte.

All die mönchischen Männer

Er war Priestermönch im Kloster gewesen, in den experimentierfreudigen siebziger Jahren. Der Beuroner Abt hatte ihm die Erlaubnis erteilt, die weltanschauungsfreie Zen-Meditation auszuüben und zu lehren. Hugo Enomiya-Lassalle aus der edlen Gesellschaft Jesu hatte damals Zen aus Japan nach Europa gebracht, als ordinierter Priester und zugleich ordinierter Zenmeister. Man untersagte ihm die doppelte Ausrichtung nicht. Auf dem vatikanischen Konzil strich er die Gemeinsamkeit von christlicher Mystik und Zen so überzeugend heraus, dass zahlreiche Patres ihm folgten.

Einer von ihnen war jener Benediktiner aus dem Kloster in Beuron. Er bekam sein renovierungsbedürftiges Meditationshaus, tausend Meter von der Abtei entfernt, über den Feuchtwiesen in der engsten Schlinge der Donau. Als er es eröffnete, für alle aufrichtigen Sucher gleich welcher Herkunft, hatte er gewiss nichts anderes im Sinn, als durch tiefe Versenkung zu den Ursprüngen des Christentums zu gelangen, zur Wurzel allen Glaubens und Wissens, zur unmittelbaren Erfahrung.

War das zu kühn? Es scheint so. Das Kloster hatte dem Mönch eine Haushälterin an die Seite gestellt, damit er für die Teilnehmer des Kurses nicht auch noch kochen musste. Jedoch keine runzelige Großmutter, wie sie jetzt der klügere Jesuit ausgewählt hatte. Im Gegenteil. Wer nur hat damals für den Gründer die Wirtschafterin bestellt? Der Abt, als listige Prüfung? Oder der Widersacher persönlich?

Aus einem abgegriffenen Prospekt jener Jahre, der in der Bibliothek aufbewahrt wird, springt sie einem heute noch auf den ersten Blick ins Auge, obgleich sie nur im Hintergrund schwarz-weißer Gruppenfotos zu sehen ist. Eine strahlende Schönheit, ein rosiges Schwarzwaldmädel im Mieder, geradewegs einem rauschenden Heimatfilm entstiegen, viel zu frisch, zu kraftvoll und zu lebenslustig, um das Keuschheitsgelöbnis eines charismatischen Mannes zu akzeptieren, noch dazu eines Mannes auf neuen Wegen.

Das Ereignis, das die Benediktiner drüben im Kloster für alle Zeit von den Anfechtungen der Zen-Meditation heilte, war erschütternd, auch im wörtlichen Sinn. Eine Nachbarin des Hauses hat es der interessierten Nachwelt so überliefert. Als ich bei meinem Meditationsaufenthalt nach dem Geschehen fragte, das bereits zwanzig Jahre zurücklag, wusste man noch davon: »O ja!«, »Um Himmels willen!«, »Ach, Gott!«, und winkte wissend ab.

Nicht einmal das Fenster habe sie öffnen müssen, hatte die Nachbarin durchblicken lassen, geschweige denn vor die Tür treten. Nächtliches Gelächter sei gleich von Beginn an vernehmbar gewesen, nach der Eröffnung des Hauses. Verdächtigerweise immer nur, solange kein Meditationskurs lief, wenn also außer dem zölibatären Paar niemand im Hause war. Glockenhelles Gelächter der jungen Haushälterin und scherzende Rufe des Mönches. Dergleichen Begleiterscheinungen hatten in der aufmerksamen Nachbarin früh Zweifel aufkeimen lassen an der vergeistigenden Wirkung der Meditation.

Jedoch das, was in jener folgenschweren Nacht zu hören war – in derjenigen, welcher –, ward nie zuvor vernommen an dieser Engführung des Donautals, nicht einmal in der Spuknacht vor Allerheiligen, auch nicht an Sankt Walpurgis bei Vollmond, nein, niemals zuvor und niemals hernach, niemals mit solcher Wucht, solch erdigem Beben. Kein Wunder, dass die alteingesessenen Fledermäuse in schwirrender Panik Reißaus nahmen. Kein Wunder, dass unten auf der Donau die Enten angstvoll von ihren Schlafplätzen flatterten. Noch hoch oben hinter den Felszinnen, am Wandererheim von Irndorf, schlugen die Hunde an.

Gegen Morgen Ruhe. Unheimliches Schweigen. Beginn eines Tages ohne Sonne. Stockender Nebel im Tal. Die wattige Feuchtigkeit schluckte die Kalktürme, schluckte die Bäume, schluckte das Haus. Der zerrissene Vorhang geflickt und geschlossen. Es folgten Wochen ergebener Stille.

Den Teilnehmern des folgenden Meditationskurses fiel lediglich auf, dass die Haushälterin großartig kochte. Denjenigen des Kurses danach kam es so vor, als ob sie selbst gern aß. Und die Teilnehmer des dritten mutmaßten, dass sie wohl deshalb derartig zunahm. Der vierte Kurs wurde abgesagt.

Der ehemals keusche Priestermönch wartete einen Tag mit makellosem Veilchenhimmel ab, um den Kiesweg hinabzupilgern zu der schön geschwungenen Steinbrücke, die über das Wasser führte, das dunkel und glatt dahinzog. Ein Spielzeugschiffchen hätte bei dieser Fließgeschwindigkeit in zwei Wochen Österreich erreicht, wenig später Kroatien und Serbien, dann Bulgarien, Rumänien, schließlich das Schwarze Meer mit freier Auswahl der Landeplätze an sonnigen Küsten. Er jedoch, der Wortbrüchige, konnte sich nicht in einen der Kajaks setzen, die am Ortseingang vermietet wurden, und sich mit beiläufigen Paddelschlägen hinabtreiben lassen. Er musste am gegenüberliegenden Ufer weiter: den Asphaltweg hinauf, vorbei am Minigolfplatz, vorbei am Exerzitienhaus, an der Klosterbuchhandlung mit den Ikonen und den heilsamen Büchern und den guten Nachrichten aus dem Benediktiner-Orden.

Seine Nachricht war nicht gut im Sinne des Ordens. An der Klosterpforte bat er um eine Unterredung unter vier Augen. Er musste dem Abt den Grund für die Gewichtszunahme der Haushälterin erläutern. Er tat es aufrichtig. Er machte sich nicht die Mühe, den Fall als wundersame Neuauflage der unbefleckten Empfängnis darzustellen. Vom Glauben daran war man kirchenintern schon vor Jahrhunderten abgerückt, wenn nicht vor zwei Jahrtausenden.

Die Klöster haben Verständnis für ungleiche Paarungen dieser Art, sofern sie nicht allzu lange währen. Der Priestermönch hätte der Frau entsagen, das Meditationshaus schließen, jedoch nicht das Kloster verlassen müssen. Der Orden wäre für den Unterhalt aufgekommen und hätte den Vater einbehalten.

Womöglich mit einer damals noch unvorstellbaren Folge. Zwanzig Jahre später hätte sich ein junger Mann an das große Kruzifix vor der Klostermauer gekettet, an jenes Balkenkreuz zwischen Pfingstrosen und Flieder mit der eigentümlichen Logelei unterm Wetterdach: *Hat je dich einer mehr geliebt als ich, darfst du ihn lieben mehr als mich.*

Das Kreuz steht an der Biegung des Schotterweges, den unvermeidlich jeder hinaufpilgern muss, der zur Messe möchte oder nur die Abteikirche besichtigen will. Der Platz ist also klug gewählt. Jeder muss den angeketteten jungen Mann sehen. Noch dazu die beiden selbstgemalten Schilder zu seiner Linken und Rechten: »Auch wir sind Kinder Gottes« und »Menschenrechte für Priesterkinder«.

Zuerst fotografiert ihn nur ein verbündeter Freund, der frei für die *Schwäbische Zeitung* in Sigmaringen arbeitet. Dann entdeckt ein regionaler Sender das Thema. Aha, der junge Mann befindet sich im Hungerstreik. Eine Website hat er auch! Siehe da, sein Beuroner Tagebuch stellt er per Netbook online, sogar mit täglichen Updates. Reporter wollen das live sehen.

Seine Mutter, das rosige Schwarzwaldmädel von einst, nun hochrot und geplustert, schildert vor Kameras jeglicher Herkunft, wie sie einst zur Unterschrift unter ein Schweigegelöbnis gepresst wurde und warum sie es jetzt an der Zeit finde – und zwar dringend! –, dieses verlogene Gelöbnis zu brechen. Wenig später wird sie durch die Talkshows geschleust. Sie sammelt Geld und Mitgefühl. Wo immer man zuhört, wiederholt sie, dass zu den verbrieften Menschenrechten auch der Kontakt zum Vater gehöre, das Erbrecht übrigens ebenfalls. Professionelle Empörer übernehmen den Fall, richten einen Krisenticker ein, bloggen sich in Stimmung und klagen die Kirche an.

Irgendwann muss ein päpstlicher Sprecher auf Radio Vatikan Stellung nehmen. Was er sagt, klingt nach Zugeständnis. Jedes Kind, erklärt er (»aber wir reagieren nicht auf Druck«), habe das Recht auf einen Vater. Auf einen Vater, der mit Gott und dem eigenen Gewissen im Reinen sei. Wenn also ein Pater ein Kind habe, solle er nicht nur für die Gemeinde den Vater spielen, sondern auch für dieses sein fleischliches Kind. Verheiratete Priester werde es deshalb nicht geben, fügt der Sprecher hinzu. Doch die

Versetzung von Priestern in den Laienstand solle erleichtert werden.

Wie aufgescheucht von diesem Signal kreisen am folgenden Tag die Bussarde über dem Tal. Die Donau strömt sprudelnder dahin. Die Bäume auf den Obstwiesen blühen um einiges strahlender, die umgebrochene Erde glänzt fett. Fahrräder von Neugierigen rumpeln über die schindelgedeckte Holzbrücke. Man schlürft Eiscafé an den weißen Blechtischen unter den Sonnenschirmen des *Pelikan*. Geranienkästen leuchten von den Fensterbänken. Dem Imbisswagen am überfüllten Pilgerparkplatz geht die Currywurst aus; selten wurde so guter Umsatz gemacht wie an diesem Festtag des Hungerstreiks.

Am frühen Nachmittag dieses Tages wandelt ein Priestermönch mit schütterem Haar durch die Abteikirche, ergraut, leicht gebeugt, doch immer noch würdevoll, tastet sich ein wenig unsicher die Treppe hinunter, überquert unter Getuschel und Blicken den gepflasterten Vorplatz, schreitet am Devotionalienladen vorbei, nun bereits gefolgt von einer raunenden Menge, müht sich den Kiesweg hinunter zu jener Mauerbiegung voller Pfingstrosen und Flieder und dem mittlerweile berühmten Kruzifix und bleibt stehen vor dem zusammengesunkenen Jüngling.

Der Mann im schwarzen Ordensgewand sagt: »Erhebe dich, mein Junge. Gott segne dich. Ich bin dein Vater. Ich bereue mein Schweigen und bekenne mich jetzt. Nunmehr will ich dich annehmen als meinen Sohn mit allen dazugehörigen Pflichten.«

Er muss sich hinunterbeugen, um dem Geschwächten aufzuhelfen. Vier Sender, sechs Handycams übertragen live. Es wird getwittert. Der Sohn lächelt, man weiß nicht, ob entzückt oder im Delirium. Es ist ein bewegender Augenblick. Ein symbolischer noch dazu, möglicherweise eine Wende in der Kirchengeschichte. Einige Zuschauer, vor allem Frauen, weinen. Andere sagen: Das hätte er jetzt nicht tun sollen.

Der Sohn schwankt auf wackligen Beinen. Er lehnt sich ans Kreuz. Atmet lange aus. Er blickt dem Vater in die Augen. Der Vater nickt freundlich und paterhaft. Der Sohn hebt mit Mühe einen Arm, um den Segen zu empfangen oder wenigstens einen Handschlag des Vaters. Oder kommt es gar zur Umarmung? Nein, jetzt sieht man ihn ausholen, so viel Kraft scheint geblieben. Und nun, oha!, nun gibt er dem Vater eine schallende Ohrfeige, die schallendste, die je unter einem Kruzifix erteilt wurde. Die Szene gehört inzwischen zu den meistgeklickten auf YouTube.

Würde gehören. Falls es sie gegeben hätte. Doch im Gegensatz zu geschätzten zweitausend anderen Mönchen und ehelosen Priestern in Deutschland hat der Beuroner Benediktiner und Zenmeister sein Kind früh anerkannt. Schon vor der Geburt. Noch vor dem Gespräch mit dem Abt. Und er hat sich nicht umstimmen lassen. Er war bereit, aus dem ungleichen Paar ein gleiches zu machen. Mit dem schwangeren Schwarzwaldmädel verließ er das Kloster, verließ den Orden, verließ das Tal, verließ die Donau, Hohenzollernland, Schwaben und Württemberg und gründete mit seiner Gefährtin, die nun eine rundliche Frau guter Hoffnung war, eine Familie in Franken.

Lange sei die Sache nicht gutgegangen, erzählte mir der Gastpater des Klosters ohne die mindeste Genugtuung. Es war ihm ernst; er bedauerte das Scheitern der Verbindung. In dem Mann habe doch ein Mönch gesteckt, unverleugbar noch unterm Businessanzug, mit dem er dann in Nürnberg einem weltlichen Verlagshaus diente. Seine Frau, die junge Mutter, entpuppte sich als vergnügungsfroh und verlangte nach Tanz, Bowling und Reisen. Mit der Zeit auch nach anderen Männern. Die standesamtliche Ehe wurde aus Trotz und Willenskraft eine Weile aufrechterhalten. Dann ging es nicht länger. Die Frau heiratete nach ein paar Jahren erneut. Der Mann blieb allein. Um eine Wiederaufnahme hat er das Kloster nicht mehr ersucht.

»Ungleiche Partner können immer nur für kurze Zeit in Harmonie leben«, schloss der Gastpater und nickte bekräftigend, weil ich nicht gleich zustimmte. »Dieselben Differenzen, die am Anfang so aufregend scheinen, erweisen sich nach einiger Zeit als unüberbrückbar. Der eine mag den Weg des anderen nicht mitgehen. Er wirft ihm sein Verhalten vor und versucht, ihn zu ändern. Natürlich vergebens. Beide hadern, der eine mehr als der andere, man richtet sich vergrämt in einer schlechten Partnerschaft ein oder beschließt die Trennung.« Seine Erfahrungen musste er aus Beichten bezogen haben und aus den mehrtägigen Seminaren, die er unter dem Titel *Exerzitien für Ehepaare* abhielt.

Schwul war er nicht, der Gastpater der Abtei. »Dieser Anteil wird maßlos überschätzt«, lächelte er nachsichtig. »In meinem Fall gab es ein Mädchen, das sehr unglücklich war, als ich Novize wurde. Ein anderes trauerte still von weitem. Heute sind beide froh, dass ich ihnen die Heirat erspart habe. Beide haben es besser getroffen. Sie haben Familienmänner geheiratet. Ach, Sie ahnen ja nicht, wie viele verheiratete Mönche in der Welt leben!«

Stumm und ernst wiegte ich den Kopf, als sei mir das seit langem bewusst.

»Vielleicht«, schloss er, »sind Sie auch einer?«

Mönchische Männer, die verheiratet sind. Der Gastpater war belesen. Er spielte auf ein trotziges Wort an, das Jane Austen zugeschrieben wird und das mit den Jahrhunderten noch von anderen Geplagten in Anspruch genommen wurde: »Wenn eine Frau herausfinden will, wie ein Leben ohne Mann ist, muss sie heiraten.«

Ein Mann, entdeckte die kluge Beobachterin, sieht sein Privatleben mit der Eheschließung als befriedet an. Nach der Hochzeit kann er sich endlich den wirklich wichtigen Dingen zuwenden: Seinen Bleisoldaten, wie Friedrich der Große, der seine Angetraute weder sexuell belästigte noch erfreute. Oder seiner unvergleichlichen Sammlung vergoldeter Spiegel, wie Ludwig der Sechzehnte, der Marie Antoinette niemals körperlich nahe kam. Oder er kann die Tür des Arbeitszimmers fest schließen, wie Jane Austens Vater selbst, ein anglikanischer Pfarrer, der sich in gnostische Studien vergrub und den Geschlechtsverkehr lediglich um der Fortpflanzung willen genehmigte, auch sich selbst, und dem Mutter Austen den berüchtigten Stoßseufzer ins Grab nachsandte: Witwenschaft sei die einzige Entschädigung, die eine Frau für die Ehe bekomme. Jane blieb vorsichtshalber unverheiratet.

Es gibt Eremiten, die den Frauen von Anfang an eine Heirat ersparen, wie Isaac Newton, Voltaire, Kant, Beethoven, Schopenhauer, Spitzweg. Ihnen genügten, wie der hagestolze Henry Thoreau in seinem Tagebuch festhielt, feuchte Träume, unwillkürlich im Schlaf erblühende oder am Tag herbeigeführte, als Träumerei zwischendurch, aus welcher der Erwachte gleich wieder in die Welt der Ideen zurückkehren kann. Andere Mönchtypen heirateten um des guten Rufes willen, wie Shaw, Ionesco, Thomas Mann, Michael Jackson, und ließen ihre Frauen in Ruhe, die darüber, nach allem, was wir wissen, nicht unglücklich waren.

Doch viele mit Einsiedlern verheiratete Frauen sind unzufrieden. Diejenigen vor allem, die erst einige Jahre nach der Hochzeit herausfinden, dass sie einen Eremiten geheiratet haben.

Mein Großvater konnte dem Druck der Familiengründung bis zu seinem vierundvierzigsten Geburtstag standhalten. Dann heiratete er eine zwanzig Jahre jüngere Frau, die ihn, ihren Lehrer, als edlen Geist anhimmelte. Vermutlich erwartete er, sie werde sich von nun an um seine Krawatten und Hemden kümmern, die richtigen Teesorten kaufen und Besucher abwimmeln. Und wahrhaftig, das tat sie. Im Gegenzug genügte er seiner Pflicht, indem er dreimal an präzise berechneten Tagen ihr Schlafzimmer aufsuchte, in drei aufeinanderfolgenden Jahren.

Die drei Töchter verlebten eine heitere, weitgehend vaterfreie Jugend. Sie kannten das Dienstmädchen erheblich besser als den Herrn Professor. Der war den Gerüchten nach anwesend, blieb aber unsichtbar. Seine Ehefrau sorgte dafür, dass er versorgt, geschont und vor Lärm geschützt wurde. Wenn die Familie in die Ferien fuhr, wurde das gemietete Haus samt Grundstück in zwei gleiche Hälften geteilt. Die eine war dem Einsiedler vorbehalten, ungefähr wie zu Hause. Die andere gehörte Mutter, Töchtern, Dienstmädchen. Ein über den Rasen gespanntes rotes

Band zeigte den Kindern, wo ihr Spielplatz aufhörte und die Eremitage begann.

Dass meine Großmutter sich anderweitig Vergnügen suchte, ist unwahrscheinlich. »Mit der Ehe«, zitierte sie nach seinem Tod, »tauscht die Frau die Aufmerksamkeit vieler Männer gegen die Unaufmerksamkeit eines einzelnen«. Sie sprach es aus, als handele es sich um ein Naturgesetz, mit dem eine Gattin sich mit etwas Geschick anfreunden könnte. Heute wäre sie hochwillkommen als historische Zeugin und förderndes Mitglied bei der »Initiativgruppe vom Zölibat betroffener Frauen«.

In erster Linie sollen sich von so einer Gruppe natürlich direkt Betroffene angesprochen fühlen: solche wie meine Schwester, die sich mit einem Priester oder Mönch eingelassen haben, und der fromme Mann hat sich nach lustvoller Zeit hinter die Schranken der Kirche zurückzogen, will mit seinem Geheimnis nicht herausrücken, und die Frau soll um seinetwillen ebenfalls schweigen. Oder er behauptet, er möchte heraus aus seinen Fesseln, dürfe aber nicht.

Doch vom Zölibat des Mannes sind auch gewöhnliche Ehefrauen betroffen.

»Du hast einen Mönch geheiratet«, hielt ich meiner Großmutter vor. »Vielleicht wäre es besser für ihn gewesen – und auch für dich! –, wenn er ein Mönch geblieben wäre.«

Erstaunt sah sie mich an, die zu hoch gemalten Brauen noch höher gezogen. »Und auch besser für dich? Hätte er auf Familiengründung verzichten sollen?«

Keine schlechte Entgegnung. Aber nicht so leicht zu beantworten, wie der erste Impuls nahelegt. Unmissverständlich hat sich der klausnerische Emil Cioran dazu geäußert, unmittelbar bevor er verfügte, er wolle in einer Mönchskutte bestattet werden – genau wie vor ihm Joris Huysmans, Auguste Rodin, Gerhart Hauptmann, Hugo von Hofmannsthal. Ihr Bewunderer Cioran bestimmte sein Lebensmotto zur Grabinschrift: »Nicht geboren zu werden ist unbestreitbar die beste Lösung.«

Wenige Frauen können dem beipflichten, aber viele Männer. Wir, die wir in Beuron in marternder Haltung und selbstgewähltem Schweigen saßen, überhaupt alle Meditierenden und nach Erleuchtung Strebenden, mehrheitlich Männer, träumen von dieser endgültigen Lösung: Zurück ins Ungeborene, in das, was buddhistisch Nirwana genannt wird, ins Nichtsein. Konsequent bleibt dieses Streben naturgemäß selten. Meist winken von der anderen Seite des roten Bandes die vom Zölibat betroffenen Frauen.

Dieses Winken fächelt nicht einfach nur Luft durch den Garten. Es ist ein Winken, das zieht. Unsichtbare Fäden weben sich von den Fingerspitzen. Eine leichte Brise nimmt sie mit und schlingt sie um den nach eigener Einschätzung über alles erhabenen Mönch.

Die Lust der Heiligen

Als ich in der Beuroner Bäckerei – die eine dürftig bestückte Filiale der Irndorfer Bäckerei war, geöffnet lediglich an drei Vormittagen in der Woche – nach einem kräftigen Brot verlangte, nach irgendeinem, das einfach nur anders schmecken sollte als das seit Monaten täglich eingespeichelte Weizenvollkornbrot des Zen-Hauses, und als im Laden, der leer zu sein schien, auf mein Rufen hin niemand antwortete, als dann aber ein Mädchen hinter dem Tresen emportauchte – es hatte vergeblich nach herabgefallenen Münzen getastet – und als dessen Blick mich traf, kam mir die Sehnsucht nach dem Nirwana auf der Stelle und für immer abhanden.

Das war es! Die Erlösung! Hier schon, jetzt! Ende der Suche!

Da hatte es doch mal so ein Lied gegeben, das ich als Kind gesungen und nie begriffen hatte, vom Jäger, der in sein Waldhorn blies, aber alles Blasen war verloren, als ein schwarzbraunes Mädel aus dem Gebüsch sprang. Auf einmal war es vollkommen klar! Hier war dieses Mädchen, mit den seit Jahrhunderten vertonten Haselnussaugen, mit tannenduftender Sinnlichkeit, heimlich gepflückten Himbeeren am Südhang, mit barfüßigen Pfaden zu gräsernen Lichtungen im Hochwald – ach, mit diesem Charme, dieser Geschmeidigkeit, diesem willkommen heißenden Blick!

Das war Liebe. Und auch noch erwiderte Liebe! Dieses Lächeln war schon die Bestätigung. Das war Einheit. Mehr gab es nicht, mehr war nicht zu erreichen, auch nicht durch jahrzehntelanges Meditieren auf der einsamsten Bergspitze des Himalaya. Nur deshalb, um dieses Mädchens willen, hatte mein in etlichen Leben mühsam erarbeitetes gutes Karma mich in dieses Tal geschleust!

»Ich möchte ein Schwarzbrot«, räusperte ich hervor. »Und wenn Sie es in Scheiben schneiden könnten …«

Wie mickrig das klang. Als müssten die Worte aus der Kehle geschabt werden. So wenig hatte ich gesprochen in letzter Zeit, dass die Stimmbänder knirschten wie das Schloss im Wochenendhaus meiner Eltern, wenn ich es nach dem Winter zum ersten Mal öffnete. Mein Hüsteln klang rostig. In Indien sollte es Gurus geben, die vor Jahren oder Jahrzehnten ins Schweigen verfallen waren und nun nicht mehr herauskommen konnten, selbst wenn sie wollten. Genau wie auf den psychiatrischen Stationen des Westens. Und hier im Tal.

Ach, Gurus, Täler, beredtes Schweigen. Da war es schon wieder, das spirituelle Über-Ich. Mit seinen Meistern, Vorsätzen, weglosen Wegen oder achtfachen Pfaden. Mit vier edlen Wahrheiten, von denen die erste hieß: Glück ist vergänglich. Und die zweite: Begehren schafft Leiden. Scheußliche Weisheit des tugendhaften Lebens. Hatte ich alle Ideologien, christlich, sozialistisch, anarchistisch, hinter mir gelassen, um auf den Buddhismus reinzufallen?

Nein. *Hier* drohte ich hereinzufallen. In diesem einzigen Laden von Beuron. Auf dieses Inbild sinnlicher Schönheit. »Triffst du Buddha unterwegs, geh weiter«, hieß es im buddhistischen Erbauungsbuch *Jeder Tag ein guter Tag,* das im Zen-Haus auslag. Wenn du gefunden zu haben glaubst, was du gesucht hast, lass es zurück. Denn das kann es nicht sein.

Also, bleiben durfte ich hier nicht, wenn der Tag ein guter Tag sein sollte. Wollte mein durchtriebenes Sakral-Chakra mich auf die Probe stellen? Oder war es das Wirken unseres Meditationslehrers? Hatte der schlaue Pater Felix dieses Mädchen engagiert? Sicher kannte er es. Womöglich hatte er es darüber informiert, dass energetisch gestaute Männer durchs Dorf streunen könnten? Wie peinlich!

Der Gedanke hatte etwas Temperatursenkendes wie die Schockfrost-Taste an der Kühltruhe im Meditationshaus. Ja, es war eine Probe. Und ob absichtsvoll herbeigeführt oder Zufall, ich würde sie bestehen. Meine Verliebtheit war ein Produkt hormoneller Ausschüttungen und parallel entstehender Gedanken. Ich lächelte dem Mädchen zu, unverführbar, mit vollkommenem Gleichmut allem Weltlichen gegenüber. Geschafft.

So ähnlich musste Buddha mit Rati umgegangen sein, mit jener betörenden Schönheit, deren Sinnlichkeit ganze Dörfer entvölkerte. Die Männer liefen ihr nach, dieser Göttlichen, und erlagen dem Duft ihres Schamhaares wie die Gefährten des Odysseus dem Gesang der Sirenen. Krieger gaben den Kampf auf. Könige vergaßen ihr Reich. Wandermönche fielen vom Glauben ab und verzehrten sich nur noch nach Rati.

Nicht Buddha. Der nicht! Er sah ihr fest in die Augen, im Sein gegründet und unbeirrbar. Und so saßen sie einander gegenüber, einen Tag lang und eine Nacht, bis Rati in der Morgendämmerung zu zittern begann. In diesem Zittern schmolz ihre Schönheit. Verflog ihr Duft. Verdorrte die Sinnlichkeit. Die Wahrheit kam zum Vorschein unter ausfallenden Haaren und schrumpelnder

Haut: eine Teufelsfratze. Die Furie floh. Buddha aber war erleuchtet.

Na bitte! Ich würde dem Mädchen gern noch einmal in die Augen sehen, und dann auch länger. Vielleicht sogar einen Tag lang und eine Nacht. Nur nicht jetzt. Noch war ich nicht stark genug. Jetzt kaufte ich zum Brot erst mal nur einen Stapel Ansichtskarten. Eine für meine Eltern, eine für Jakob in seiner Westerwaldklinik, eine für Alexander in seinem Kirchdorf, eine für Hannah, für den Fall, dass ich auf sie zurückkommen musste. Die schönste würde ich Lena schicken, mit sehnsüchtigen Worten.

Als ich den Laden verließ, merkte ich mir die auf ein Pappschild gemalten Öffnungszeiten. Dienstag, Donnerstag, Samstag von acht bis zwölf. In dieser Zeit waren wir zur Meditation verdonnert. Tatsächlich, es war eine Prüfung.

Draußen fiel noch etwas anderes auf: Der Frühling hatte begonnen. Die Sonne wärmte. Es roch nach Erde. Auf der Wiese vor der Abtei standen Pfützen. Die Erdschollen sogen Licht ein und weckten die Keimlinge. Ein kühler Wind, an den Rändern schon warm, trug vom Waldhang das Läuten der Meisen herüber. Am Bahnwärterhäuschen jenseits des Flusses waren die grünen Fensterläden aufgeklappt. Jemand lüftete die Zimmer. Das Haus wurde bezugsfertig gemacht! Von jetzt an wäre es bewohnbar. Da stand die Klause, vom Zen-Pater erst im vergangenen Jahr erworben, und wartete auf einen Einsiedler, auf einen sturmfesten Meditierenden, der allein und kompromisslos dem höheren Selbst dienen wollte. Dieser Einsiedler würde ich sein.

Als ich Pater Felix meinen Wunsch vortrug, fielen ihm keine Einwände ein. Ich hatte zuverlässig meditiert. Mein Geist wirkte ruhig und stabil. Und das Haupthaus konnte mein Zimmer gebrauchen. Im Frühling wurden verstärkt Retreats angeboten. Mehr Leute kamen an den Wochenenden und meldeten sich zu längeren Retreats an. Sie wollten im Kraftfeld der Gruppe sitzen, den Sockengeruch der Nachbarn einsaugen, gänsemäßig im Kreis gehen und sich auf ein zukünftiges *Leben im Jetzt* vorbereiten.

Björn ärgerte sich, dass er nicht vor mir auf die Idee gekommen war. Als Höhlenforscher sei er prädestiniert für das klausnerische Leben. Aber vorläufig gab es nur dieses eine Eremitenhäuschen, und ich hatte als Erster dafür votiert. Eine höhere Miete war fällig. Gut, dass meine Eltern sich inzwischen in Broschüren von der Qualität der Klosterbibliothek überzeugt hatten. Ja, ja, genau, ich setzte mein Studium der Philosophie mit unverminderter Zielstrebigkeit fort.

Bevor Pater Felix mir den Schlüssel aushändigte, fand er es zweckmäßig, uns beiden gefährdeten Männern etwas zum sorgsamen Umgang mit Energien zu sagen. »Die Tibeter haben da einen einfachen Rat.«

Der Pater war persönlich mit einem Experten befreundet, dessen Bücher im Hause auslagen und zum Verkauf angeboten wurden, Sogyal Rinpoche. Der hatte ihm vor Jahren ein himalayataugliches Rezept anvertraut, das zumindest bei Tibetern so wirksam war, dass dem Volk das Aussterben drohte. Es betraf die Liebe oder vielmehr die unheilvolle Neigung, die eigenen Gene weiterzugeben.

»Allerdings muss ich euch vorwarnen«, sagte der Pater

und lächelte abbittend. »Es klingt scheußlich. Doch es ist gut gemeint. Und es wirkt. Wer sich verliebt hat und einen anderen begehrt, der soll nach tibetischem Rat die Echtheit der Empfindung auf die Probe stellen.«

»Völlig d'accord«, nickte ich musterschülerhaft.

Björn zog nur einen Mundwinkel nach oben.

»Und die Echtheit seiner Empfindung wird, so schlagen die Weisen es vor, mit Hilfe der Einbildungskraft geprüft. Wer also verliebt ist, stellt sich den Körper und das Gesicht des anderen vor, sagen wir ruhig mal: der Frau.«

»Genau!« So weit, so glücklich.

»Aber ohne Haut«, bedauerte Pater Felix.

»Wie bitte?«

Er bestätigte kummervoll: »Ohne Haut. So ähnlich wie auf der Anatomietafel im Biologieunterricht, falls ihr euch erinnert. Gehäutet.«

»Was denn – nur noch Muskelfasern, Knochen, Sehnen, Blutgefäße?«, fragte Björn. »Hervortretende Augäpfel?«

Der Pater nickte betrübt. Er gab dieses tibetische Rezept wirklich nur ungern weiter. Nur wenn es sein musste.

»Das stelle ich mir immer vor, seit ich in der *Körperwelten*-Ausstellung war«, behauptete Björn. Entweder er war zu dickfellig, um die Sache ernst zu nehmen. Oder er wollte mich im Wettbewerb um das Häuschen ausstechen. Hatte er das Mädchen in der Bäckerei Eberle schon gesehen?

»Du stellst dir das Gesicht und den Körper der Frau ohne Haut vor«, wiederholte der Pater extra für mich, als bräuchte ich Nachhilfe. »Und wenn dann die Liebe ungebrochen bleibt, voilà, dann ist es wahrhaftig eine Seelenempfindung! Aber wenn sie abnimmt bei dieser Vorstellung, tja, dann war es keine Liebe. Dann heißt es: Zurück zum stillen Gewahrsein.«

Der entsetzliche Rat überflutete meine inneren Bilder. Schrecklicherweise schien er zu funktionieren. Diese Tibeter! Kein Wunder, dass sie mittlerweile zu den bedrohten Völkern zählten. Aber gut. Vor Ort würde ich das Rezept noch einmal testen, in der Bäckerei Eberle, Filiale Abteistraße, gegenüber dem Aufgang zum Kloster.

Um dem Zenmeister Einblick in die vollkommene Unschuld meiner Gedankenwelt zu geben, wandte ich ein: »Man soll die sexuelle Energie aber auch transformieren können, in Licht oder so.«

Mein Talent zum Eremiten stand außer Frage. Er ging darauf ein. Der dicke Björn war chancenlos. Dabei hatten er und ich bereits recherchiert. In einem tantrischen Werk, dass sich in die Bibliothek des Hauses verirrt hatte und nicht entfernt worden war. Strudelnde sexuelle Unruhe sollte kanalisiert werden können, selbstredend aufwärts, bis ein Springbrunnen aus Licht von der Fontanelle gen Himmel schoss und den Segen der Erleuchtung herabzwang.

Wenn es da eine Technik gäbe, ja, doch, wir würden sie ausprobieren. Mit den beiden älteren Damen war nicht darüber zu reden, sie benötigten keine Kunstgriffe mehr. Sie priesen die morgendliche Bürstenmassage. Für junge männliche Teilnehmer von Retreats reicht das nicht aus. Sie machen in jedem Kloster, in jedem Ashram, Haus der Stille oder Tempel der Ruhe dieselbe Leidenserfahrung. Sie wissen, wie steinhart ein *Lingam* werden kann und wie unerbittlich er zu pochen beginnt, wenn er meditativ überhört wird.

»Transformation der sexuellen Energie!« Unser bescheidener Meister nickte ernst und begann in seinen Ablagen zu suchen. »Das ist eine sehr gute Frage! Warum haben die Heiligen den Versuchungen widerstanden? Doch so viele Priester und Päpste nicht?«

»Weil die Viten der Heiligen gefälscht sind«, mutmaßte Björn. Ich schüttelte traurig den Kopf über so viel Unverstand. Damit war das Häuschen endgültig meines.

Auf den Einwand war unser Lehrer vorbereitet. Er zog einen Stapel von Reproduktionen hervor. Sie zeigten mittelalterliche Buchmalereien und Fresken. »Fällt euch hier etwas auf?« Er zeigte ein Blatt nach dem anderen.

Na ja. Die einschläfernde Frömmigkeit. Noch etwas? Nein. Oder doch, bei genauerem Hinsehen war etwas Tantrisches zu entdecken. An den Heiligen, zumindest den hier ausgewählten, sitzend, kniend, schwebend, segnend, waren Lichtkreise auszumachen, schimmernde Halos, wie die Höfe des Mondes. Nicht nur als Heiligenschein um den Kopf, sondern in Körpermitte aufwärts, an einer vertikalen Schnur aufgereiht wie die Sterne an der Deichsel des Großen Wagens. Auf dem einen Bild waren es drei, auf einem anderen Bild fünf, mal waren es sieben, mal sogar neun Strahlenkreise. Der erste meist am Steißbein, der zweite dort, wo sich Sakrales staut, der dritte am Nabel, danach in der Herzgegend, darüber auf Höhe des Kehlkopfes, dann auf der Stirn, schließlich überm Schädel. Und jetzt?

»Die Lehre von den Chakren ist keine östliche Erfindung«, belehrte uns der Pater. »Es ist eine Erfahrung, die jeder machen kann, der eine Weile meditiert.«

»Ich habe schon was davon gemerkt«, behauptete Björn. Er wollte Boden gutmachen.

»Wenn auch vielleicht nicht in dieser Klarheit«, schulmeisterte ich.

»Man muss nichts davon merken«, beruhigte der Pater. »Das Aufsteigen der Energie geschieht von allein. Von hier unten, von der Basis, Station für Station nach oben. Besser, es geht behutsam vor sich, als plötzlich. Dass die Energie hier oben ankommt«, er tippte sich auf den kahlen Schädel, »ist die Voraussetzung für das, was im Zen *Satori* genannt wird. Für die Erleuchtungserfahrung.«

»Dann kann man durch Sex nicht erleuchtet werden?«, erkundigte sich Björn.

»Auf keinen Fall!«, rügte ich. Und, nur für ihn hörbar: »Jedenfalls nicht hier im Haus.«

»Ihr wisst vielleicht, dass die Tantriker dafür Techniken entwickelt haben«, vermutete der Pater. »Aber darum geht es uns nicht. Wir meditieren. Wir machen kein Tantra. Im Tantra stellt sich der Mönch vor, das männliche Geschlechtsorgan sauge Energie ein.«

Wir taten extrem unbeteiligt. Wachsames Desinteresse, hieß die Formel.

»So ungefähr, als atme er durch den Penis Licht ein und als ströme das Licht von dort unten nach oben. Wenn er es richtig macht, der tantrische Mönch, dann soll ein Chakra nach dem anderen aufblühen. Er erlebt keine Ejakulation, aber eine Flut von Licht.«

»Der Samenerguss findet überm Schädel statt«, folgerte Björn.

»Ich glaube nicht, dass die christlichen Heiligen sich damit beschäftigt haben«, flocht ich fromm ein.

»Das mussten sie auch nicht«, schloss Pater Felix in einer Anwandlung von Müdigkeit. Das Thema war erledigt für ihn. Schon lange. »Die Heiligen haben meditiert, wo immer sie waren. Jede ihrer Tätigkeiten war Meditation. Und wenn das so ist, dann geschieht alles wie von selbst. Die Energetisierung. Die Transformation. Die Erleuchtung. Dann benötigt man keine Techniken.«

»Genau«, nickte ich.

Wir glaubten das keineswegs. Wir hatten mittlerweile so emsig meditiert, dass wir starkes Mitgefühl entwickelt hatten für Mönche, bei denen die Transformation partout nicht klappen wollte. Mitgefühl auch für die, die sich gar nicht erst um Transformation bemüht hatten. Oder bei denen sie in gegensätzlicher Richtung verlaufen war, vom Scheitelchakra abwärts zur Kernkraft der Lust. Unsere heimliche Bewunderung, genährt von einem ledergebundenen Buch im verglasten Schrank, galt jenen unbekümmerten Päpsten, die ihre Söhne zu Bischöfen gemacht hatten oder gleich zu Nachfolgern auf dem Heiligen Stuhl. Sie hatten ein lustvolles Leben mit dynastischer Vorsorge verbunden. Warum auch nicht?

Der Papst Alexander Borgia hatte in einer Enzyklika bekannt gegeben, was er unter gutem Gottesdienst verstand: »die genießerische Ausübung des Beischlafes, wohltätiges Speisen und erholsames Ruhen«. Das klang lebensnah und zuversichtlich. Sollte es heute verkehrt sein? Alfred Hitchcock, der das Leben jenes frohen Renaissance-Papstes verfilmen wollte, hielt das Zitat für typisch männlich. Deshalb gefiel es ihm. Er übersetzte es in den angelsächsischen Realismus: »Ein Mann will guten Sex, gutes Essen und in Ruhe gelassen werden.«

Falsch klang das jedenfalls nicht.

Auf zum praktischen Chakra-Test! An einem späten Apriltag nahm ich das Hutzelhäuschen in Besitz. An seiner Rückseite stieg der buchenbestandene Nordhang des Tals auf, zu dieser Zeit ein luftiger Saal mit dem Weiß der Märzenbecher im Laubteppich und mit Knäueln von Veilchen. Gen Süden ging der Blick über einen Wanderweg und die Uferwiese zur blitzenden Donau. Jenseits lag das schmale Ende der eingezäunten klösterlichen Obstplantage mit knospenden Kirschbäumen; die letzte Baumreihe stand schon im Schatten des Eisenbahndamms. Hinter ihm schwangen sich gepflügte Felder und frühlingsbleiche Wiesen hinauf zum Hangwald der gegenüberliegenden Talseite. Alles war weiträumiger hier als am schattigen Zen-Haus. Nur der Weg zur Abteikirche war kürzer, fachkundigen Mönchen auch bekannt als Weg zur Bäckerei.

Zwei Weizenvollkornbrote des Zen-Hauses hatte ich von der vegetarisch kochenden Großmutter mitbekommen. Ich war mit dem Versprechen geschieden, jeweils am Freitag zwei neue Exemplare abzuholen und bei dieser Gelegenheit dem Zen-Pater über den Fortgang meiner Meditation Bericht zu erstatten. Im Übrigen wollte ich fasten, also vornehmlich Brot kauen und Wasser trinken. So hatte ich es dargestellt, und zunächst hielt mich auch daran.

Das Haus war eremitenfreundlich möbliert: Bett, Schrank, Tisch, Stuhl. Es gab ein enges Bad mit Dusche und Klo. Hinter einem stockig riechenden Vorhang kamen eine Spüle und ein Kühlschrank zum Vorschein, daneben zwei Kochplatten und ein Wasserkocher für Tee.

Zu meinen illusorischen Vorsätzen gehörte es, den Tagesplan des Haupthauses beizubehalten. Das bedeutete

Aufstehen in der Morgenkühle, ein Schluck warmes Wasser, die angedeuteten Übungen des Sonnengrußes, ein Bissen Brot. Dann fünfundzwanzig Minuten sitzen, fünf Minuten gehen, wieder sitzen und so weiter bis zur Mittagszeit, abermals Brot und Wasser, ein kleiner Spaziergang oder Unkraut zupfen im armseligen Hausgärtchen. Später wieder sitzen, gehen, sitzen. Am Abend der zehnminütige Weg zur Abteikirche, wo die Mönche im Halbdunkel die Komplet sangen, gefolgt von einem Streifzug durchs Dorf mit Blick in die Fenster des *Pelikan,* wo weltliche Gäste Maultaschen und Gebirge von Spätzlen vertilgten. Zu guter Letzt den trüben Lichtern im Haupthaus zuwinken und am Fluss zurück.

An Lena hatte ich geschrieben, ich sei zur Probe in die Einsiedelei gezogen. Als ich am Freitag zum ersten Mal im Haupthaus vorsprach, war ihre Antwort schon da. Sie freue sich von ganzem Herzen, dass ich inzwischen ganz allein meditieren und wohnen könne; das werde mich stärken und festigen; sie wolle mich auch keinesfalls durch Besuch ablenken; es sei in der Zwischenzeit etwas geschehen, ich könne mir vielleicht denken, was. Wir hätten eine schöne Zeit gehabt, endete sie, und bestimmt wäre es lustig und gäbe viel zu erzählen, wenn wir uns irgendwann mal wieder sähen.

Dieses provozierenden Grußes hätte es nicht bedurft. Aber gut, desto freier war ich. Und nun auch noch angespornt vom Impuls frommer Rache.

Gurus und Groupies

Ein einziges Mal noch, hatte ich dem Zen-Pater versprochen, würde ich an einem seiner Themenwochenenden teilnehmen, zu Ostern: *Den inneren Frieden finden*. Ich sollte den Männeranteil verstärken. Von den zwölf Friedensuchenden waren neun Frauen.

»Machen Sie doch *Geh den Pfad des Kriegers*«, riet Björn. »Dann kommen mehr Männer.« Aber Krieg entbrannte auch so. Gleich am ersten Tag begehrte eine Teilnehmerin auf. Sie griff den Meister nicht persönlich an. Doch sie forderte ihn. Sie nutzte die abendliche Fragestunde, in der es eigentlich um Meditationserfahrungen gehen sollte.

»Sublimierung, Verwandlung, Transformation – du meine Güte!«, rief sie unvermittelt, nachdem er sanftmütig vom Umgang mit Energien gesprochen hatte. »Transformation wozu?« Sie blickte Unterstützung heischend in die Runde. »In den ersten tausend Jahren hat es kein Zölibat gegeben im Christentum. Dann plötzlich ist die Keuschheit für alle Kirchenmänner eingeführt worden.« Sie funkelte den Pater an: »Weshalb eigentlich?«

Ihre Stacheln waren hübsch aufgestellt. Sie sprühte vor Angriffslust, überhaupt vor Lust. Sie hätte sich die Antwort – irgendwas mit Patriarchat und Macht und fortdauernder Unterdrückung – mühelos selbst geben können. Doch das Eingeständnis der Verfehlung wollte sie von ihm hören, von unserem verehrten jesuitischen Zenmeister Pater Felix.

Lotrecht und in wacher Versunkenheit ruhte er auf seinem Meditationsbänkchen, das Becken vorschriftsmäßig nach vorn gekippt, die Hände schwebend ineinandergelegt mit kaum wahrnehmbarer Berührung der Daumenspitzen. Würde er antworten? Oder in weisem Schweigen verharren? Seine Augen waren halb geöffnet wie im Wachschlaf. Der Blick schien auf eine Unregelmäßigkeit in den gewachsten Pitchpine-Dielen gerichtet.

»Verzeihung, aber das interessiert uns alle«, bohrte die Frau.

Die anderen Friedensuchenden nahmen die Vereinnahmung hin. Sie waren jenseits der vierzig und fünfzig und ließen sich von diesem nostalgischen Thema nicht aus der Versunkenheit schrecken. In dieser Frau jedoch brannte die Empörung. Sie hatte burschikose Locken, eine genießerische Nase, ein freches Kinn und konnte nicht weit über dreißig sein. Vermutlich lehrte sie Deutsch und Geschichte an der Sekundarstufe. Oder Ethik und Sozialkunde. Die Wut machte sie sexy. So sexy sogar, dass ich trainieren konnte, sie mir ohne Haut vorzustellen. Es klappte enttäuschend schnell. Wenig erotische Anziehung blieb übrig. Okay, einverstanden, keine echte Liebe.

»Was meinen Sie, Pater Felix«, fragte sie mit der Würze frischer Chilischoten, »warum wurde nach tausend Jahren plötzlich das Zölibat eingeführt?«

Der Pater schien aufrichtig nach einer Antwort zu suchen. Endlich rückte er damit heraus, so mild und leise, als verrate er ein vom Klerus jahrhundertelang gehütetes Geheimnis, und vielleicht war es auch so. »Soweit ich weiß«, murmelte er, »wollten die Männer sich einfach erholen.«

»Ha!«, machte die Lehrerin und verstummte sogleich, weil der Ton etwas schrill herausgefahren war. Und weil die Antwort nicht einfach nur unverschämt, sondern möglicherweise doppelbödig war.

»Aber das sind Gedanken«, fuhr er mit festerer Stimme fort. »Und Gedanken lassen wir jetzt einfach vorüberziehen. Wir achten nicht auf ihren Inhalt. Gedanken sind vergänglich. Sie tauchen auf und verschwinden. Wir können zusehen, wie sie durch den Raum des Gewahrseins treiben. Der Raum bleibt. Wir sind dieser Raum: leer und unbeweglich, wach und entspannt.«

Die Lehrerin staunte ihn an mit der Botschaft: Na warte, mein Lieber, so einfach kommst du mir nicht davon! Und sie sollte auch recht behalten.

Doch in diesem Augenblick zog jeder sich zurück in seine eigene unsichtbare Klause, in jenes stets verfügbare Zölibat hinter dem Türschild: Muss mich um Höheres kümmern. Dass es ein vorwiegend von Männern genutztes Zölibat war, durchschaute sie zweifellos.

»Die kommt immer, wenn es Frühling wird«, erzählte uns später die großmütterliche Wirtschafterin. »Sie ist seit Jahren verliebt in den Pater.«

»Sie ist gerade über dreißig und er fast siebzig!«

»Tja, die Liebe!« Sie konnte es nicht ändern.

Doch die Lehrerin war keineswegs fertig. Sie hatte handfeste Munition mitgebracht. Am folgenden Tag rückte sie damit heraus. Das Material erschütterte die ganze Runde und diesmal auch unseren buddhafreundlichen Pater. Nur Björn und mich stimmte es glücklich, allerdings durften wir das nicht zeigen.

Es war der Bericht einer jungen Schottin, die als Zwanzigjährige für Tibet entflammt war, die dann die Kultur studiert, die Sprache erlernt hatte und schließlich nach Nordindien gereist war, um, wie es im Buddhismus heißt, *Zuflucht* zu suchen bei einem verehrungswürdigen Lama namens Kalu Rinpoche.

Dieser Kalu war Leiter eines strengen mönchischen Ordens, ein verehrter Asket, unübertroffen in der Kenntnis der Schriften, ein Weiser, ein leuchtender Guru. Als er im Boom der westlichen Buddhismus-Begeisterung nach Europa und Amerika eingeladen wurde und allenthalben Retreat-Zentren gründete, reiste die schottische Doktorandin mit. Als seine Dolmetscherin. Und eben nicht nur als das. So viel ging überdeutlich hervor aus der Lektüre des Buches und aus einem mehrfach kopierten Interview.

Vorstellungen, Mitteilungen, Kommentare. Streng genommen handelte es sich nur um Gedanken. Man konnte sie in wachsamem Desinteresse vorbeiziehen lassen und im Raum des Gewahrseins bleiben. Wenn man konnte. Bei den ungeübten Retreat-Teilnehmerinnen funktionierte das nun nicht länger. Der versprochene innere Frieden stand auf dem Spiel. Irgendwo ganz tief innen oder unten musste er noch sein. Spürbar war jetzt nur seine Bedrohung. Sie ging von diesen Berichten aus. Und die Fragestunden, die für den Austausch über die Stille vorgesehen waren, kehrten weitere schmerzliche Tatsachen nach oben.

Es zeigte sich, dass wir alle den Buddhismus für die bessere Alternative gehalten hatten. Für die Essenz aller Religionen, auch des Christentums. Der Buddhismus hatte dem spirituellen Reinheitsgebot mehr entsprochen als die verderbte Kirche. Scheinbar. Alle hatten den Dalai-Lama für verehrungswürdiger gehalten als den Papst. Niemandem war an der Kenntnis gelegen, dass es auch in der tibetischen Tradition eine rüde patriarchalische Struktur gab; sie war dort nur niemals in Frage gestellt worden. Und die Geschichte der Dalai-Lamas strotzte von wüsten Kämpfen, die staunenswerte Parallelen hergaben zur Geschichte der Päpste. Niemand von uns, erwies sich nun, hatte den *ganzen* Buddhismus gewollt. Wir hatten den Rahm abschöpfen wollen, den Frieden vor allem, das Mitgefühl und die wohltuende Auflösung des Ich im All-Einen.

Nun offenbarte diese Schottin, sie hieß June Campbell, wie sie unter Androhung harter Sanktionen zum Schweigen genötigt worden war. Wie ihr im mönchischen Orden sexuelle Praktiken abverlangt worden waren unter dem Motto »Das ist gut für deine Erleuchtung« oder »Das hilft bei deiner nächsten Inkarnation«. Und sie war keineswegs die Einzige gewesen. Die Lamas – welcher aufrichtige Chauvinist könnte es ihnen verdenken? – hatten den Enthusiasmus und die Hingabebereitschaft westlicher Schülerinnen dankbar genutzt. Selbst von Sogyal Rinpoche, dem Freund des Hauses, dessen *Tibetisches Buch vom Leben und vom Sterben* wir alle beseelt gelesen hatten, kam nun heraus, welche Art Amerikanerinnen er bei der privaten Meditation bevorzugte und mit welchen geflüsterten Weisheiten er sie segnete.

War das schlimm? Überhaupt nicht, fanden Björn und ich, wir hart geprüften Langzeit-Meditierenden. In geweihten Sphären hatte es von jeher ein hierarchisches Gefälle gegeben. Und nicht nur die Gurus, mehr noch die Jünger versuchten es zu wahren. Da lag die Weitergabe mystischen Lichts gegen weltliche Dienste nahe. Ein paar aufbegehrende Frauen mochte es immer geben. Zum Glück. Sie waren besonders anziehend.

»Lohengrin und Elsa!«, warf Björn in die Runde, weil er auch etwas beitragen wollte, und gern etwas Überraschendes. In diesem Fall ein Beispiel aus der Geschichte abendländischer Guru-Schüler-Beziehungen. Ich war ausgewiesener Eremit; ich durfte schweigen.

»Die Elsa hat doch den Zauber vermurkst«, erklärte Björn der Runde. »Die Übertragung des Lichts, die Befreiung, die Erlösung, alles vergeigt! Die Weitergabe des Unsagbaren! Lohengrin war der Guru, sie die bodenständige Geliebte. Sie hätte sein Geheimnis ganz gut unberührt lassen können. Aber das schaffte sie nicht! Sie konnte ihm sein Geheimnis partout nicht lassen. Ja, warum zum Teufel, könnt ihr Frauen das nie?«

Das war dreist und gewollt. Abenteuerlicher Vielklang weiblichen Protestes. Selbstzufriedener Björn. Ich blieb ernst. Jedes Geräusch war eine *Dharma Bell*. Eine Einladung, noch tiefer zu sinken. Ging das hier, bei dieser Vielzahl glockenhafter Einladungen? Nun ja, mit Mühe.

Der Pater rang keineswegs verzweifelt die Hände. Er hätte Björn Vorwürfe machen können. Doch gerade diese Herausforderung stellte ihn zurück aufs Gleis seiner Weisheit.

»Können wir den Zorn spüren?«, fragte er in die kochende Runde. »Und *nur* den Zorn – ohne den Inhalt der Gedanken. Können wir ihn da sein lassen? Die reine Energie, die sich jetzt erhebt? Die uns in Wellen zu überschwemmen droht – können wir sie fühlen ohne Objekt, auf das die Wut sich richten möchte? Spüren wir einfach nur die Kraft, die geerdete Kraft, wie sie jetzt vom Basis-Chakra her aufsteigt!«

Das kam gut an.

»Das ist unsere eigene Energie. Wir würden sie verschleudern, wenn wir sie nach außen richten würden. Deshalb spüren wir sie einfach. Wie sie aufsteigt und zu Licht wird. Wir genießen sie.«

Das taten die Frauen. Wir staunten. Womit der Frieden überraschend wiederhergestellt war. »Auf diese Weise«, schloss der Pater und sah uns etwas länger an, »können wir mit jeder Energie verfahren.«

Als Resümee des Wochenendes prägte sich uns jedoch das eigentliche Wunder ein: dass Kalu Rinpoche, der auf Fotos klapprig wirkte, bereits siebzig gewesen war, als er die Affäre mit der Dreißigjährigen begonnen hatte. Und dass er dann zehn Jahre lang weitermacht hatte, bei bester Gesundheit. Erst jenseits der achtzig war ein Schwinden seiner sakralen Fähigkeiten zu beobachten gewesen. In seinen letzten vier Jahren war ihm nur noch die Erleuchtung geblieben. Dann war er gestorben oder hatte zumindest seinen Körper verlassen. Was für ein vorbildlicher Lebensweg! Mochte auch, nach zehnjähriger Schamfrist, seine ehelose Witwe mit Memoiren herausgerückt sein. Das störte ihn nicht mehr.

Es störte seine Jünger. War es verwerflich, dass sie seine Geliebte nach dem Erscheinen des Buches als Hexe darstellten? Nein, es passte perfekt. Es gehörte zur wunderbaren Geschichte der ungleichen Paare. Sie wurde mit immer neuen verlockenden Beispielen fortgesetzt. Früher hatte es ganz offiziell Tempelprostituion gegeben. In Indien, Ägypten, Babylon, Kanaa. Dort hatten sich junge Frauen den Priestern und Pilgern und frommen Asketen hingegeben. Die fällige Spende ging an die Tempelkasse. Warum sollte das jemals aufhören?

Adieu, Seminarhaus. Willkommen, Frühling. Gegrüßet seiest du, kleine Klause!

Mit dem Wissen über Mönche und ihre Schülerinnen sollte mir der Besuch der Bäckerei doppelt Spaß machen. Wunderbar, Widerstand zu üben gegen den herrlichen Duft der Sinnlichkeit dort! Duft der frischen Backwaren und des noch viel frischeren Mädchens, das schwarzbraun dem Haselbusch entschlüpft war, taufrisch und springlebendig, gerade noch rechtzeitig den Netzen der Jäger entkommen!

Ein paar Jäger allerdings standen im Laden, wie ich nach dem Retreat irritiert zur Kenntnis nehmen musste, Kunden, die von der Kastanienlockigen genauso charmant bedient wurden wie in der Vorwoche ich. Skepsis nagte an meinem Enthusiasmus. Dic weltverändernde Offenbarung der ersten Begegnung wiederholte sich nicht. Lag es an meinem löcherigen Schlaf? Noch hatte ich mich an das Bett im Eremitenhaus nicht gewöhnt.

»Na, seit Sie hier sind, Theresa, steigt der Umsatz, stimmt's?«, frohlockte ein dumpfbackiger älterer Herr, der wie ein pensionierter Gemeindebeamter aussah. »Der junge Mann hier«, tönte er und wies mit einer Kopfdrehung auf mich, »kauft doch sicher nur Ihretwegen hier ein!«

Ich lächelte bescheiden und hob die Hände zu einem *Vielleicht*. Als er eingetreten war, hatte ich mich dem Zeitungsständer zugewandt, und dort stand ich immer noch, als er den Laden verließ. Durch die offene Tür kam gleich der Nächste. Es ging immer so weiter. So viele Einwohner konnte das Dorf gar nicht haben. Nach einer halben Stunde zog ich ab, mit einer Tüte Reis und einer durchfeuchteten Gemüsepackung aus der Kühltruhe. Bedient hatte sie mich wie jeden anderen auch.

Theresa also. Weil sie mich nur mit Mühe wiedererkannt hatte, stellte ich mir auf dem Rückweg ihr Gesicht ohne Haut vor. Na also. Das sah ja nun wirklich nicht gut aus. *Beauty is only skin-deep,* wie es auf Tibetisch heißt. Allerdings, Sogyal Rinpoche selbst, der Übermittler dieser bewährten Technik, befolgte sie selbst offenbar selten, nur bei Müdigkeit und Abgeschlagenheit, um ein spirituelles Groupie hinauszukomplimentieren. Sonst taxierte er Frauen unskalpiert, samt schimmernder Haut und Haaren. Das war das Privileg eines Lehrers: die Weisheiten, zu denen er Schülern rät, muss er selbst nicht befolgen.

Fast war ich schon so weit. Auch bei mir hielt die Wirkung der tibetischen Technik nicht vor. Der Nachduft von Theresas Körperlichkeit wirkte stärker. Ihre Anziehungskraft wuchs mit der Entfernung wieder. Es blieb mir nichts übrig, als die nächste Sitzeinheit mit einem tantrischen Versuch zu verbringen. Zu fordernd war das Pochen der sakralen Zone. Also stellte ich mir vor, Luft einzusaugen mit diesem nicht zum Atmen erdachten Rüssel und die Energie an den Schwellkörpern vorbeizuschleusen und aufwärtszuziehen. Es konnte nur eine Autosuggestion sein, doch sie war reizvoll: einen pulsierenden Lichtstrom zu schaffen, der von jedem Atemzug neu angeschoben wurde, immer von unten nach oben, kribbelig die Wirbelsäule entlang unter Anfunken jedes dankbaren Chakras, hinauf bis zum Scheitelpunkt und zu meinem allmählich immer deutlicher aufgehenden Heiligenschein. Sicher war noch häufigeres Üben nötig. Doch die Erleuchtungskraft wuchs.

Den Sonntag verbrachte ich einatmend, ausatmend, mit verblassenden Traumsplittern und bewegungslosem Körper. Der Kühlschrank surrte, Assoziationsketten trieben durch die Stille. Das Lied des Laubsängers schuf eine geometrische Figur. Nichtdenken und Kommentare wechselten wie Felder auf einem Schachbrett. Spaziergänger waren zu hören auf dem Wanderweg vor dem Haus, ihre Stimmen, ihr Gelächter, hereintreibend, verstummend. Eine Fliege summte beharrlich gegen das Fenster und gegen das wachsame Desinteresse. Wasser trinken, Weizen kauen. Am Montag registrierte ich friedvolle Ruhe und leichte Verspannungen, Krähenrufe und das Rollen des Zuges durchs Zimmer von rechts nach links, irgendwann später von links nach rechts. Objekte flossen vorüber in sanfter Aufmerksamkeit. Einmal absonderliches Rumpeln im Gartenschuppen. Sonst nichts. Nur offene Bewusstheit bis zum Abendgesang der Amsel. Die Gletscher schmolzen ins wachsende Nichts.

Der Schlaf blieb schlecht. Das Bett stand am falschen Platz. Und ich bewegte mich zu wenig. Daher die energetische Überladung. Ich sollte joggen. Den Donauwanderweg hinab, nicht gleich bis zum Delta, wohin er angeblich führte; aber wenigstens bis zur Steinbrücke und oberhalb des Dorfes zurück. Nach der Zugdurchfahrt konnte ich sogar gelassen die Eisenbahnbrücke zur Donauquerung benutzen.

Am Dienstag hatte die Bäckerei von acht bis zwölf geöffnet. Ich beschloss, genau um fünf vor zwölf den Laden zu betreten. Kein schwadronierender Pensionär würde sich über den Tresen lehnen, allerdings wäre auch keine Ware mehr da. Ich könnte anbieten, beim Aufräumen zu helfen.

Eine Minute vor Schluss war ich da. Von der Abteikirche läutete die Mittagsglocke. Theresa war über einen Zettel mit Zahlenkolonnen gebeugt. Sie sah unwillig hoch, als ich eintrat. Dann der Anflug eines Lächelns. Ich entschuldigte mich, die Meditation hätte so lange gedauert.

»Sie wohnen doch gar nicht mehr im Meditationshaus«, merkte sie an. Das hatte sich also herumgesprochen. Oder hatte sie mich beobachtet? Ein Frühlingszeichen!

»Zu Ostern habe ich das Häuschen dahinten bezogen«, zeigte ich. Man konnte das Dach durch die kahlen Bäume am Parkplatz erkennen. »Es ist ein Ableger des Meditationshauses.«

»Ganz allein?«, murmelte sie, während sie weiterrechnete. Eindeutiges Interesse!

»Ja, ganz allein. Ich will mal versuchen, als Mönch zu leben.« Ob das nun schlau war? Doch, ja, gegenüber einer Dorfschönheit von der Alb musste es vorteilhaft sein, einen unschuldigen und gottesfürchtigen Eindruck zu erwecken. »Nur vorübergehend«, fügte ich aber lieber hinzu. »Durch die Meditation kommt man zur Ruhe.«

Sie packte zusammen. »Ja, ja, ein bisschen Ruhe wäre gut«, seufzte sie. Ihr Haar duftete nach dem Frühlingswald auf der Hochfläche, nach dem Wind im Gras und den Schlüsselblumen und Enzianblüten und dem Harz von Wacholder.

»Das ist total stressig hier«, fuhr sie fort, während ich ihr nachschnupperte, als sie in den fensterlosen Hinterraum verschwand. »Meine Mutter ist krank«, teilte sie aus dem Dunkel mit. »Die Aushilfen brauchen wir oben in Irndorf. Deshalb mache ich das hier zur Zeit. Gott sei Dank nur in den Ferien.« Sie kehrte im Mantel zurück, bepackt mit zwei Taschen, die unverkaufte Ware enthielten.

Gott sei Dank? »Wie lange sind denn noch Ferien?«, fragte ich bang.

»Nur noch diese Woche.«

Nur eine Woche noch! Ich merkte, wie Furcht den Raum um das Nabelchakra verengte. Ein Beispiel für Ruhe konnte ich nicht sein. Meditation machte auch anfällig, empfindlich, störbar. Das war der Nachteil, wenn man sie zur Hauptbeschäftigung machte.

»Wir können uns duzen, Theresa«, bot ich an. »Ich bin Dietmar.«

»Ja, schon in Ordnung, aber ich muss weg.«

Wie sollte ich die Probe auf mein Mönchtum beschleunigen? »Ich könnte Ihnen, also dir, Theresa, ich könnte dir Meditation beibringen, weil du eben gesagt hast, du würdest gern ruhiger werden.«

»Ja, ja, aber ich habe keine Zeit. Und ich kann das auch nicht. Ich habe nicht die Ruhe dafür.« Sie hielt mir die Tür auf, damit ich den Laden verließ.

»Man braucht keine Ruhe dafür«, beschwor ich sie, während sie abschloss. »Man *bekommt* Ruhe durch Meditation! Dafür ist sie doch da!« Die Dringlichkeit kam mir selbst übertrieben vor.

Nein. Keine Chance. Sie schüttelte die Kastanienlocken, so scheu lächelnd, dass ich sie sofort hätte küssen müssen, winkte noch und verschwand ums Haus. Ich blieb stehen wie ein abgewiesener Bräutigam. Wie der Jäger, dem sie entsprungen war. Ach, jetzt fiel es mir ein: Ich hätte sie mir gehäutet vorstellen sollen! Zu spät. Ein kleines Auto brummte weg. Darin saß sie und sah nicht mal zurück, rollte die gerade Zufahrt zur Donautalstraße hinunter, dann die mühsamen Serpentinen den Hang hinauf. Oben, auf der Hochebene, lag Irndorf. Auto fuhr sie also. Aber ging noch zur Schule. Dann musste sie achtzehn sein. Sie war mündig.

Mit einer altbackenen Osterbrezel, einem Tetrapak Kirschnektar und dem letzten Exemplar der lokalen Zeitung, dem *Gränzboten*, trollte ich mich. Schon war mir die ordnende Struktur des Haupthauses abhandengekommen.

Reumütig stieg ich den Weg hinauf zur Abteikirche. Sie war leer nach dem Hochamt, das während der Woche ohnehin schwach besucht war. Der Cannabisduft des Weihrauches schwebte noch in der Weite des lichten Schiffes. Ein Mönch in schwarzer Kutte hantierte am Altar, löschte Kerzen, räumte auf, verstaute Kelch, Hostien, Messegerät. Eine einsame Beterin hockte unbeweglich in einer der vorderen Bänke. Die Schritte des Mönches hallten durch die Stille.

Hier konnte man ebenfalls meditieren, wenn auch die Temperatur nicht gerade zum Ablegen des Mantels nötigte. Und wenn ich ihr das anbieten würde? Unterricht hier in der überkuppelten marmornen Kühle? Zwischen Stuckrosen und Gipsranken, unter bibelfesten Deckenfresken, behütet von steinernen Heiligen mit Goldreif überm Scheitelchakra, alles ganz unverdächtig?

Mir blieben nur noch die Vormittage des Donnerstags und des Samstags. Am Samstag würden wieder quatschende Pensionäre den Laden besetzt halten. Blieb nur der Donnerstag. Mein Verbleiben an diesem Ort, spürte ich mit quälender Schärfe, hatte keinen Sinn mehr, wenn sich nicht irgendetwas mit dieser duftenden Schönheit ergab.

Ach, ich konnte sie doch bereits fühlen, konnte ihren

Balsam trinken, hatte ihren Geschmack auf der Zunge! Ich hielt sie schon beinahe in meinen Armen! Ich zog sie. Wie konnte sie sich diesem Magnetismus überhaupt entwinden? Wie war es möglich, dass sie eben so einfach weggefahren war? Das Auto musste ein Faraday'scher Käfig sein und deshalb gefeit gegen die elektrische Hochspannung meines Begehrens.

Ich setzte mir diese Frist: bis zum Wochenende. Danach wäre sie unwiderruflich wieder oben verschwunden, auf der winddurchfegten Hochebene, eingewebt in das Geflecht einer Familie, deren Biedersinn ich nicht kennenlernen wollte, verknüpft mit Nachbarn und Freundinnen, gebunden, vernetzt, festgezurrt. Mochte sie dann auch zappeln, was sie wohl nicht einmal tun würde – ich könnte sie nicht mehr erreichen und schon gar nicht befreien. Wenn es so käme, müsste ich die Erleuchtung wieder auf herkömmliche Weise anstreben. Wie Kalu Rinpoche in seinen allerletzten Jahren.

Tempelprostitution

Mittwoch weckte mich Lerchenschwirren am frühen Morgen. Warmes Wasser, die steinerne Osterbrezel. Na gut. Schweben in der Gedankenstille, Melodienschnüre des Vogelgesangs, Perlenreihen von Gedanken. Beides nahm ich möglichst interesselos hin. Kleines Getrappel auf einem geheimen Mäusepfad. Tropfen des Wasserhahns. Beides wahrgenommen mit dem empfohlenen wachsamen Desinteresse. Langsames Auflösen der Körpergrenzen.

Später zwei Radfahrer von links nach rechts, Hin und Her ihrer Stimmen, bewegtes Vorüberziehen vor einem unbewegten Hintergrund, dann zurückkehrend von rechts nach links. Ja, dies war die falsche Donauseite, wenn man nach Fridingen radeln wollte. In der Leere meines Gehirns rückten die Geräusche ab, und die Gedanken wurden durchsichtig. Kein Haften mehr an irgendeiner Wahrnehmung.

Oder doch? Es gab da eine Bewegung vor dem Fenster, Schritte, ein Innehalten. *Dharma Bell!* Es war, als ob jemand sich auf die Zehenspitzen stellte, um hineinzuspähen. Aber hier nur sanftes Hinnehmen, kein Blick, die Augen waren jetzt ohnehin nicht zu öffnen, die Lider zu schwer und in dieser Versenkung von keinem Impuls zu erwecken. Innere Gesichter flackerten vorbei: Björn, Pater Felix, die Runde im Haupthaus, Lena, Hannah, Kim, Jakob und Alexander, alle unter einem Schleier, die Farben ausgewaschen. Und zurücksinken aufs ruhige Nichts. Weiche Offenheit blieb, Weite, in der kein Ich zu finden war, nichts. Das war schon die halbe Erleuchtung.

In der Nacht zum Donnerstag schlief ich miserabel. Die Morgenmeditation reichte nicht als Ausgleich. Die Körpermitte fühlte sich wund an, als hätte die Faust eines Schwergewichtlers darin gewühlt. Um mir einen Anschein von Frische zu geben, joggte ich donauaufwärts, fort vom Dorf, bis an den Punkt, wo der Weg enger wurde und sich in den Wald hinaufwand, hoch zum Knopfmacherfelsen, an dessen Fuß alle zwei Stunden die Bahn drachenhaft aus dem Gestein fuhr, aus genau jenem Tunnel, für den der Bahnwärter in meinem Häuschen einst verantwortlich gewesen war. Er hatte dort mit seiner Familie gewohnt.

Statt den Rest des Vormittags in Meditation zu verbringen, räumte ich auf. Man konnte nicht wissen, ob der Tag nicht Besucher bringen würde. Außerdem war uns die Litanei der Zenmeister oft genug eingebimst worden: Vor der Erleuchtung Holz hacken und Wasser tragen, nach der Erleuchtung Holz hacken und Wasser tragen. Der Alltag änderte sich nicht. Obwohl es mir anders vorkam, war es meiner Erleuchtung nicht abträglich, wenn ich ein bisschen putzte und Staub verwirbelte.

Um zehn vor zwölf stand ich im Laden. Die paar Leute, die regelmäßig nach dem Hochamt einkauften, hatten ihn um diese Zeit schon verlassen. Da stand sie, hatte wieder ihren Zettel mit Abrechnungen vor sich und lächelte so wenig wie am Dienstag zuvor. Warum so ernst?

»Ich bin der Mönch«, versuchte ich heiter.

»Brötchen sind alle«, sagte sie unbeteiligt. »Osterbrezeln sowieso.«

»Deswegen bin ich nicht gekommen.« Ich hatte beschlossen, offen zu sein. Dann fiel mir noch etwas Besseres ein: »Du siehst melancholisch aus.« Das war nie verkehrt.

Sie presste die Lippen zusammen, sah kurz auf und senkte schon wieder den Blick. Die Bemerkung hatte etwas getroffen. Ich war darüber mehr verwundert als sie. »Theresa, was ist los?«, fragte ich wie ein langjähriger Freund.

»Ist egal«, sagte sie wegwerfend und begann, die Sachen zusammenzupacken.

»Gut, ich lasse dich in Ruhe«, versprach ich. »Aber etwas muss ich dir sagen: Mein Verbleiben an diesem Ort hat keinen Sinn mehr, wenn wir nicht wenigstens einen Spaziergang machen!«

Jetzt lachte sie. Immerhin! Und was für ein Blitzen war das gleich! Es brachte den dürftigen Filialraum zum Strahlen. »Ich dachte, du wolltest mir Meditieren beibringen?«

»Auch das, alles ist möglich«, begeisterte ich mich. »Es gibt sogar eine Meditation im Gehen, wenn wir beides verbinden wollen. Klassisch ist natürlich das stille Sitzen. Wir können in die Abteikirche hochgehen, die ist jetzt leer. Die Atmosphäre ist gut dort. Besonders in der Seitenkapelle. Habe ich vor ein paar Tagen getestet. Da schwebt eine energetisch hoch aufgeladene Stille.«

»Na schön. Ich muss eh mal auf andere Gedanken kommen.«

Sie nahm ihre weiße Latzschürze ab. Am Dienstag hatte sie das im Verborgenen getan, im verdunkelten Büroraum hinter dem Laden. Ich hatte sie im Bäckereikittel verschwinden und im Mantel hervorkommen sehen. Jetzt, so schien es – oder war ich verblendet durch die lange Entsagung? – jetzt streifte sie vor mir die Kleidung ab. Es war nur eine Polyesterschürze mit dem unromantischen Aufdruck der Bäckerei; darunter trug sie noch einen Wollpullover. Und doch war es ein Ausziehen. Ich starrte auf ihre Brüste und schluckte. Aufstand des Sakralzentrums gegen Licht und Vergeistigung. Ich musste mir dringend die Haut wegdenken.

Sie schien meinen Blick misszuverstehen. »Ich weiß, ich sehe ein bisschen kaputt aus«, seufzte sie und packte ihre Taschen. »Melancholisch, hast du gesagt. Ja. Das stimmt.«

»Wieso das?« Es war enorm schwierig, sich einfach nur Schädelknochen und Muskelfasern vorzustellen. Zumal sie sich ganz real die Augen wischte.

»Mein Freund will sich von mir trennen, das ist der Grund.«

»Aber warum das denn?«, rief ich entgeistert. Es schien völlig unbegreiflich, dass man sich jemals von so einem Wunderwesen trennen könnte. Wie sollte das überhaupt durchführbar sein? Mit therapeutischer Hilfe? Mit Gefährten, die einen an den Mast des Schiffes banden, das einen forttrug? Oder an den Stromabnehmer des Zuges?

Allerdings, dass sie bereits einen Freund hatte, war jenseits meiner Vorstellungskraft gewesen. Etwas schnöde Ernüchterndes ging von dieser Mitteilung aus. Was mochte das für ein Tölpel sein? Hatte sie etwa mit ihm geschlafen? Das war doch hoffentlich streng verboten hier, in dieser katholisch durchtränkten Region!

»Erzähl mir von ihm«, brachte ich mechanisch heraus. Ich registrierte eine Beruhigung des Sakralzentrums. Das war ein Zeichen meiner höheren spirituellen Entwicklung. Schade eigentlich. Ganz von selbst stellte sich das vorgeschriebene Desinteresse ein.

»Aber nicht hier«, sagte sie.

»In der Abteikirche?«

»Die ist zu kalt. Ich würde lieber einen Tee trinken.«

»Dann gehen wir in den *Pelikan*«, schlug ich vor. Mir war es recht, dass die Sache auf ein neutrales Gespräch hinauslief und jede erotische Beimischung sich verflüchtigte. Das war mein Verdienst. Ich hatte der Versuchung widerstanden. Von dieser Begebenheit konnte ich Pater Felix mit berechtigtem Stolz erzählen.

Sie stand im Mantel hinterm Tresen, die Kasse war geleert, der Plunder gepackt. Wir konnten gehen. Doch sie überlegte noch. Ich ließ sie schweigen.

Dann gestand sie: »Ich war gestern am Bahnwärterhaus.« Und weil ich sie mit großen Augen anstaunte, erklärte sie: »Gestern ist Ware gekommen. Wir bestellen immer ein paar Paletten gemeinsam mit dem *Pelikan* und teilen sie dann auf. Deshalb war ich hier. Und weil noch Zeit blieb, habe ich einen Spaziergang gemacht und habe mir gedacht: Schau mal, ob der Typ wirklich still sitzt und meditiert. Ja, und so war es. Respekt! Ich habe eine ganze Weile durchs Fenster gesehen. Du hast dich kein bisschen bewegt!«

Was für eine Wende! Zu rasch für einen langsam atmenden Mönch.

»Also, das heißt: Ich koche für uns einen Tee?«, forschte ich eingeschüchtert.

»Ja, aber wir gehen besser nicht zusammen hin«, bat sie. »Hier haben die Häuser Augen, und die Gerüchte sind schneller als die Wahrheit. Du gehst voraus. Ich fahre die Straße hoch wie immer. Nur parke ich den Wagen oben am Soldatenfriedhof und steige dann den Waldpfad hinunter. Dann komme ich ziemlich genau hinterm Haus aus dem Hang. Lange dauert das nicht. Du kannst schon das Wasser aufsetzen und ein bisschen aufräumen.«

Aufgeräumt habe ich schon, konnte ich mir knapp verkneifen. Als sie den Laden verschlossen hatte und durch die laue Luft zu ihrem Wagen ging – nun ohne mich zu beachten –, verliebte ich mich in ihren Gang, in die zierlichen Füße in flachen Schuhen. Fehlte nur ein Strohhut mit bunten Bändern, dann hätte sie in die mittagswarme Blumenwiese springen können wie die Ringelreihenmädchen in alten Liederbüchern. Eigentlich reichte das schon. Dieses Anwehen von Leichtigkeit und Wärme und Blütenduft. Das war es. Mehr hatte ich gar nicht gewollt.

»Aber es ist nicht dabei geblieben«, sagte Josephine, als wir durch die Flure des Schlosses wanderten. »Weil es *ihr* nicht genügte.«

»Oder weil das Leben etwas anderes geplant hatte«, sagte ich.

»Auf jeden Fall bist *du* völlig unschuldig«, stellte sie fest.

»Das versteht sich von selbst. Es ist doch so: Du kannst planen, was du willst, das Leben weiß es besser! Es ist schlau und erfinderisch, es liebt die ungleichen Paare und trickst herum und bringt sie zusammen, mitunter gegen alle Wahrscheinlichkeit und notfalls auch gegen ihren Willen. Es ist der Großmeister aller Puppenspieler.«

»Ja, ja, sicher.«

Während ich im Teetopf rührte, erschien Theresa am Küchenfenster, aufgeregt und zappelig. Sie machte vor, wie ich ihr öffnen sollte – rasch und kurz, die Tür nur zwei Handbreit, damit sie ungesehen hereinschlüpfen konnte. Niemand sollte Zeuge sein. Aber wie auch? Es hätte jemand schon sehr gezielt das Fernglas aufs Häuschen richten müssen, drüben vom Hochsitz am Waldrand oder aus einem der hundert Fenster des Klosters.

»Oh, wie gemütlich!«, rief sie, und es klang ehrlich, obwohl dieses Wort allenfalls auf die Kerzenstummel zutreffen konnte, die ich unter der Spüle gefunden hatte. Die übrige Inneneinrichtung zwang unvermeidlich dazu, die Augen zu schließen und Zuflucht in buddhistischer Versenkung zu suchen.

»Der Tee ist gleich fertig, und wenn du magst, erzähl von deinem Freund. Warum will er sich trennen? Aber wenn du nicht willst, lass es.«

Sie setzte sich auf mein Meditationskissen, hüllte sich in die muffige Wolldecke, die ich vom Zen-Haus mitgebracht hatte, und begann eine Geschichte zu erzählen, die bald zu weitschweifig wurde und zu viele Namen enthielt. Ich wollte gar nicht wissen, dass sie so viele Leute kannte und sich sonst wem verbunden fühlte. Nur ohne Nebendarsteller und ohne Geschichte war sie unschuldig. Immerhin war ich mittlerweile so geübt darin, die eigenen Gedanken unbeachtet vorbeiziehen zu lassen, dass Gedanken von anderen erst recht keine Chance hatten.

Während ich den Tee einschenkte, lauschte ich nur dem Tonfall, diesem springbrunnenhaften Auf und Ab, das viel heiterer schien als der Inhalt. War sie wirklich geknickt wegen der Wankelmütigkeit ihres Freundes? Kaum zu glauben angesichts dieser Frühlingsmusik ihrer Stimme, das war Quellgesang, Mozart, übersprudelnde Papagena, schillernde Lebendigkeit. Und nur aus rhythmischen Gründen, um eine Art Basso continuo beizutragen, flocht ich gelegentlich »Ach so« ein oder »Ja, klar« und »Natürlich!« oder einen mitfühlenden Seufzer.

»Du hörst wirklich lieb zu«, schloss sie irgendwann, obgleich ich nicht imstande gewesen wäre, drei zusammenhängende Worte zu wiederholen. »Du bist offen und zugewandt.«

»Ich mag dich, das ist alles«, erklärte ich. Ich fühlte mich neutral freundlich. Die Aufregung hatte sich gelegt. Keine tibetischen Tricks und tantrischen Transformationen notwendig. Es war ein Nachmittag unter Freunden. Ein kleines, kreuzbraves Teekränzchen.

»Okay, dann zeig mir eben noch, wie man meditiert, und dann verschwinde ich«, sagte sie mit einem Blick auf die Uhr. »Sitzhaltung, Atem oder was ihr da so macht.«

Na gut. »Du sitzt schon einigermaßen richtig«, konstatierte ich. »Aufrecht und entspannt, nicht starr. Das sieht gut aus. Ohne Anstrengung. Der Atem fließt von selbst. Und auch der Rücken richtet sich beim Meditieren nach einiger Zeit von selbst auf.«

»So?«, fragte sie. Trockenes Schlucken. Dermaßen vorgewölbt hatte ich ihre Brüste noch nicht gesehen. Sadhu, Sadhu!

»Das ist vielleicht etwas zu provozierend für einen betrachtenden Mönch«, murmelte ich. Aufrichtig zu sein schien die beste Strategie.

»Es geht ja nur um stilles Sitzen. Du schließt die Augen, ohne etwas zu wollen. Du sitzt einfach nur still. Äußerlich still und innerlich still. Dann rückt der Körper sich von selbst zurecht. Die Energie sucht sich ihren Weg. Ohne Erwartung und ohne Anspannung fließt sie frei und klärt Körper und Geist.«

»Okay, ich glaube, ich merke das schon. Wie lange sitzen wir?«

»Ja, wenn du noch Zeit hast? Zwanzig Minuten«, schlug ich vor. »Das ist das Übliche für den Anfang.«

»Und wo sitzt du?«

Gute Frage. Auf dem schiefbeinigen Stuhl? Ich könnte, ohne mich anzulehnen, halb auf seiner Kante sitzen. Da wäre der Rücken auch gerade. Das musste gehen.

»Ach komm, du sitzt einfach hier«, kürzte sie ab und klopfte mit der flachen Hand hinter sich auf das runde Meditationskissen, auf die freie Hälfte. »Wir meditieren Rücken an Rücken.«

»Nein, das geht nicht. Da komme ich nicht zur Ruhe.«

»Sieh es als Herausforderung. Du bist geübt. Das kannst du.«

Sadhu, Sadhu, nimm dich in Acht. Das mit Kapok gefüllte Kissen war groß, gewiss, es hatte nahezu fünfzig Zentimeter Durchmesser. Aber als ich mich setzte, so vorsichtig wie möglich, berührten wir uns. Es war ein leichter elektrischer Schlag.

»Wow!«, sagte sie und lehnte sich an mich. »Damit hatte ich nicht gerechnet.«

»Hast du ihr das geglaubt?«, fragte Josephine und zog die blonden Brauen hoch.

»Darüber habe ich nicht mehr nachgedacht.«

Ach, Tal der Donau! Kalktürme in den Himmel. Burg auf dem Riffkranz stürzender Mauern. Gewundenes Flussbett. Silbergraue Ruten, die ins Wasser hängen und mitziehen. Schmale Fahrwege in der Flur. Lichtes Baumdach von Linden an einer Wegscheide. Schattensplitter unter dem Hag aus Kastanien. Leuchtende Blumengaben an Bildstöcken.

Eine roh gezimmerte Bank unter Eichen. Heuduft vom Dorf und erdige Kühle vom Wald her.

Der Philosoph wandert an Knospen und Wohlgerüchen vorüber, Höheres erhoffend, Segnung erflehend, mit himmelwärts gerichtetem Blick. Die Magd, die zum Wasserholen ausgesandt ist, schaut ihm zu, breitbeinig, mit verschränkten Armen. Er sieht sie nicht. Sieht gar nichts hier unten. Auch nicht die niedrige Mauer des Brunnens. Plumps!, stürzt er hinein. Helles Gelächter der Magd. Sie hilft ihm heraus. Hochzeitsglocken.

Als ich spürte, wie sie sich an mich lehnte und ihren Rücken langsam an meinem rieb, musste ich Zuflucht suchen bei der Kunst der Tibeter. Zu spät, sich jetzt die Haut wegzudenken, zumal ich sie ja nicht sah. Zu spät also auch, ihr fest in die Augen zu sehen. Buddha und Rati hatten einander gegenübergesessen. Theresa war klüger als Rati. Rücken an Rücken. »Meditation.«

Sie tastete hinter sich. Ohne sich umzuwenden, nach hinten greifend, behaglich seufzend, strich sie mit den Händen von meinen Schenkeln an aufwärts, soweit es eben Rücken an Rücken ging. Sie sucht nur Nähe, beruhigte ich mich. Ihr Freund hat sie zurückgewiesen. Sie sucht Anlehnung. Wärme. Und mehr musste es nicht sein! Sie durfte nur nicht in Richtung Basis-Chakra gelangen.

Basis-Chakra: Jetzt aber! Ich atmete ein dort unten, zog den Atem als Licht nach oben. Es war nur eine Vorstellung, aber sie wirkte. Mitten in höchster Spannung blieb ich vollkommen ruhig. Das nannte man Gleichmut. Ich konnte ohne Ziel, aus reiner Freundlichkeit ihr zartes Streicheln erwidern. Es war kaum ein Erkunden. Lediglich das genauere Spüren des anderen Körpers. Es geschah nur, um sicher zu werden. Um hier zu sein. Zu Hause.

Eine harmlose Teestunde war es wohl nicht mehr. Eine Meditation im engeren Sinne ebenfalls nicht. Aber ich wäre standhaft geblieben, hätte sie sich nicht so gewunden, und zwar auf eine Weise, dass auf einmal ihre Brüste in meinen Händen lagen, fest und schwer. Ich erschrak und konnte doch nicht davon lassen. Aber ich atmete meine Energie weiterhin stoisch von unten nach oben, nichts sollte vergeudet werden, nichts sich stauen.

Und es wäre nichts passiert, hätte sie nur nicht geseufzt in diesem Moment, als ihre Brüste berührt wurden, so als habe sie die ganze Zeit nur darauf gehofft. Es war ein Seufzen der Erleichterung. Und als sei nun plötzlich alles erlaubt, zog sie ihren Pullover über den Kopf, griff nach meinen Händen, legte sie über ihre nackten Brüste, immer noch Rücken an Rücken, seufzte lauter, und davon ließ ich mich ablenken, sodass das Aufwärtspumpen der Energie ins Stocken geriet. Wie weiter?

Wir müssen ausgesehen haben wie auf einer Bildanleitung des Kamasutra, und zwar aus der Abteilung für Fortgeschrittene. Ihre Arme wuchsen zu mir wie ein Schlinggewächs in einem botanischen Lehrfilm. Oder wie die Schlangenbewegungen einer indischen Tempeltänzerin. Tempelprostitution! Dies war heiliger Austausch! Gottesdienst!

Sie bewegte die Finger, und ich bestaunte dieses Spiel wie hypnotisiert. Jeder einzelne winkte mir fordernd und leicht. Immer noch Rücken an Rücken, waren wir aneinandergefesselt von der Göttin der Liebe, sie ganz Beweglichkeit, ich plump und starr mit ihren Brüsten in dilettantischen Händen. Ach, Erleuchtung!, dachte ich, als ihre Finger spielend das Zentrum erreichten, von dem das Licht noch eben nach oben geflossen war, jetzt explodierte es genau dort, wo Zündschnüre die Dynamitstange umfassten.

Es war ein Schmerz, der mich lauter schreien ließ, als die Wände der Bahnwärterklause erlaubten. Rehe flohen, Mäuse erlagen dem plötzlichen Herztod, Radfahrer landeten in der Donau. Sie lachte fröhlich wie die Magd des Thales. Ich war in den Brunnen gestürzt. Sie half mir heraus.

»Du bist ja süß!«, sagte sie. Und entwand sich, sprang auf und rief: »Komm ins Bett!«

Behände und lustig zog sie sich aus, als ginge es zum Schwimmen an den Baggersee, schleuderte ihre Sachen munter in alle Richtungen, lachte mich aus, der ich noch schwermütig dasaß. Ich hatte gerade noch Zeit für einen Blick auf die hüpfenden Brüste und das schimmernde samtschwarze Lockengekräusel, da war sie schon unter der Decke. Bei mir ging das Ausziehen stockender, nebst ungelenkem Trockenwischen, doch verblüffend unbeugsam stand der Einsiedlerturm im Beuroner Himmel, alle spirituelle Energie strömte da unten zusammen.

Sie liebte das Ringen, das Raufen, das Spiel. Ich war ausgeliefert. Sie verstand sich aufs Necken und Sich-Entziehen. Sie stieß mich fort, balgte, griff nach ihm, drehte ihn, versetzte ihm einen Knipser, ging mit den Fingern darauf spazieren, derweil ich einfältig das Meinige tat, schnaufend – so jedenfalls blieb es mir in Erinnerung, weil gegen ihre Geschmeidigkeit alles klobig erschien. Eine Katze, die um eine Hausecke streicht, eine Fischerin im mähnigen Bachkraut, barfuß und die Schuhe in der Hand, nackte Fee auf einer Wiese voll Klee. Und duftende Blütenstände des Flieders, gäriger Duft am warmen Rain, eine schmale Holzbrücke über den Fluss, warme Bretter, die unter den Füßen zittern und gleich nachgeben.

Immer noch zog ich ab und zu die Energie nach oben, die Übung hatte sich eingeschliffen, und überraschenderweise war sie ein Kniff zur Verlängerung. Weise Tibeter! Danke für eure mit Hieroglyphen bekritzelten Papierschwalben vom Dach der Welt! In den Bilderwirbel mischten sich die wolllüstigen Lamas und genießerischen Päpste, die augenzwinkernden Patres und halbnackten Heiligen mit verrutschendem Lendenschurz, die prostenden Mönche und weltlichen Genies, die auch nur Sex, ein Steak und ihre Ruhe haben wollten.

»Schluss jetzt!«, rief sie, versetzte mir einen Klaps und gleich noch einen heftigeren, zog mich endgültig zu sich, quietschte vergnügt und holte für immer den Frühling ins Haus, während ich mich der Göttlichkeit auslieferte und alle Sorgen um Schalldämpfung fahrenließ.

Kurz darauf sprang sie aus dem Bett. Ich war noch in Trance. Der Kampf unabgeschlossen, die Runden nicht zu Ende gezählt.

»Das reicht«, rief sie, »ich muss nach Hause!«

Es glich dem vorzeitigen Ende eines sportlichen Wettbewerbs, den sie durch technisches K.o. gewonnen hatte, unter dem Beifall eines mir unbekannten Publikums.

Rasch verschwand sie im Badezimmer, kam heraus, ehe ich mich gesammelt hatte, harkte ihre Siebensachen zusammen, befahl noch: »Du kommst am Sonnabend in die Bäckerei!«, und war verschwunden. Ich raffte mich auf, schob mich ans Küchenfenster und sah sie noch oben auf dem Waldpfad verschwinden, leichtfüßig zwischen Buchenzweigen und Seidelbast, eine Tänzerin aus dem Reigen im Kinderbuch – oder doch eher die schwarzbraune Waldfee, die den Jäger für immer verzaubert und dann entspringt und die, wie ihm zu spät dämmert, eine Hexe gewesen ist.

Am Samstag pilgerte ich zur Bäckerei. Sie war nicht da. Die Frau, die an ihrer Stelle bediente, hätte ihre Großmutter sein können, ihre Mutter bestimmt nicht. Über die geringste Ähnlichkeit schon hätte ich mich gefreut. Ich wanderte zur Telefonzelle, der einzigen im Ort, am Parkplatz des Klosters. Das Telefonbuch fehlte. Zurück zur Bäckerei. »Kommt Theresa heute nicht?« Zwei Kunden drehten befremdet den Kopf zu mir. Die Großmutter hinterm Tresen schielte mich über den Rand ihrer Brille an, in schweigender Erwartung, als müsse ich erst mein Recht auf Auskunft begründen. Sie fuhr ungestört fort, die anderen zu bedienen.

Weil ich nicht von der Stelle wich, sagte sie schließlich: »Nein. Soll ich ihr etwas ausrichten?«

Es gab sie also. Theresa existierte. Es hätte auch gepasst, wenn die Alte noch nie von ihr gehört hätte. Und warum das Zögern? Durfte man den Namen hier nicht nennen? Verband sich etwas Unerfreuliches damit?

»Ja, richten Sie ihr etwas aus«, sagte ich patzig. »Pater Felix hat mich geschickt. Theresa interessierte sich für einen Meditationskurs oben im Zen-Haus. Am nächsten Wochenende läuft einer. Ab Freitagabend.«

»Was, für so was interessiert sie sich? Glaube ich nicht. Seit wann das denn?«

»Das kann ich Ihnen nicht beantworten«, antwortete ich beherrscht. Diese Oma hatte eine brillenzerschmetternde Ohrfeige verdient. »Ich bin nur der Überbringer der Nachricht von Pater Felix. Köpfen Sie mich bitte nicht. Pater Felix hat sagt, Theresa solle sich möglichst bald melden, denn der Kurs wird voll.«

Sie meldete sich nicht. Ich nahm teil an dem Wochenendseminar, und bestimmt nicht wegen der Meditation. Das stille Sitzen deprimierte mich. Die Formeln vom wachsamen Desinteresse und stillen Gewahrsein schepperten hohl. Sie tauchte nicht auf. Die sture Alte hatte meine Nachricht nicht weitergegeben. Oder war das Interesse bei Theresa erloschen? Warum? Sollte ich mit dem Bus nach Irndorf hinauffahren und die Bäckerei aufsuchen? Ein demütigender Gedanke. Bei Dunkelheit durch den Ort wandern? Vor gekippten Fenstern lauschen, um ihre Stimme zu finden?

Der dicke Björn steckte sich vor dem Haus ein Zigarillo an und blies den Rauch ins Blaue. Ein durchsichtiger Frühlingsnachmittag. Lavendelfarbene Schatten. Der Wind huschte durchs Gras, kämmte das Moos auf den Steinen, streichelte die Hyazinthen am Haus. Nutzloser Brautschmuck der Blüten. Bald wäre wieder Gartenarbeit fällig. Für diejenigen, die blieben und nicht einfach die Koffer packten. Die Straße glänzte im Gegenlicht.

»Das Eremitenhäuschen ist auf Dauer nichts für mich«, teilte ich Björn kleinlaut mit.

»Ja«, sagte er, »das sieht man dir an.«

Der Pater trat vor die Tür. Er hatte mitgehört.

»Vielleicht brauche ich doch die Unterstützung der Gruppe«, erklärte ich ihm. Das glaubte ich zwar nicht, aber es hörte sich einsichtig an. Er klopfte mir auf die Schulter. Björn übernahm die Schlüssel mit triumphierendem Feixen und versprach Mietzahlungen ab Monatsbeginn.

»Du glaubst aber nicht, dass ich da nur meditiere«, vertraute er mir an, ohne vor dem Pater die Stimme zu senken. »Da werde ich Frauen verführen! Was, Pater Felix? Wozu ist das Mönchsleben da?«

Unser Meister lachte. Ich konnte in diese Leutseligkeit nicht einstimmen. Die Vorstellung, Björn könnte Theresa verführen oder, schlimmer noch, sie ihn, verdarb mir das heilige Tal.

»Du denkst aber daran, verführerische Frauen ohne Haut zu sehen, ja?«, erinnerte ich ihn. Zumindest hatte ich selbst es aufrichtig versucht.

Er lachte laut auf und zeigte mir einen Vogel. Pater Felix lächelte fein.

Nach dem Kurs packte ich meine Sachen. Ich wollte meine Zeit nicht mit Warten verbringen. Falls Theresa sich bei mir melden wollte: das Zen-Haus besaß meine Anschrift. Ende des Versuchs, als Mönch zu leben.

Lob des Tattergreises

»Und hat sie sich gemeldet?«, fragte Josephine mit dunkelgrünem Blick.

»Nicht direkt.«

»Aber indirekt?«

Wir hatten die herzogliche Mumienausstellung hinter uns gebracht. Waren durch Gemächer mit Tapisserien, Täfelungen und Fresken gewandert, hatten eine Antikensammlung links liegenlassen, ein Kupferstichkabinett unfreundlich zur Kenntnis genommen, grün ausgeschlagene Säle voller Münzen und Medaillen durchquert, hatten in Audienzräumen zwischen Damasttapeten nach dem Lageplan gesucht und, rein betrachtend, Pause gemacht in einem Schlafzimmer mit Himmelbett und schalldämpfenden Gobelins.

Am Ende waren wir auf Filzpantoffeln durch die herzoglichen Wunderkammern geglitten. Korallenbäumchen in Vitrinen, Widderschädel und Rhinozeroshorn hinter Glas, Uhren, Fächer, Lackarbeiten, gravierte Straußeneier und gerollte Schlangenhaut. Eine Karawane elfenbeingeschnitzter Kamele, zu Besuch bei einem Elefanten aus Silber, der Hofstaat eines blutrünstigen Maharadschas als Puppenstube, Kirschkerne mit mikroskopisch eingeritzten Versen des Kamasutras, kopulierende Specksteinplastiken, eine aufgeklappte Kokosnuss, in der eine puppenhafte Sünderin von einem winzigen Turbanträger gefoltert wurde. Schließlich ein schimmernder Himmelsglobus, eine sternenübersäte tiefblaue Kugel aus dem Zeitalter des Staunens. Um sie herum zogen Planeten als kleine Sonnen an gebogenen Silberstangen. Jemand hatte sie in der Bewegung angehalten, bei einer gradgenauen Venus-Mars-Konjunktion.

»Was heißt ›indirekt‹?«, schürfte Josephine.

»Na ja, sie hat nicht selbst geschrieben.«

»Sondern hat jemand anders schreiben lassen?«

»Das kann man so sagen. Per Zustellungsurkunde. Ich bekam Post vom Jugendamt.«

»Um Gottes willen!«, rief sie ehrlich entsetzt. »Wegen Missbrauchs einer Minderjährigen?!«

Am Ende der endlosen Zimmerflucht, deren Türrahmen ineinandergeschachtelt schienen wie in einem Lehrbuch für Perspektive, regte sich ein Schatten.

»Sie war doch gar nicht minderjährig«, zischte ich. »Sie war achtzehn und kurz vor dem Abitur.«

Jetzt tauchte am Ende der Räume ein Kopf auf, das schlafmüde Gesicht eines Wärters. Theatralisch nickte ich ihm über die fünfzig Meter zu, deutete schuldbewusst einen Diener an und winkte besserungswillig. Hier war alles in Ordnung. Kein Grund zur Sorge. Das Gesicht verschwand.

»Lass uns noch einmal zu den ungleichen Paaren gehen«, drängte ich. »Mir fehlt noch etwas.« Ich legte die Hand von hinten auf ihr Sakral-Chakra und schob sie sachte voran.

Sie schüttelte mich ab. »Jetzt gib mal Ruhe. Was wollte das Jugendamt?«

»Ach, überhaupt nichts.« Spielten diese Nebensächlichkeiten noch eine Rolle? »Ich sollte lediglich meine Vaterschaft anerkennen.«

»Ich glaube es nicht!« Bei diesem Schrei war es nun endgültig vorbei mit dem Schlaf des Wärters. Schade, dass sie so wenig Rücksicht auf Alte und Gebrechliche nahm.

»Wir gehen jetzt mal ganz schnell hier raus«, beschloss ich. »Nur noch zu den Paaren. Ich möchte was überprüfen. Und doch, ja, Theresa ist die Mutter meiner Tochter. So einfach ist das.«

»So einfach! Und du hast sie nie wiedergesehen?«

Nicht so richtig. Theresa war damals offensichtlich zurückgekehrt zu ihrem Freund. Vielleicht sogar am selben Abend. Womöglich hatte er sich nie von ihr getrennt. Sie hatte nur ein Abenteuer erleben wollen mit einem Freizeitmönch, der sich für diszipliniert hielt. Oder sie wollte, dem Plan der großen Göttin gemäß, schwanger werden. Jedenfalls heiratete sie jenen Freund, einen Handwerker aus dem Nachbardorf mit gleichem Background, gleicher Idee von Zukunft, gleichen Vermögensverhältnissen, und ziemlich pünktlich wurde die Ehe mit einer Tochter gesegnet.

»Dann weißt du ja gar nicht, ob sie von dir ist!«

Wir waren in einen prunkvollen Spiegelsaal gelangt. Rot, Weiß, Gold. Ein Gewimmel von Stuck an Wänden und Decken. Hier war einst musiziert und getanzt und gefeiert worden. In der dämmerigsten Ecke hatte jetzt der Wärter seinen gepolsterten Schlafplatz. Bei unserem Eintreten war er aufgestanden und schlich nun schicksalsergeben auf und ab.

Ich senkte die Stimme: »Ihr Freund konnte keine Kinder bekommen. Das wusste sie. Sie hat es mir damals nur nicht gesagt. Später hat sie mir sogar einen Gentest angeboten; aber ich wollte nicht hasenfüßig erscheinen. Dem

Freund oder Mann gefiel das Kind. Er liebte es. So hat sie es am Telefon dargestellt. Der Familie gegenüber haben sie dichtgehalten, und ein zweites haben sie nicht bekommen. Meine monatlichen Beiträge steigerten sich Jahr für Jahr, und als die Tochter jenseits der zwanzig war, ist sie angereist gekommen. Mit einem Album afrikanischer Bewerber.«

Der Saal wurde von weißen Doppelsäulen gerahmt, zwischen denen marmorbleiche Fruchtbarkeitsgöttinnen nach antikem Vorbild uns segneten. Aus den Wandpfeilern wuchsen, plastisch vom Nabel an aufwärts, in Gips modellierte nackte Knaben, bereit zur Unterhaltung gelangweilter Touristinnen. Im Zentrum der mächtigen Stuckdecke prunkte ein ungleiches Paar. Umgeben von geweißten Fruchtkörben, Blumengirlanden, Efeuranken räkelten sich die beiden mit gelockerten Lendentüchern. Sie hatten offenbar eben ihr Liebesspiel unterbrochen und wollten es – sobald der Wärter sich schlafen gelegt hatte – neckend und kichernd fortsetzen. Der Stukkateur hatte es fertiggebracht, ein Bein des Mannes und eines der Frau, jeweils halb aufgestellt, von der Decke aufreizend in den Raum ragen zu lassen.

»Poseidon und Amphitrite«, las ich von einer Tafel und ergänzte schöpferisch: »Hier steht, er sei fünfundzwanzig Jahre älter gewesen als sie. Und, aha, sie hatten drei Kinder.«

Josephine, den Kopf in den Nacken gelegt, studierte die anmutige Göttin: feste Schenkel, schlanke Taille, kecke Brust. Der Mann wirkte ein wenig müder, war für sein Alter jedoch prächtig in Form. Mit einem Blick zu mir stellte sie fest: »Du musst abnehmen.«

»Okay, einverstanden, versprochen. Dann komm!« Ich zupfte an ihrem Polohemd, denn ich hatte es nun eilig. »Zu unseren ungleichen Paaren!«

Die Heranziehung zu regelmäßigen Unterhaltszahlungen ist ein unerlässlicher Schritt im Leben eines Mannes. Er wird, ohne es beabsichtigt zu haben, erwachsen. Auf einmal kann er nicht mehr so tun, als sei er nur zum Spielen auf der Welt. Er hat nichts Arges im Sinn gehabt. Er wollte lediglich gutes Essen, guten Sex und in Ruhe gelassen werden. Jetzt werden ihm rätselhafte Begriffe wie Pflicht und Verantwortung nahegebracht, deren Bedeutung einem Wesen, das Kinder bekommen kann, eingeboren ist. Und selbst wenn er nichts kapiert, muss er von nun an Geld verdienen und es obendrein teilen.

Für mich war die Zeit bedenkenloser Reisen und Abenteuer zu Ende. Die folgenden Beziehungen standen unter dem kühlenden Stern der Vernunft. »Übrigens habe ich ein Kind« – dieses irgendwann unumgängliche Geständnis sorgte stets für Bescheidenheit. Ich hatte ein paar Beziehungen, in denen es – von dem Intermezzo mit der Zigeunerliebhaberin abgesehen – große Aufregungen nicht gab. Keine Daily Soap, keine nächtlichen Kliffhänger, alles lief halbwegs berechenbar. Es waren Beziehungen unter Gleichen. Von Eheforschern empfohlene Beziehungen. Das dramatische Gefälle fehlte. Ich vermisste es nicht.

Als ich Josephine getroffen hatte, mit peinlicher Präzision im sogenannten zweiten Frühling, war alles auf einen Schlag wieder da: der unvernünftige Enthusiasmus; die Bereitschaft, alles Bisherige zu streichen; die Stadt pink anzumalen, das Meer auszuschöpfen, Holz zu hacken und

Wasser zu tragen jeden einzelnen Tag; der *Anfängergeist*. Das Gefälle war schmerzlich. Sie war jung und ich alt genug, eine Tochter in ihrem Alter zu haben.

In den Zeiten des Herzogs von Gotha war solch eine Kombination nicht unüblich, sofern die dynastische Gleichheit gewahrt blieb. Die Altersunterschiede waren oft beträchtlich; nicht selten wurden Kinder verheiratet. Die Eheberedungen bis zur Epoche der Aufklärung kümmerten sich um Ständegleichheit und Vermögen, nicht um die Gleichheit des Alters oder der Interessen, schon gar nicht um einen Gleichklang der Gefühle, nicht einmal um die Gleichheit der Sprache. Eine Untersuchung über höfische Ehen der vornapoleonischen Zeit ergab, dass wegen völkerübergreifender Heiraten die Partner sich nur in der Hälfte der Fälle sprachlich verständigen konnten. Offenbar war das unnötig, vielleicht sogar förderlich.

Bei Ehen in einfacheren Verhältnissen ging es ebenfalls niemals um die Fähigkeit, miteinander reden zu können, die uns so bedeutsam erscheint. Es ging um materielle Sicherheit. Um Geborgenheit durch Güter. Auch in den einfacheren Schichten wurden bereits knapp geschlechtsreife Mädchen verheiratet. Man konnte nicht damit rechnen, lange zu leben. Das irdische Dasein war im Durchschnitt ein paar Jahrzehnte kürzer als heute. Ein Mann um die vierzig war bereits alt. Falls er verwitwet war und die Kinder früh verstorben, konnte er nur als Wohlhabender darauf hoffen, ein junges Mädchen zu heiraten und vielleicht noch Vater zu werden.

Es ist heute noch so. Und zwar in den Ländern, von denen die Reiseführer das Lied singen, dort sei »die Zeit stehengeblieben«. Vor ein paar Jahren wurde von westlichen

Jurys ein Hochzeitsfoto zum Bild des Jahres gekürt. Nicht weil es romantisch war, sondern weil es so wunderbar zur Entrüstung taugte. Es zeigte ein frisch verheiratetes Paar im dörflichen Afghanistan, beide im Schneidersitz auf Kissen und Teppichen, sie mit rosafarbener Stola, er in fleckigem Weiß mit Weste und Turban: ein elfjähriges Mädchen neben einem struppigen Vierzigjährigen. Empörend? Serien solcher Fotos hätten vor zweihundert Jahren bei uns gemacht werden können. Die durchschnittliche Lebenserwartung für Männer liegt in Afghanistan bei dreiundvierzig, genau wie in Mitteleuropa vor zweihundert Jahren. Dem Mädchen winkt bald ein gutes Erbe.

Stellt man die geringe Lebenserwartung in Rechnung und das deshalb viel jüngere Heiratsalter bei Frauen, besteht kaum noch ein Unterschied zu aufgeklärten Verhältnissen. Eine ganze Generation Altersunterschied: Das haben Joschka Fischer und Woody Allen, Lorin Maazel und Flavio Briatore, Rupert Murdoch und Rod Stewart, Salman Rushdie und Hubert Burda ebenfalls locker geschafft. Und auch sie haben viel Geld dafür ausgegeben.

Ist das verkehrt? Nein. Frauen neigen dazu, sich ihren Partner in höheren Sozialsphären zu suchen. Da passen zwei Ungleichheiten perfekt zusammen. Möge diesen Frauen ein gutes Erbe beschieden sein. Witwenschaft ist nicht die einzige Entschädigung, die eine Frau für die Ehe bekommt.

Warum erzähle ich das? Nur aus den lautersten Motiven! Und weil Josephine überzeugt werden wollte.

»Meine Mutter war alleinerziehend. Meinst du, deshalb suche ich nach einem Vaterersatz?«, fragte sie, während wir durch ein dämmeriges Treppenhaus stapften, zurück zur Galerie der Leidenschaften.

»Überhaupt nicht«, behauptete ich. »Du suchst keinen Vaterersatz. Du suchst Ersatz für junge Flachpfeifen, die alle auf dem Egotrip sind und deren Labilität du dich unterordnen müsstest. Du bist anspruchsvoller. Du verlangst mehr. Und du hast mehr verdient. Du suchst eine gefestigte Persönlichkeit.«

Das klang für mich selbst überzeugend. Tatsächlich hatte sie nichts dagegen, geführt zu werden. Das würde sich eventuell ändern, aber jetzt war es so.

»Du meinst, du bist sexuell erfahrener als die Jungs in meinem Alter?«, stichelte sie.

»Das natürlich auch! Aber vor allem nehme ich dich wichtig. Ich achte auf deine Bedürfnisse. Das ist der Vorteil eines älteren Mannes. Die Jahre des Narzissmus liegen hinter ihm. Er ist aufmerksamer. Großzügiger. Toleranter. Er weiß mehr und ist deshalb bescheidener. Und zugleich hat er geistig mehr zu bieten.« Das war nun wirklich nicht mehr zu widerlegen.

Wir standen wieder vor der zerkratzten Tür des ehemaligen Standesamtes, jetzt Kirchgalerie mit der Sonderabteilung ungleicher Paare. Derselbe Vietnamese öffnete mit demselben Lächeln. Er wollte eben zu demselben Vortrag ansetzen, da erkannte er uns. Er musste uns nachher noch ein Restaurant empfehlen. Die Eintrittskarten galten den ganzen Tag.

Es war spürbar Unruhe eingezogen in die dämmerigen Räume. Anscheinend hatte ein Bus vor dem Schloss gehalten und eine Ladung Studienreisende ausgeworfen. In einer summenden Traube drängten sie sich gerade vor dem

Raum des Gothaer Liebespaares. Wir konnten uns ausrechnen, dass der Raum selbst gut gefüllt war. Die Ausstellung musste in Schichten besichtigt werden. Wir näherten uns mit der gebotenen Vorsicht. Ich legte meine Hand um Josephines Taille.

»Dir gefällt die Rolle des erfahrenen Beschützers, stimmt's?«, frohlockte sie.

»Warum nicht? Neben dir kann ich den Tycoon mimen. Ja, das gebe ich zu. Ich werde bewundert deinetwegen. Denn du bist nicht nur schön. Neben mir bist du das *Inbild* der Schönheit.«

Das schrullige Lied von Otto Reutter kam mir in den Sinn: »Nehm' Se 'n Alten«, in dem er sich anpreist mit der einleuchtenden Zeile: »Ging meine Schönheit auch perdu, umso mehr schaut man auch Sie.«

»Ein älterer Mann ist treuer«, grübelte sie.

»Das garantiere ich dir.«

»Wegen der nachlassenden Hormonproduktion«, vermutete sie.

»Du meine Güte!« Fast hätte ich gerufen, aber wir hatten uns dem Schwarm der Kulturreisenden bereits auf Hörweite genähert. Und ignorant wirkten wir auch so schon, da wir hier an kostbaren alten Kunstwerken vorüberschlenderten, ohne sie eines Blickes zu würdigen.

»Es sind noch genug Hormone da«, beteuerte ich. »Und habe ich dir schon gesagt, dass Verhaltensbiologen genau diese Paarung für sinnvoll halten? Und eigentlich *nur* die: älterer Mann, junge Frau? Deine körperliche Frische und meine Lebenserfahrung plus Erbmasse bieten dem Nachwuchs optimale Entwicklungschancen. Wie gesagt, nach Erkenntnissen der Verhaltensbiologen.«

»Uns fehlt eine gemeinsame Vergangenheit«, murmelte sie. Das war fast schon eine Zustimmung.

»Die schaffen wir doch jetzt gerade!«, sagte ich. »Es ist doch wunderbar, was wir erleben!«

Die Studienreisenden waren nicht der überzeugendste Beweis dafür, aber völlig unoriginell war unser Besuch hier nicht. Nun hörten wir die Stimme der Rotgefärbten. Sie brachte den Wissbegierigen gerade ihre gesammelten Kenntnisse über ungleiche Paare nahe, mit Ausnahme ihrer privaten Erfahrungen.

»Kann es sein«, raunte Josephine, »dass du in Wirklichkeit auf der Suche nach der verlorenen Jugend bist?«

»Was heißt *verloren*? Mit dir erlebe ich Jugend! Jugend an sich! Ist das schlimm? Ich verfüge über die Erfahrung, du hast die Frische! Ach, und übrigens, falls du das noch nicht wahrgenommen hast: Durch deine Jugend hast du Macht über mich. Meine Angst, dich zu verlieren, wird von Jahr zu Jahr wachsen. Das ist die Garantie, dass ich mich gut benehme!«

Das war nun etwas zu laut gewesen. Eine kultivierte Dame legte bittend den Finger auf ihre Lippen. Sie wollte lauschen, nicht uns, einem lebendigen ungleichen Paar, sondern den Erläuterungen zur Historie. Die Rote war eben dabei, den Raum als Hochzeitszimmer anzubieten; Paare aus aller Welt gäben sich hier das Jawort, man sei gerne bereit und so weiter. Sie war an den Schluss gelangt.

»Merken Sie sich also«, hörten wir sie zusammenfassen, »die reife Frau und der junge Troubadour. Daneben die Schöne und das Biest, dann hier: der Mönch und die Hexe, und natürlich unser Gothaer Liebespaar, der Edelmann und das einfache Mädchen – das sind die Urmodelle aller ungleichen Paare. Alle andere Varianten lassen sich darauf zurückführen.«

Die gütige Dame hatte an den Fingern mitgezählt und runzelte die Stirn. Stimmte was nicht? Nein, da fehlte noch etwas.

»Wollen wir uns einfach reinzwängen?«, flüsterte ich Josephine zu.

»Wozu denn das?« Es widerstrebte ihr, sich vorzudrängen und aufzufallen.

»Bitte! Komm!« Ich fasste sie beherzt an der Hand und zog sie gegen unentschlossenen Widerstand in den dampfend gefüllten Raum. Die Rote erkannte uns sofort.

»Ach ja!«, rief sie. Nun kam ihr in den Sinn, was sie vergessen hatte.

Ich zog Josephine unter das ruhmreiche Bild. Ich war der Edelmann, sie das Aschenputtel. Oder?

»Josephine!«, rief ich. »Willst du meine Frau werden?«

Irritation bei den Kulturreisenden, ratloses Flüstern, stumme Verblüffung, doch kein Protest. In manchen Museen wird Theater gespielt, das mochte auch hier der Fall sein. Die Gouvernante bestaunte uns offenen Mundes, aber auch mit einem Anflug von Wärme. Josephine war rot geworden, nicht wegen der Frage, sondern wegen meines miserablen Benehmens.

Die Gouvernante, verwirrt, doch vielerfahren, unterrichtete die Zuhörer: »Diese Paarung hatte ich eben tatsächlich vergessen, es ist vielleicht die häufigste.«

»Der Tattergreis und das junge Mädchen«, ergänzte ich für alle. Und noch einmal zu meinem Mädchen, nun flehend, beschwörend, betend, wie es diesem heiligen Raum angemessen war: »Josephine, ich liebe dich! Und ich frage dich noch einmal: Willst du meine Frau werden?«

Der Raum war nun zum Ersticken voll. Auch die Letzten, die draußen gelangweilt gewartet hatten, waren unter Missachtung feuerpolizeilicher Vorschriften puffend und drängend eingesickert. Von wegen Wunderkammern des Herzogs. Hier gab es etwas zu sehen!

Fühlte Josephine sich überrumpelt? Und wenn schon. Die Zeit langwierigerer Eheberedungen war vorbei. Das Glück war ohne Planung verfügbar.

Also: »Willst du?«

»Ja«, sagte sie leise.

Und wir küssten uns unter dem Bild. Beifall. Rührung. Rufe. Tränen. Abschmelzen der Polkappen.

Doch, ja, ich glaube, so ist es gewesen. Und, ich wage es kaum zu berichten, es geht gut! Während ich dies schreibe, in unserem Gartenhäuschen, meiner nachmittäglichen Mönchsklause, wirtschaftet Josephine in der Villa, ehemals Besitz meiner Erbtante. Ich glaube, Josephine verhandelt gerade mit dem Musiklehrer unseres kleinen Sohnes. Sie hat Zeit. Sie weiß, dass ich mich hier konzentriere. Ich habe mir das Gemälde meiner Eltern aufgehängt, das Bild von der lebenslustigen Frau und dem Hypochonder. Es ist die inspirierende Erinnerung daran, dass ungleiche Paare zuweilen Großartiges auf den Weg bringen.

Inhalt

**„Ein Zitatenschatz des schwarzen Humors.
Einfach köstlich.«**
Freie Presse

Von Dietmar Bittrich

Böse Sprüche für jeden Tag
365 befreiende Gedanken
ISBN 978-3-423-**20676**-1

»Harald-Schmidt-Show zum Lesen«
Südwest Presse

Böse Sprüche für Sie & Ihn
Liebesgrüße für jeden Tag
ISBN 978-3-423-**20761**-4

»Das macht Spaß und pure Lust. Vor allem beim Lesen.«
Freizeit Kurier

Wie man sich und anderen das Leben schwer macht
Tipps für jeden Tag
ISBN 978-3-423-**20951**-9

Dieses Buch erleichtert das Aufstehen an jedem neuen Tag.
Es befreit. Es macht Spaß. Es macht glücklich.

Böse Sterne
Die ganze Wahrheit über Horoskope
ISBN 978-3-423-**21104**-8

Das etwas andere Astrologiebuch. Für alle, die eigentlich nicht
an Horoskope glauben.

**»Geschrieben von einem, der das Zeug hat, dem feinsinnig
satirischen Loriot nachzufolgen.«**
Wilhelmshavener Zeitung